四川大学学派培育项目资助

四川大学中国现代文学文献学文丛

四川早期
新诗文献辑编

李怡 王奕朋 汤艺君 编

中国社会科学出版社

图书在版编目(CIP)数据

四川早期新诗文献辑编/李怡,王奕朋,汤艺君编. —北京:中国社会科学出版社,2021.12
(四川大学中国现代文学文献学文丛)
ISBN 978-7-5203-9374-4

Ⅰ.①四… Ⅱ.①李…②王…③汤… Ⅲ.①新诗—诗集—中国—当代 Ⅳ.①I227

中国版本图书馆CIP数据核字(2021)第257524号

出 版 人	赵剑英
责任编辑	郭晓鸿
特约编辑	杜若佳
责任校对	师敏革
责任印制	戴 宽

出　　版	中国社会科学出版社
社　　址	北京鼓楼西大街甲158号
邮　　编	100720
网　　址	http://www.csspw.cn
发 行 部	010-84083685
门 市 部	010-84029450
经　　销	新华书店及其他书店
印　　刷	北京君升印刷有限公司
装　　订	廊坊市广阳区广增装订厂
版　　次	2021年12月第1版
印　　次	2021年12月第1次印刷

开　　本	710×1000　1/16
印　　张	40.75
插　　页	2
字　　数	568千字
定　　价	238.00元

凡购买中国社会科学出版社图书,如有质量问题请与本社营销中心联系调换
电话:010-84083683
版权所有　侵权必究

《孤吟》创刊号

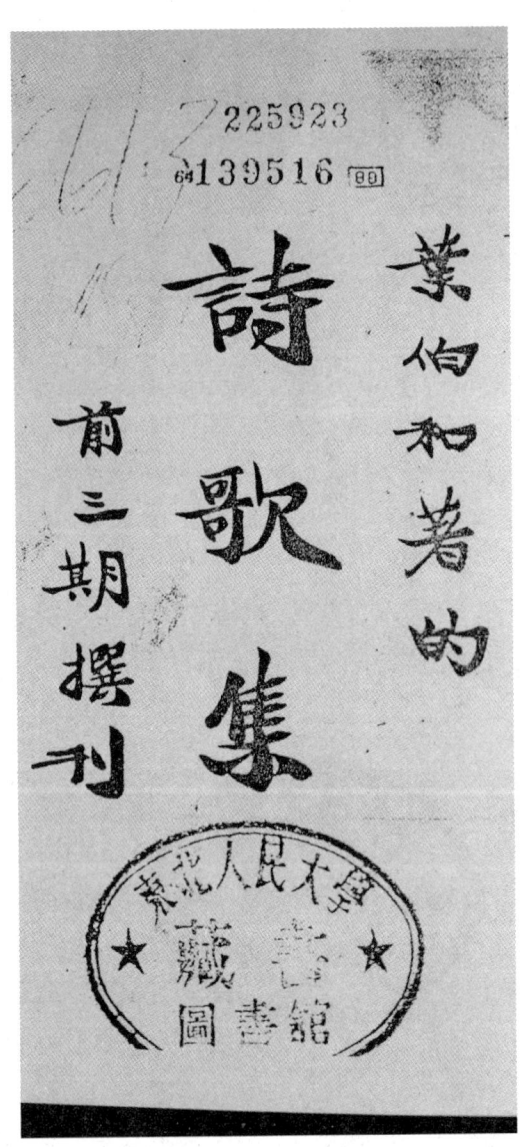

中国新诗史上的第二部个人
白话诗集——叶伯和的《诗歌集》

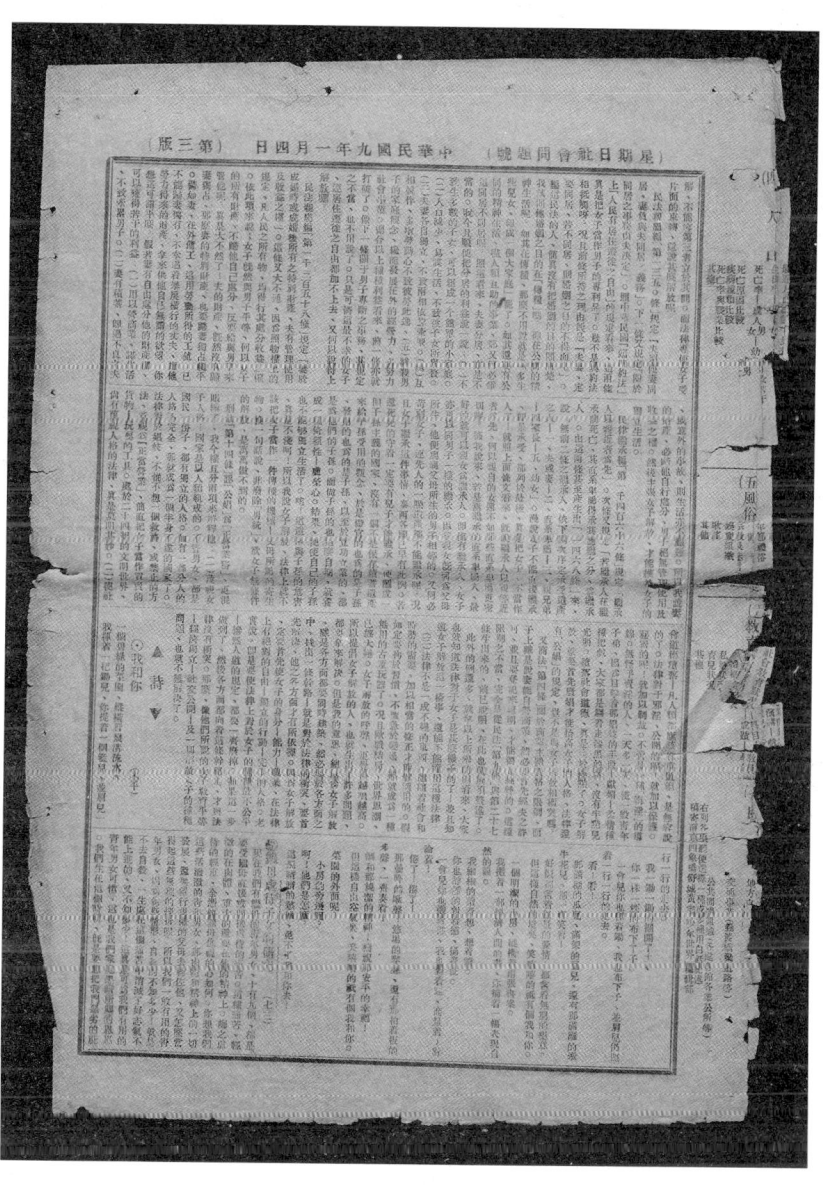

《星期日》上穆济波（不平）的诗歌

《半月》上的新诗

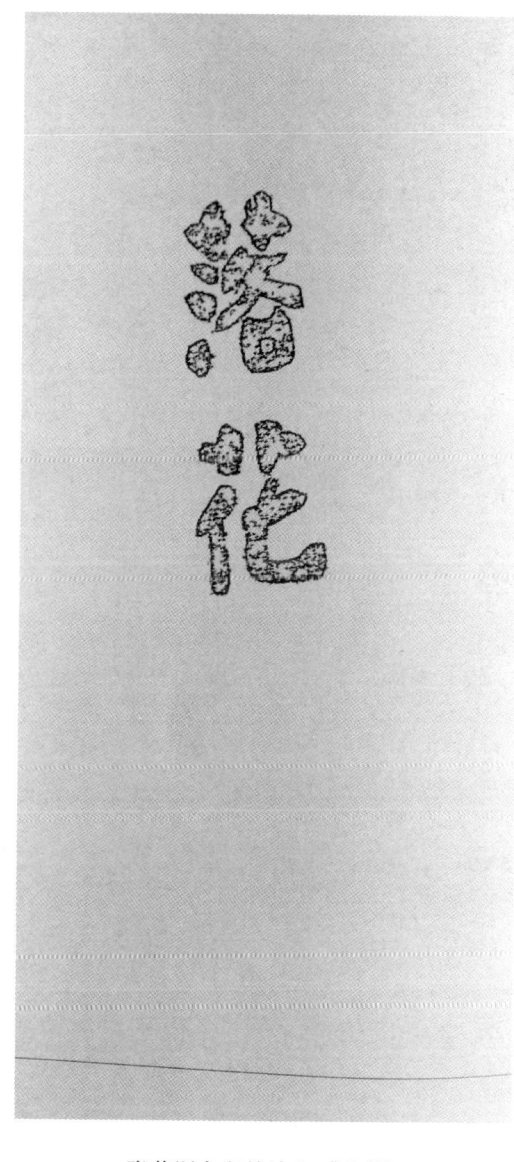

张蓬洲自印的诗集《落花》

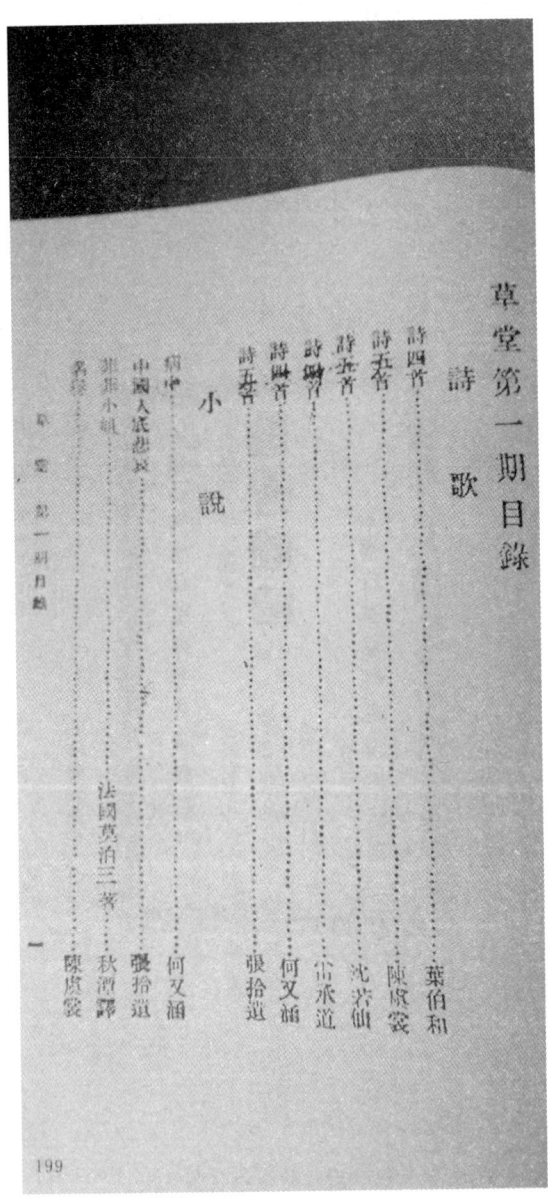

《草堂》创刊号目录

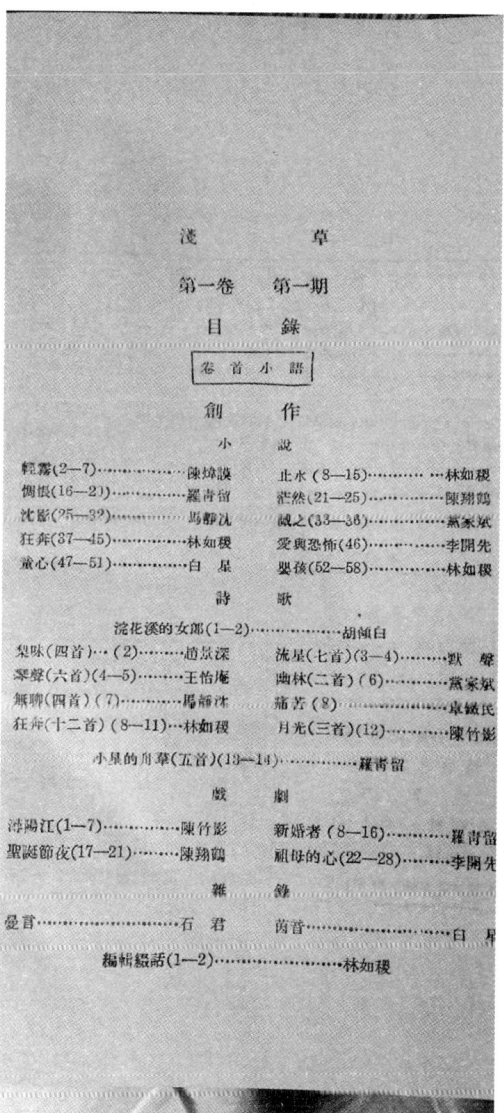

《浅草》创刊号目录

《少年中国》创刊号目录

总　序

李　怡　刘福春

四川大学中国现代文献学学科作为当代中国高校自主设立的第一个博士学位点，已经经过了一年多的建设，而作为学科学术的发展则由来已久。今天，这一套"中国现代文献学文丛"的问世具有特别的意义。

中国现代文学学科的奠基人王瑶先生曾经说过："在古典文学的研究中，我们有一套大家所熟知的整理和鉴别文献材料的学问，版本、目录、辨伪、辑佚，都是研究者必须掌握或进行的工作；其实这些工作在现代文学的研究中同样存在，不过还没有引起人们应有的重视罢了。"[①] 早在1935年，文学史家刘大杰便在川大开设了必修课"现代文学"，今人皆知刘大杰先生乃古典文学史家，殊不知他一开始就以研治古典学术的方式关注着中国现代文学。1950年，《高等学校文法两学院各系课程草案》将"中国新文学史"规定为大学中文系必修课程，四川大学在当年即建立了现代文学学科，华忱之、林如稷与北京大学的王瑶一起成为了新中国现代文学学科的奠基人。与王瑶、单演义等第一代中国现代文学学者相似，华忱之也是从古典文学研究转向现代文学研究的[②]。华忱之侧重于对曹禺、田汉、鲁迅等作家的研究，他非常注意打捞和甄别

[①] 王瑶：《关于中国现代文学研究工作的随想——在中国现代文学研究会学术讨论会上的发言》，《中国现代文学研究丛刊》1980年第4期。

[②] 康斌：《华忱之的现代文学研究》，《中国现代文学研究丛刊》2015年第9期。

文献材料，例如《〈关于黑字二十八〉和〈编剧术〉》一文厘清了曹禺在抗战初期的部分文学创作活动，《田汉同志与〈抗战日报〉》捋清了田汉在抗战期间的文学活动及其文学史意义，《高歌吐气作长虹》整理了郭沫若在抗战时期所作的散佚旧体诗文等。林如稷是浅草—沉钟社的发起人之一，他在受聘于四川大学中文系期间集中于鲁迅研究，整理出了相当数量的原始文献。

进入新时期以后，在易明善、尹在勤、王锦厚、伍加伦、陈厚诚、曾绍义、毛迅、黎风等学人的持续耕耘下，四川大学学人先后在郭沫若研究、四川作家研究、中国新诗研究等方面取得了重要进展。中国新文学文献史料工作于新时期开始复苏，而四川大学中国现当代文学学者在20世纪80年代所取得的最重要的成就是编辑文学研究资料[1]。1979—1990年间陆续出版的《中国当代文学研究资料》中，川大负责编辑其中五位作家的研究资料：王兴平、刘思久、陆文璧编《曹禺专集》（上下册），陆文璧、王兴平编《胡可专集》，毛文、黄莉如编《艾芜专集》，易明善、陆文璧、潘显一编《何其芳研究专集》，梅子、易明善编《刘以鬯研究专集》。此外，王锦厚、毛迅、钟德慧、伍加伦等编辑了《中国新文学大系1937—1949》中的《文学理论集》。

在新时期，四川大学学人对郭沫若、何其芳、李劼人等四川作家生平资料的搜集与整理，成绩最为突出。郭沫若研究是20世纪80年代四川大学学术研究热点之一。四川大学郭沫若研究室于1979年成立，不久后完成对《郭沫若全集·文学编》（该全集是郭沫若作品在新时期的第一次结集出版）中部分篇章[2]的注释。以郭沫若研究室为依托，川大相继发表了一系列有关郭沫若的考证文章和研究资料，如易明善的《郭沫若〈洪波曲〉的几处史实误记》和《郭沫若四十年代中期在上海活

---

[1] 程骥：《四川大学与中国现代文学》，《现代中国文化与文学》2008年第5辑。
[2] 包括第二卷的《蜩螗集》，第十二卷的《我的学生时代》，第十八卷的《盲肠炎》《羽书集》，第十九卷的《沸羹集》，第二十卷的《天地玄黄》。

动纪略》、李保均的《郭沫若学生时代年谱（1892—1923）》和《郭沫若族谱》等论文，以及李保均的专著《郭沫若青年时代评传》，王锦厚、伍加伦、肖斌如编的《郭沫若佚文集（1906—1949）》等。

郭沫若以外的其他四川作家同样受到了关注。尹在勤的《何其芳评传》是新时期第一本详细介绍何其芳的生平经历与诗歌创作的专著。四川大学学人还编辑了两辑《四川作家研究》[①]，收入多篇研究四川作家的论文，其中多为对四川作家资料的收录，如陈厚诚的《沙汀五十年著作年表》，伍加伦、王锦厚的《李劼人著译目录》，易明善的《何其芳抗战时期简谱》，其中，还刊登了四川大学校友李存光所作的《巴金著译六十年目录》以及《巴金生平及文学活动事略》（李辉、陈思和、李存光）等。

四川大学现代文学学科在20世纪90年代继续着力于新文学史料工作，其中以新诗史料工作最为引人注目。毛迅的著作《徐志摩论稿》，挖掘和使用了很多第一手材料。王锦厚不仅与陈丽莉合编《饶孟侃诗文集》，还出版专著《闻一多与饶孟侃》，该书第一次系统考察了饶孟侃的人生遭际与创作道路[②]。陈厚诚的《死神唇边的微笑：李金发传》是自台湾杨允达的《李金发评传》问世以后，在大陆公开出版的第一本李金发传记。

除了新诗以外，四川大学学者对小说和散文的资料收集与阐释工作同样用心。黎风的《新时期争鸣小说纵横谈》及时地整理了新时期以来中国小说创作的重要文献。易明善的《刘以鬯传》是"多年阅读作品、搜罗资料、访问传主，然后构思结撰而成的"（黄维樑《〈刘以鬯传〉序》），内含大量的一手材料。曾绍义耗时数年主编的《中国散文百家谭》共3册、140万字，编入近百位散文名家的资料，被誉为"一

[①] 见于《四川大学学报哲社版丛刊》1982年第十二辑、1983年第十九辑。
[②] 值得一提的是，王锦厚在1989年出版的专著《五四新文学与外国文学》打捞了许多弥足珍贵的资料，而且其中引用的报刊、书籍有不少为珍藏本。

部理论性、欣赏性、知识性、资料性俱有的大书"(《中国散文百家谭·总序》)。张放的《中国新散文源流》以编年史的结构来论述中华人民共和国成立以前的现代散文发展史，对现代散文史料进行了清晰的梳理。

进入21世纪以后，在学者们的不懈努力下，四川大学学人继续在新文学史料方面取得重要突破。姜飞专注于国民党文艺研究，搜集了民族主义作家黄震遐的大量文献，爬梳钩沉，贡献良多，《国民党文学思想研究》一书中使用的许多文献为首次面世。陈思广致力于中国现代小说研究，《中国现代长篇小说编年》《审美之维——中国现代经典长篇小说接受史论》《四川抗战小说史》等著作清理出大量稀有文献。李怡以新诗为中心，在多种文学体裁的史料整理和研究中颇有建树，主编了《中国当代文学编年史·第一卷》《中国现代文学编年史·第九卷》《穆旦研究资料》（与易彬合编）《中国新诗百年大典·第一卷》等研究资料，还在《现代四川文学的巴蜀文化阐释》《七月派作家评传》《日本体验与中国现代文学的发生》等专著中澄清了诸多史实问题。2018年5月，中国社会科学院文学研究所研究员刘福春受聘为四川大学特聘教授，开始着手于四川大学的史料学科的建设工作与史料文献研究生的培养工作。刘福春自20世纪80年代初一直投身于新诗文献的收集、整理和研究，迄今为止，编选或撰写了《新诗名家手稿》《冯至全集·诗歌卷》《红卫兵诗选》（与岩佐昌暲合编）《中国当代新诗编年史（1966—1976）》《中国新诗书刊总目》《牛汉诗文集》《中国新诗编年史》等多种资料，有学者认为"刘福春先生对中国新诗文献的掌握与整理大概难有人与之比肩"[①]。

从2012年起，四川大学现代中国文化与文学研究中心联合多个科研机构和出版社，陆续推出《民国文化与文学》和《人民共和国文化

---

① 李怡、罗梅：《从史料还原、文本解读到诗学建构——民国诗歌研究的三个方法论案例》，《四川大学学报》（哲学社会科学版）2016年第4期。

与文学》论丛，以及《民国文学史论》《民国历史文化与中国现代文学研究》等大型丛书①，为民国文学史料的整理和阐释做出了重要贡献。自2016年起，与台湾花木兰文化出版社合作出版大型系列丛书《民国文学珍稀文献集成》（刘福春、李怡主编），目前已经出版两辑共85册。四川大学还与首都师范大学合作教育部人文社会科学重点研究基地重大项目"中国现代散佚诗集的搜集、整理与研究"，近期可以结项。除此之外，四川大学正在筹建新文学史料文献典藏中心，计划建造一个以新诗为龙头、涵盖各种文学体裁的新文学（新诗）博物馆，众多校内外知名学者的个人文献收藏都将陈列其中。

四川大学是中国西部地区最早培养硕士生和博士生的学术机构，在中国现当代文学的研究生培养方面，也十分鼓励文献整理与研究方面的选题。目前已有多篇学位论文发掘和研讨新文学的文献问题，从多个方面填补了学术研究的空白。可以说，致力于新文学文献问题的考察已经在四川大学蔚然成风。

由四川大学学者创办和主编的多种学术刊物，也十分崇尚对新文学史料的保存与解读。2005年，《现代中国文化与文学》创刊，《卷首语》中明确提出把"文化文学的互动关系与稳健扎实的蜀学传统"作为刊物的"双重追求"，期刊为此设立"文学档案"栏目，每期发表新文学史料或史料辨析论文。另外，《四川大学学报》《郭沫若学刊》《大文学评论》《民国文学与文化》《阿来研究》《华文文学评论》等学术刊物，自创刊以来均刊发了大量考辨梳理新文学史料的论文。

概览四川大学中国现当代文学学科半个多世纪的发展史，不难发现有一些学术品质始终如一，其中最引人注目之处就是重视史料考证。推崇新文学史料的搜集、整理和研究，可以说是川大学人的普遍学术共识，新时期以来中国新文学研究所取得的文献成果，也有四川大学学者

---

① 李怡：《构建中国现代文学研究"川大群落"的雏形——民国文化与文学·四川大学特辑引言》，《现代中国文化与文学》2017年第21辑。

的重要贡献。

　　设置二级学科中国现代文献学一直是学界的共识与愿望，四川大学率先成立二级学科中国现代文献学，学术界多年的愿望得以实现。相信四川大学中国现代文献学将会得到极大发展，带动全国现代文献学乃至中国现代学术的整体发展。

　　这一套"文献学文丛"反映的是这些年来四川大学学者在搜集、整理新文学相关文献等方面的收获，相信能够对我们的中国现代文学文献工作有所补充，有所贡献。

2020 年 3 月于四川大学江安校区

凡　例

　　本书作为四川大学中国现代文学文献学文丛之一种，故所有文字（含标点符号）均遵从原文，未作任何改动。

目 录

四川早期新诗的历史价值 ………………………… 李 怡（1）

诗 作

叶伯和 23 首 ……………………………………………（3）
 二十年前做孩子的事情 ……………………………（3）
 二弟 …………………………………………………（3）
 心乐篇(24 首) ………………………………………（4）
 丹枫和白菊 …………………………………………（14）
 玫瑰花(有序) ………………………………………（15）
 原诗 …………………………………………………（15）
 我和她(有序) ………………………………………（16）
 梅花 …………………………………………………（18）
 兰花 …………………………………………………（18）
 念经的木鱼 …………………………………………（19）
 钟声 …………………………………………………（19）
 中学校校歌 …………………………………………（20）
 寄《星期日周报》的记者 …………………………（20）
 月 ……………………………………………………（21）
 孩子孩子你莫哭 ……………………………………（21）

幸福呢？苦痛呢？（乡村的妇人）有序	(22)
疲乏了的工人　有序	(23)
牡丹　有序	(25)
夜泊夔门	(25)
预料	(26)
送别	(27)
你便是我	(28)
草堂怀杜甫	(29)
狂歌	(30)

康白情26首 ····································· (32)

《雪后》(八年一月十一日)	(32)
草儿在前	(33)
梦境	(34)
窗外(八年二月九日)	(34)
《桑园道中》(八年七月九日)	(35)
再见	(36)
女工之歌	(38)
送慕韩往巴黎	(39)
暮登泰山西望	(40)
疑问	(41)
江南	(42)
送许德珩杨树浦	(44)
鸭绿江以东	(46)
归来大和魂(有序)	(48)
别少年中国	(52)
太平洋上飓风	(54)

送客黄浦 ………………………………………………… (55)
　　石头和竹子 ……………………………………………… (57)
　　社会 ……………………………………………………… (58)
　　干燥 ……………………………………………………… (59)
　　斜阳 ……………………………………………………… (60)
　　天亮了 …………………………………………………… (60)
　　别北京大学同学 ………………………………………… (63)
　　从连山关到祁家堡 ……………………………………… (65)
　　庐山纪游(三十七首之一) ……………………………… (66)
　　一个太平洋上底梦 ……………………………………… (67)

吴芳吉 4 首 ………………………………………………… (70)
　　婉容词 …………………………………………………… (70)
　　巴人歌 …………………………………………………… (75)
　　两父女 …………………………………………………… (79)
　　护国岩述 ………………………………………………… (83)

张蓬舟 8 首 ………………………………………………… (88)
　　登凌云山 ………………………………………………… (88)
　　巫峡舟次 ………………………………………………… (90)
　　黄昏(夔门晚眺) ………………………………………… (91)
　　过吴淞口海滨 …………………………………………… (91)
　　黄浦旭升 ………………………………………………… (92)
　　莫愁湖畔(有序) ………………………………………… (92)
　　落花 ……………………………………………………… (95)
　　雄鸡 ……………………………………………………… (95)

草堂诗人群

百花潭的晚景 …………………………………… (99)
自花桥场望见桐梗山 …………………………… (100)
铅笔 ……………………………………………… (101)
心上十分难受 …………………………………… (102)

陈虞裳 12 首 ………………………………… (103)

乡游杂诗 ………………………………………… (103)
山中人 …………………………………………… (106)
疑问 ……………………………………………… (107)
死者 ……………………………………………… (108)
郭北 ……………………………………………… (109)
江楼杂诗 ………………………………………… (111)
小诗六首 ………………………………………… (113)
不幸 ……………………………………………… (114)
常道观之夜 ……………………………………… (116)
登青城第一峰 …………………………………… (117)
垂暮底斜晖山庄 ………………………………… (117)
小诗 ……………………………………………… (119)

沈若仙 9 首 …………………………………… (121)

草堂 ……………………………………………… (121)
流水 ……………………………………………… (122)
慰失恋者 ………………………………………… (122)
秋之夜 …………………………………………… (123)
寄四弟季修 ……………………………………… (123)

疯人	(124)
颂死	(124)
慰又涵	(125)
爱的残痕	(125)

雷承道 5 首 ......(128)
我的悲哀	(128)
割草人	(128)
野刺花	(129)
心海	(130)
夜雨	(131)

何又涵 9 首 ......(134)
秋水	(134)
今年的中秋	(135)
泪	(136)
残荷	(138)
诗人的心 ——题彷徨的路诗集	(138)
回响	(139)
转慰若仙	(139)
小鸟	(140)
今年底春	(140)

张拾遗 15 首 ......(142)
秋	(142)
秋雨	(143)

泪之想象 ……………………………………………… (144)
病中杂句 ……………………………………………… (145)
我的呻吟 ……………………………………………… (146)
诗意 …………………………………………………… (147)
芭蕉底心 ……………………………………………… (147)
一件使我不安的事 …………………………………… (148)
失眠 …………………………………………………… (148)
"彷徨的路"自叙 ……………………………………… (148)
不幸的小照 …………………………………………… (149)
自失 …………………………………………………… (149)
闻鹃鸣 ………………………………………………… (149)
咀咒 …………………………………………………… (150)
我的悲哀 ……………………………………………… (150)

叔农 5 首 ……………………………………………… (151)
笑——泪 ……………………………………………… (151)
玫瑰之花 ……………………………………………… (151)
读斯托尔门的茵梦湖 ………………………………… (152)
初夏的雨 ……………………………………………… (152)
答八哥儿的话 ………………………………………… (153)

寄萍 2 首 ……………………………………………… (154)
我愿 …………………………………………………… (154)
小诗 …………………………………………………… (154)

赤话 11 首 …………………………………………… (156)
深山 …………………………………………………… (156)

醉人	(156)
清露凝在花心里	(157)
流泉	(159)
独语	(160)
在池畔小吟	(160)
心诗	(160)
帘里	(161)
花心	(161)
微风之后	(162)
埋想	(162)

静宙 3 首 ……………………………………………… (163)

在池畔	(163)
蔷薇和伊	(163)
小诗	(163)

佩竿(巴金)2 首 ……………………………………… (165)

小诗	(165)
小诗	(166)

学诗 1 首 ………………………………………………… (167)

雨后底菊	(167)

驹甫 3 首 ………………………………………………… (168)

衔徨	(168)
小诗	(168)
小诗	(169)

勤伯 4 首 (170)
杂诗 (170)
月下 (171)
小诗 (171)
病人 (172)

章戬初 1 首 (174)
杂诗 (174)

旦如 2 首 (176)
诳 (176)
盲 (177)

道村 2 首 (178)
那时 (178)
落叶 (178)

一真 1 首 (179)
劳动者 (179)

九明 2 首 (180)
答一个朋友 (180)
微笑与拥抱 (181)

杜鹃小友 2 首 (183)
草堂记游 (183)
小诗 (183)

唐苇杭 2 首 ……………………………………（185）
　　我愿 ……………………………………………（185）
　　小诗 ……………………………………………（185）

鸡声 3 首 ………………………………………（187）
　　我底 ……………………………………………（187）
　　绿叶　散文诗 …………………………………（188）
　　重阳——寄海化 ………………………………（189）

裁云女士 1 首 …………………………………（191）
　　倦鸟 ……………………………………………（191）

苓女士 2 首 ……………………………………（192）
　　一瓣叶儿 ………………………………………（192）
　　小诗 ……………………………………………（192）

立人女士 1 首 …………………………………（193）
　　小诗 ……………………………………………（193）

冯罔 1 首 ………………………………………（194）
　　谁能 ……………………………………………（194）

海化 6 首 ………………………………………（198）
　　提灯会 …………………………………………（198）
　　刺刀 ……………………………………………（198）
　　打刀的人 ………………………………………（199）
　　兵匪 ……………………………………………（200）

拉夫 ………………………………………………… (200)

咀咒 ………………………………………………… (201)

《孤吟》诗群

杨鉴莹 11 首 …………………………………… (205)

幼时的伴侣 ……………………………………… (205)

甚么是…… ……………………………………… (205)

希望 ……………………………………………… (206)

蝉声 ……………………………………………… (206)

夜半的号音 ……………………………………… (206)

谁的罪 …………………………………………… (207)

○[？] …………………………………………… (208)

野花 ……………………………………………… (208)

林中 ……………………………………………… (209)

哭忘友庶熙 ……………………………………… (210)

心之歌 …………………………………………… (211)

张望云 17 首 …………………………………… (212)

秋柳 ……………………………………………… (212)

怀春（儿歌） …………………………………… (212)

心碎了（儿歌） ………………………………… (213)

相思 ……………………………………………… (213)

在春天的时候 …………………………………… (213)

假如 ……………………………………………… (214)

落伍者的呼声 …………………………………… (215)

昨夜 ……………………………………………… (216)

寂寞 ……………………………………………… (217)

飞去 ……………………………………………… (217)

悼亡友"庶熙" ………………………………… (218)

泪之慰安 ……………………………………… (218)

帐角 …………………………………………… (219)

花与蜜蜂 ……………………………………… (219)

摽拂之心 ……………………………………… (220)

伴侣 …………………………………………… (220)

月下 …………………………………………… (221)

张拾遗 10 首 …………………………………… (222)

自赏 …………………………………………… (222)

昙花 …………………………………………… (222)

醉后微讴 ……………………………………… (222)

彷徨 …………………………………………… (223)

孤寂 …………………………………………… (223)

寂寞的灯 ……………………………………… (224)

无题 …………………………………………… (224)

强饮 …………………………………………… (225)

病的诗人底悲哀 ……………………………… (226)

无限 …………………………………………… (226)

张继柳 6 首 ……………………………………… (227)

春雨后 ………………………………………… (227)

蔷薇和芍药 …………………………………… (227)

孤雁 …………………………………………… (228)

心事 …………………………………………… (228)

夜半闻钟声 …………………………………… (229)

小诗 ………………………………………………… (229)

刘叔勋 2 首 …………………………………………… (231)
　　回忆 ………………………………………………… (231)
　　要求 ………………………………………………… (231)

P. K. 佩竿(巴金) 3 首 ………………………………… (233)
　　报复(P. K.) ………………………………………… (233)
　　小诗(佩竿) ………………………………………… (235)
　　小诗(P. K.) ………………………………………… (236)

窦勤伯 8 首 …………………………………………… (237)
　　心事 ………………………………………………… (237)
　　春寒时 ……………………………………………… (237)
　　我的春天 …………………………………………… (238)
　　月夜 ………………………………………………… (238)
　　遍 …………………………………………………… (239)
　　江楼怀亡友 ………………………………………… (239)
　　江边夜月 …………………………………………… (240)
　　小诗 ………………………………………………… (240)

唐苇杭 12 首 ………………………………………… (241)
　　心泪 ………………………………………………… (241)
　　归去 ………………………………………………… (241)
　　不能忘记 …………………………………………… (242)
　　雁 …………………………………………………… (242)
　　见了 H ……………………………………………… (243)

安失恋者 .... （243）

诗人心里的花园

——题拾遗彷徨的路诗集 .... （244）

笛声 .... （244）

天雨 .... （245）

自题小照 .... （245）

望术哥书 .... （246）

小诗 .... （246）

立人女士 4 首 .... （247）

心之安慰 .... （247）

我愿你 .... （247）

杂愁 .... （248）

无非是一个爱 .... （248）

雅笑 1 首 .... （250）

Love .... （250）

H. Y. H. 1 首 .... （251）

我愿 .... （251）

S. G. 1 首 .... （253）

秋夜 .... （253）

非空 1 首 .... （254）

证明 .... （254）

周无斁 5 首 ·· (255)
    现在与未来 ·································· (255)
    幽禁的泪 ···································· (256)
    留着的是甚么 ································ (256)
    你和我 ······································ (257)
    时间与梦 ···································· (257)

徐升阶 1 首 ·· (259)
    猝遇 ·· (259)

雷承道 11 首 ··· (261)
    歧路 ·· (261)
    懦弱 ·· (261)
    心影 ·· (261)
    花影 ·· (262)
    残春 ·· (262)
    不能的心 ···································· (262)
    别后 ·· (263)
    杂诗 ·· (263)
    寄玄实八弟 ·································· (264)
    一刻 ·· (265)
    觉后 ·· (266)

者成章 1 首 ·· (267)
    回忆 ·· (267)

马璧辉 2 首 ·················· (268)
 春柳 ······················ (268)
 雨天 ······················ (268)

朱士杰 1 首 ·················· (270)
 孤寂底我 ·················· (270)

李浩 3 首 ···················· (271)
 灵魂底寄托者 ·············· (271)
 春归何处去 ················ (271)
 呻吟 ······················ (272)

K. T. 2 首 ··················· (273)
 刹那的忐忑 ················ (273)
 前途 ······················ (273)

徐荪陔 1 首 ·················· (275)
 小诗 ······················ (275)

叔汉 1 首 ···················· (276)
 风 ························ (276)

SY 1 首 ····················· (277)
 我是一个怯懦者 ············ (277)

曾种荷 6 首 ·················· (279)
 静寂底东风 ················ (279)

春雨	(279)
闲立	(280)
浣女	(280)
月下	(280)
批评	(281)

孟刚 1 首 ...... (282)
  小诗 ...... (282)

Hcysailor 2 首 ...... (283)
  花间 ...... (283)
  老树 ...... (283)

晓芸 3 首 ...... (284)
  山讴 ...... (284)
  誓词 ...... (285)
  潜隐的悲哀 ...... (285)

畊野 2 首 ...... (286)
  理想的呻吟 ...... (286)
  孤雁 ...... (286)

花啸 1 首 ...... (287)
  春感 ...... (287)

YH 1 首 ...... (288)
  （？） ...... (288)

KT 1 首 ······(289)
    （死）之赞美
      ——悼亡友吴庶熙君 ······(289)

儿童诗征集

章尔成 1 首 ······(293)
    菊花 ······(293)

章尔苍 1 首 ······(294)
    小和尚 ······(294)

前人 8 首 ······(295)
    想二哥 ······(295)
    紫罗兰 ······(295)
    雪 ······(296)
    春天到 ······(296)
    萤火虫 ······(297)
    小雀儿 ······(297)
    笔 ······(297)
    牡丹 ······(298)

林杰 1 首 ······(299)
    小鸟 ······(299)

卓小楣 1 首 ······(300)
    月亮 ······(300)

涂友能 1 首 ……………………………………………（301）
　　乌鸦 ……………………………………………………（301）

向同 1 首 ………………………………………………（302）
　　我的好朋友 ……………………………………………（302）

陈善新 2 首 ……………………………………………（303）
　　萤火虫 …………………………………………………（303）
　　我的好朋友 ……………………………………………（303）

王载 1 首 ………………………………………………（305）
　　乌鸦 ……………………………………………………（305）

唐嘉铭 1 首 ……………………………………………（306）
　　花 ………………………………………………………（306）

王祖佑 1 首 ……………………………………………（307）
　　乌鸦 ……………………………………………………（307）

杨裕麟 1 首 ……………………………………………（308）
　　棉 ………………………………………………………（308）

廖传经 1 首 ……………………………………………（309）
　　乌鸦 ……………………………………………………（309）

张钟粟 1 首 ……………………………………………（310）
　　菊 ………………………………………………………（310）

杨柳 ································· (310)

杨正蓂 2 首 ··························· (311)
　　明月 ································· (311)
　　杏花 ································· (311)

丹初 1 首 ····························· (312)
　　小姊姊 ······························· (312)

周本渊 1 首 ··························· (313)
　　哥哥 ································· (313)

唐汉 1 首 ····························· (314)
　　小鸡 ································· (314)

陈敦贤 2 首 ··························· (315)
　　老木虫 ······························· (315)
　　袁世凯做皇帝 ························· (315)

贺天炜 1 首 ··························· (316)
　　月亮光 ······························· (316)

丁正焜 1 首 ··························· (317)
　　风来了 ······························· (317)

马锐投 1 首 ··························· (318)
　　菊花在笑了 ··························· (318)

杨能宗 1 首 ·································· (319)
    望月 ·································· (319)

傅修模 1 首 ·································· (320)
    红桃花 ································ (320)

王竹友 1 首 ·································· (321)
    可惜 ·································· (321)

杨尚仑 1 首 ·································· (322)
    光阴 ·································· (322)

袁清瑞 1 首 ·································· (323)
    雨水歌 ································ (323)

冯大谦 1 首 ·································· (324)
    大铜圆 ································ (324)

蒋政 1 首 ···································· (325)
    日光 ·································· (325)

少年中国诗群

王光祈 1 首 ·································· (329)
    哭眉生 有序 ··························· (329)

周无 4 首 ···································· (331)
    过印度洋 ······························ (331)

去年八月十五	(331)
夜雨	(333)
小歌	(334)

浅草社、沉钟社诗群

王怡庵 12 首 ……………………………………… (339)
 秋兴 ……………………………………………… (339)
 沉醉之春 ………………………………………… (339)
 愿 ………………………………………………… (340)
 一朵玫瑰 ………………………………………… (341)
 秋夜小诗 ………………………………………… (341)
 江边 ……………………………………………… (342)
 初春 ……………………………………………… (343)
 想 ………………………………………………… (343)
 在落霞里 ………………………………………… (344)
 琴声 ……………………………………………… (345)
 重阳 ……………………………………………… (346)
 写生 ……………………………………………… (346)

林如稷 5 首 ……………………………………… (348)
 狂奔 ……………………………………………… (348)
 明星 ……………………………………………… (349)
 龙华桃林下 ……………………………………… (349)
 长江舟中 ………………………………………… (350)
 戚啼 ……………………………………………… (351)

邓均吾(默声)16 首 ⋯⋯⋯⋯⋯⋯⋯⋯⋯⋯⋯⋯⋯⋯⋯⋯⋯⋯⋯⋯ (353)
  燕子 ⋯⋯⋯⋯⋯⋯⋯⋯⋯⋯⋯⋯⋯⋯⋯⋯⋯⋯⋯⋯⋯⋯⋯ (353)
  太阳的告别 ⋯⋯⋯⋯⋯⋯⋯⋯⋯⋯⋯⋯⋯⋯⋯⋯⋯⋯⋯⋯ (354)
  泪之雨 ⋯⋯⋯⋯⋯⋯⋯⋯⋯⋯⋯⋯⋯⋯⋯⋯⋯⋯⋯⋯⋯⋯ (355)
  哭 ⋯⋯⋯⋯⋯⋯⋯⋯⋯⋯⋯⋯⋯⋯⋯⋯⋯⋯⋯⋯⋯⋯⋯⋯ (356)
  问春 ⋯⋯⋯⋯⋯⋯⋯⋯⋯⋯⋯⋯⋯⋯⋯⋯⋯⋯⋯⋯⋯⋯⋯ (356)
  破晓的情绪 ⋯⋯⋯⋯⋯⋯⋯⋯⋯⋯⋯⋯⋯⋯⋯⋯⋯⋯⋯⋯ (357)
  夜雨 ⋯⋯⋯⋯⋯⋯⋯⋯⋯⋯⋯⋯⋯⋯⋯⋯⋯⋯⋯⋯⋯⋯⋯ (358)
  秋 ⋯⋯⋯⋯⋯⋯⋯⋯⋯⋯⋯⋯⋯⋯⋯⋯⋯⋯⋯⋯⋯⋯⋯⋯ (358)
  长昼 ⋯⋯⋯⋯⋯⋯⋯⋯⋯⋯⋯⋯⋯⋯⋯⋯⋯⋯⋯⋯⋯⋯⋯ (359)
  幻灭 ⋯⋯⋯⋯⋯⋯⋯⋯⋯⋯⋯⋯⋯⋯⋯⋯⋯⋯⋯⋯⋯⋯⋯ (360)
  读耶稣传 ⋯⋯⋯⋯⋯⋯⋯⋯⋯⋯⋯⋯⋯⋯⋯⋯⋯⋯⋯⋯⋯ (361)
  流星 ⋯⋯⋯⋯⋯⋯⋯⋯⋯⋯⋯⋯⋯⋯⋯⋯⋯⋯⋯⋯⋯⋯⋯ (362)
  我梦想着 ⋯⋯⋯⋯⋯⋯⋯⋯⋯⋯⋯⋯⋯⋯⋯⋯⋯⋯⋯⋯⋯ (363)
  遗失的星 ⋯⋯⋯⋯⋯⋯⋯⋯⋯⋯⋯⋯⋯⋯⋯⋯⋯⋯⋯⋯⋯ (363)
  中秋——呈如稷,因此为别 ⋯⋯⋯⋯⋯⋯⋯⋯⋯⋯⋯⋯⋯ (366)
  酒 ⋯⋯⋯⋯⋯⋯⋯⋯⋯⋯⋯⋯⋯⋯⋯⋯⋯⋯⋯⋯⋯⋯⋯⋯ (367)

胡倾白 1 首 ⋯⋯⋯⋯⋯⋯⋯⋯⋯⋯⋯⋯⋯⋯⋯⋯⋯⋯⋯⋯⋯⋯ (369)
  浣花溪的女郎 ⋯⋯⋯⋯⋯⋯⋯⋯⋯⋯⋯⋯⋯⋯⋯⋯⋯⋯⋯ (369)

马静沉 2 首 ⋯⋯⋯⋯⋯⋯⋯⋯⋯⋯⋯⋯⋯⋯⋯⋯⋯⋯⋯⋯⋯⋯ (372)
  夜步黄浦 ⋯⋯⋯⋯⋯⋯⋯⋯⋯⋯⋯⋯⋯⋯⋯⋯⋯⋯⋯⋯⋯ (372)
  深夜 ⋯⋯⋯⋯⋯⋯⋯⋯⋯⋯⋯⋯⋯⋯⋯⋯⋯⋯⋯⋯⋯⋯⋯ (372)

陈竹影 3 首 ⋯⋯⋯⋯⋯⋯⋯⋯⋯⋯⋯⋯⋯⋯⋯⋯⋯⋯⋯⋯⋯⋯ (374)
  月光 ⋯⋯⋯⋯⋯⋯⋯⋯⋯⋯⋯⋯⋯⋯⋯⋯⋯⋯⋯⋯⋯⋯⋯ (374)

雪是霏霏地下了 …………………………………… (374)

　　冬 ………………………………………………………… (375)

《半月》诗群

季元 2 首 ……………………………………………… (379)

　　敲门的声音 …………………………………………… (379)

　　爱——憎 ……………………………………………… (380)

望云 1 首 ……………………………………………… (382)

　　静夜之汽笛 …………………………………………… (382)

拾遗 8 首 ……………………………………………… (384)

　　残花一瓣 ……………………………………………… (384)

　　战利品 ………………………………………………… (385)

　　索债人 ………………………………………………… (386)

　　冬夜的一个老人 ……………………………………… (388)

　　我们认得！ …………………………………………… (389)

　　最后的追悼大会 ……………………………………… (390)

　　让我们的心炸了罢 …………………………………… (391)

　　人间的呼声 …………………………………………… (392)

竹影 1 首 ……………………………………………… (396)

　　秋雨 …………………………………………………… (396)

惠人 1 首 ……………………………………………… (397)

　　缝工 …………………………………………………… (397)

若仙 9 首 .... (398)
    冬日的暮色 .... (398)
    三十自寿 .... (399)
    无聊的一个冬夜 .... (400)
    初春望梅花开放 .... (401)
    初春早起 .... (402)
    病中杂感 .... (403)
    回想夔门江上的月夜 .... (404)
    秋月 .... (406)
    悼情 .... (407)

幻我 1 首 .... (408)
    追悼会中所见 .... (408)

厚盦 1 首 .... (411)
    晓 .... (411)

希宋 3 首 .... (412)
    冲动 .... (412)
    便如此么？ .... (413)
    动 .... (413)

张道村 3 首 .... (414)
    痛苦的呻吟 .... (414)
    寻梦 .... (415)
    地安门的一夜 .... (416)

玉轩 2 首 ·· (417)
　　她为甚么不见 ······································ (417)
　　慰落花 ··· (418)

次山 1 首 ·· (420)
　　一个月夜 ··· (420)

希松 1 首 ·· (422)
　　真难偿么？ ·· (422)

诚言 1 首 ·· (424)
　　雨后工人的话 ····································· (424)

戬初 1 首 ·· (425)
　　乍见 ·· (425)

先忧 1 首 ·· (426)
　　哀私生子 ··· (426)

《星期日》诗群

不平（穆济波）1 首 ··································· (431)
　　我和你 ··· (431)

弗陵 2 首 ·· (433)
　　法 ··· (433)
　　爱 ··· (433)

少1首 ································ (435)
　　鹦鹉 ······························ (435)

诗　论

叶伯和 ······························ (439)
　　诗歌集·序 ························ (439)
　　诗歌集·再序 ······················ (441)

穆济波 ······························ (443)
　　诗歌集·序 ························ (443)

曾孝谷 ······························ (445)
　　诗歌集·序 ························ (445)

张蓬洲 ······························ (446)
　　《落花》小序 ······················ (446)

刘代明 ······························ (448)
　　《波澜》序 ························ (448)

康白情 ······························ (451)
　　《草儿在前集》三版修正序 ·········· (451)
　　新诗底我见(有引) ·················· (454)

李思纯 ······························ (470)
　　会员通讯(致宗白华) ················ (470)
　　诗体革新之形式及我的意见 ·········· (472)

周无 ·· (482)
    诗的将来 ·· (482)

吴芳吉 ·· (490)
    提倡诗的自然文学 ·· (490)
    谈诗人 ·· (498)
    吾人眼中之新旧文学观 ·· (511)
    再论"诗的自然文学"并解释"春宫的文化运动" ················· (517)

李璜 ·· (521)
    法兰西诗之格律及其解放 ··· (521)

《孤吟》 ·· (532)
    我们底使命 ··· (532)

张拾遗 ·· (534)
    《蕙的风》的我见 ·· (534)
    从"儿童诗歌号"得到的教训 ··· (537)
    毛诗序给我们的恶影响 ··· (539)

UJ ··· (543)
    孤吟以前的作风的轮廓 ··· (543)

K. T. ··· (550)
    从"儿童诗歌号"得到我们出儿童诗歌号的旨趣 ················· (550)
    说哲理诗 ··· (551)

既勤 ………………………………………………………（553）
　　我对于读诗的一个意见 ……………………………（553）

G,L, …………………………………………………（555）
　　新诗与新诗话 ………………………………………（555）

思绮 ………………………………………………………（556）
　　谈旧诗（一则）………………………………………（556）

周作人 ……………………………………………………（557）
　　读草堂 ………………………………………………（557）

郭沫若 ……………………………………………………（559）
　　通讯 …………………………………………………（559）

程世清 ……………………………………………………（560）
　　通讯 …………………………………………………（560）

若仙 ………………………………………………………（562）
　　新诗怎样做法？………………………………………（562）

汉　译

蜀民 ………………………………………………………（567）
　　译茵梦湖中的诗的一首 ……………………………（567）

徐荪陔 ……………………………………………………（568）
　　白昼将去了 The day is gone(Jone Keats) …………（568）

疲劳底呻吟 Sing Heigh-ho！（Cyarles Kingsley）……………（569）

K. T. ………………………………………………………………（571）
　　祖胜父之歌 ………………………………………………………（571）

LLT ………………………………………………………………（575）
　　收葡萄的三天 ……………………………………………………（575）

隐鱼 ………………………………………………………………（577）
　　爱情的泪（Alfred de Musset）…………………………………（577）

沈若仙 ……………………………………………………………（580）
　　孤儿（Victor Hugo）……………………………………………（580）

秋潭 ………………………………………………………………（581）
　　法国诗人鲍笛奈尔的诗 …………………………………………（581）

S. M. ………………………………………………………………（586）
　　可怜的灵魂 ………………………………………………………（586）

后记 ………………………………………………………………（588）

四川早期新诗的历史价值

李 怡

中国现代新诗发展之初，四川人郭沫若影响最大，《女神》对新诗艺术的巨大开拓之功，无人否认。不过，再要论功行赏，恐怕能够上榜的其他四川人就不多了。

但这恰恰是历史的误解。

五四前后，四川虽然远在内陆腹地，表面看距近代文明的中心城市十分遥远，欧风美雨浸润无多，但是，作为新诗的积极实践者却绝非只有郭沫若这样"稀缺"的天才，认真梳理，其实存在一大批的新诗爱好者、尝试者、参与者，他们各自形成一些相互交流、相互切磋的小群体，彼此又存在某种松散的关注和对话，在整体上构筑起了一个气氛浓郁、规模庞大的"四川新诗场域"。就像我们说尝试者胡适不是一个白话诗的独行者，他的周围是留美同学（梅光迪、任叔永、赵元任等）的文学改良讨论群、《尝试集》改诗群一样，我们同样知道，郭沫若也不是"一个人在战斗"，在他成长的同时，四川新诗写作人群不断发展壮大，成为五四前后中国诗歌氛围最浓厚的区域，这个事实，长期被我们的诗歌史、文学史所漠视，以至我们今天的历史梳理，不仅出现了太大的残缺，而且更不利于解释一些内在的艺术规律。

一

胡适的《尝试集》是我们公认的第一部个人白话诗集，而几乎同时，成都人叶伯和也开始了类似的探索。

叶伯和（1889—1945），原名叶式倡，字伯和。成都人。1907年，与父亲叶大封及12岁的二弟仲甫一同赴日本东京留学，就读于日本法政大学，不久，又自行进入东京音乐学校学习，1911年冬回到成都。1914年，应聘四川高等师范学校（四川大学前身）教授，筹建手工图画兼乐歌体操专修科，开中国音乐高等教育之先河。在日本留学期间，叶伯和不仅自主选择了音乐专业，也开始阅读拜伦、泰戈尔、爱伦·坡等的诗歌作品。叶伯和的第一部诗集《诗歌集》1920年5月由华东印刷所出版，仅仅只比胡适的《尝试集》晚了两个月。《诗歌集》的编排表明，其中的诗作曾经分期刊印，在朋友间传阅交流，也就是说实际的民间传播其实还早于1920年5月。叶伯和当之无愧属于中国最早写作白话新诗的诗人之一。

叶伯和的新诗创作选择参与到了白话新诗发生的第二条路径——在胡适的借鉴西方文学民族语言（白话口语）复兴历史，输入外来诗歌样式之外，从"乐歌"创作中获得灵感，由"唱"而"写"，借助音乐旋律的启示构建白话口语入诗的可能。在当时一批知识分子的留日经验中，"学堂乐歌"的存在有着特别的启示意义。

现代欧美国家，包括唱歌在内的艺术课程是现代教育的主要组成部分。"脱亚入欧"的日本更将"乐歌"提升到政府决策的高度，以学校唱歌"德性涵养"，这是"军国民"教育的重要内容，给留日知识分子极为深刻的印象。沈心工、李叔同、曾志忞、路黎元、高寿田、冯亚雄等在日本留学的第一代音乐人，见证了乐歌在日本的学校教育、政治宣传及人民生活中的巨大作用，他们将"乐歌"引入中国，在近代新式学堂中开始仿效国外教育，发展艺术教育，设置乐歌（唱歌）课。1904年清政府颁布由张百熙、张之洞、荣庆共同制定的《奏定学堂章程》，提出"在新式学堂中开设乐歌课"，"学堂乐歌"的概念由此诞生。留学日本又研习音乐的叶伯和成了乐歌在中国的实践者。

叶伯和是在为师范生准备教学案例之时,动手编写"乐歌"的,他自己也作了分类,"没有制谱的,和不能唱的在一起,暂且把他叫做'诗'。有了谱的,可以唱的在一起,叫做'歌'"①,合在一起,就是《诗歌集》。看得出来,既有传统诗学修养又具音乐专业素质的叶伯和对音乐与诗的关系是有精准把握的。

《诗歌集》正文,"歌类"10首,"诗"类25首,"诗类"数量远远超出一般"学堂乐歌"的结集,是真正的"诗集",诗集还有附录,也分"诗类"和"歌类",收入旧体创作,这说明叶伯和具有清醒的语言问题意识,他竭力推动的是更具有现代语言形态的白话新诗。

除了具有日本"乐歌"经验的叶伯和,试图借助音乐来激活中国诗歌变革的四川人还有两位,王光祈与吴芳吉。

王光祈(1892—1936),今天我们常常提及他的身份包括音乐家、少年中国学会的发起人之一、社会活动家等,但作为"诗人"的他却几乎被我们所遗忘。

王光祈诗作不多,到目前为止,被发现的诗作包括旧体诗9题19首,新诗2首,歌词13首。值得注意的是,这仅有的2首新诗,就有1首被著名的音乐理论家、指挥家李焕之先生等多位作曲家谱曲传唱,13首歌词也是有词有曲,所有曲谱皆由王光祈亲自绘制,这都体现了诗人的作品具有鲜明的音乐性。王光祈有创作,更有对音乐文学的研究,他的《德国国民学校与唱歌》《各国国歌评述》《论中国古典歌剧》《中国诗词曲之轻重律》《西洋音乐与诗歌》《西洋音乐与戏剧》等专题研究显示了他对中外文学与音乐关系的系统关注。在代表作《中国音乐史》《西洋音乐史纲要》《东西乐制之研究》等著作中,他又将"音乐"提升为一种关乎民族文化、民族精神的根本性问题。"吾国孔子学说,完全建筑于礼乐之上","故礼乐者与中华民族有密切关系,礼乐

---

① 叶伯和:《诗歌集·自序》,华东印刷所1920年版。

不兴,则中国必亡。"①"我们中国古代的法度文物,以及精神思想,几乎无一不是建筑于音乐基础之上。假如没有音乐这样东西,中国人简直将不知道应该怎样生活。""吾将登昆仑之巅,吹黄钟之律,使中国人固有之音乐血液,重新沸腾。吾将使吾日夜梦想之'少年中国'灿然涌现于吾人之前。"②

在中国现代文学史上,吴芳吉身份尴尬,他的大量的旧体诗作使之难以在"新文学"的主流叙述框架中现身,同时,他又置身于五四时期,无法在晚清诗坛中获得一席之地,因为与吴宓的私人关系,有人试图将之归为"学衡派",但是其学术背景分明又与那批"学贯中西"的白璧德弟子并不相同。随着五四激进主义受到某些"重估",吴芳吉对新文化派特别是胡适的质疑逐渐引起人们的关注,一些学者开始肯定他的"保守"立场,发掘其诗歌理论在"继承中国优秀传统文化"方面的积极意义。其实,这里依然是误解多多,吴芳吉诗歌之于中国新诗的探索的真正的启示尚未得到深入的总结。

吴芳吉并不是一位刻意要回到"传统"的诗人。他反对五四新文化派对于传统文化的某些否定之词,那只是不满于在他看来的偏激主张,力主继承与发展的"中正之道"。对于新文化运动、文学革命本身,他多次表示认可。1918年4月3日,他在日记中写道:"寄绮笙师一书,谓文学革命之言虽多过当,亦不可概抹煞之。"③1920年7月致信上海《民国日报》记者邵力子,称:"以根本论,我对于今之新文化运动,是极端赞成的。"④数年后,在自我总结的论述中,他更是说得清楚:"国家当旷古未有之大变,思想生活既以时代精神咸与维新,则

---

① 王光祈:《德国音乐与中国》,原载《申报》1923年10月,引自《王光祈音乐论著选集》上册,人民音乐出版社1993年版,第21页。

② 王光祈:《东西乐制之研究·自序》,引自《王光祈音乐论著选集》下册,人民音乐出版社1993年版,第1、7页。

③ 吴芳吉:《吴芳吉集》,巴蜀书社1994年版,第1220页。

④ 吴芳吉:《答上海民国日报记者邵力子》,《吴芳吉集》,巴蜀书社1994年版,第657页。

自时代所产之诗，要亦不能自外。……故处今日之势，欲变亦变，不变亦变，虽欲故步自封而势有不许。"① 对于中国古典诗歌的发展困境，作为诗人的吴芳吉与白话诗人一样深有体会，绝不是一个冥顽不化的"冬烘"先生。

结合诗人的创作，我们更容易理解这一点。有学者统计说："迄今为止所见吴芳吉诗总计有 237 题 812 首（段），其中律诗 53 题 146 首……其余 184 题 666 首（段）多数都可以算现代新诗。"② 当然，这 184 题 666 首（段）是不是我们通常意义的"新诗"呢？我觉得还可以商榷，因为它们的语言自由度也还与郭沫若诗歌与其他五四白话新诗有别，不过，大多数的吴芳吉诗歌，都与我们所熟悉的近体诗不同却是真实的，在这里，白话词汇居多，有的还融入了方言，韵律宽泛，句式长短不齐，极为自由，有两言、三言、四言、五言、六言、七言，甚至十四言，语言体式之多，这在任何一位传统的中国诗人（包括晚清"诗界革命"诗人）那里都不曾有过。尽管与我们典型的现代新诗有异，但你却不能不承认，吴芳吉立意对中国诗歌展开全新的改革，努力为我们探索建立起一种新的诗歌形态。语言样式多，体式变化频繁，实际上就是诗人在自由调用不同的韵律、节奏方式，达成那"顺、熟、圆"的艺术效果。在创作中，他有意识突破格律严苛的近体律诗的限制，将中国古典诗歌史上出现过的众多的韵律样式都加以尝试、运用，包括乐府、歌行体、民歌民谣、词、曲等。吴芳吉为我们留下的许多诗作从诗题就可以看出这些体式的存在：

行：《儿莫啼行》《海上行》《步出黄浦行》《巫山巫峡行》《曹锟烧丰都行》《思故国行》《短歌行》《痛定思痛行》《红颜黄土行》《北望行》《北门行》《周穷行》……

---

① 吴芳吉：《〈白屋吴生诗稿〉自序》，《吴芳吉集》，巴蜀书社1994年版，第555页。
② 李坤栋：《论吴芳吉的现代格律诗》，《重庆工商大学学报》（社会科学版）2003年第2期。

歌：《吴碧柳歌》《君山濯足歌》《汉阳兵工厂歌》《聚奎学校校歌》《聚奎学校食堂歌》《巴人歌》《渝州歌》《江津县运动会会歌》《埙歌》……

曲：《笼山曲》《可怜曲》《浣花曲》《甘薯曲》……

谣：《非不为谣》《摩托车谣》……

词：《婉容词》《明月楼词》《护国岩词》《忧患词》《五郎词》《杜曲谒少陵先生词》……

在传统诗歌写作日益衰弱的民国初年，诗人吴芳吉再一次弹奏了各式各样的传统音调，试图为新的诗歌变革注入源头活水，融冰消雪，在自由和谐的旋律中实现中国诗歌的凤凰涅槃。如果说叶伯和、王光祈他们尝试从中外音乐的韵律中寻觅新诗的活力，那么吴芳吉则是试图从中国古老的音乐曲谱中发现中国诗歌自我更新的机会。思路有别，理想如一。

二

考察晚清民初的四川诗坛，我们还会发现一个重要的现象，那就是无论是走出夔门的郭沫若、王光祈，还是重归乡土的叶伯和，在他们的周围都汇聚了一大批本乡本土的志同道合者，他们或小有成就或初出茅庐，或忠贞于文学或别有术业，但在一定的时期内，都不约而同地注目新诗，热衷于诗歌问题的讨论，背景不同却焦点一致，这些人群的聚集可能并非一处，各自构成紧密不等的交往圈，但是不同圈群又总能在不同的点上纵横交叉，以至在总体上显示了"四川诗人群"蔚为壮观的阵势，在当时中国诗坛并非人声鼎沸的景观中，给人印象深刻，属于中国新诗史上一个引人瞩目的历史现象。

叶伯和个人的日本体验让他走上了"乐歌"与新诗的探索道路，但是这一尝试在民国初年的成都并不孤单，他的周围很快围聚了一批新诗爱好者。"果然第一期出版后，就有许多人和我表同情的，现在交给我看，要和我研究的，将近百人；他们的诗，很有些比我的诗还好。"① 百人的新诗写作队伍，活动在民国初年的内陆城市成都，这是足够壮观的了，这些诗作的完整面貌我们今天已难看到，不过，从《诗歌集》中附录的近10首来看②，基本都是叶伯和自述的生活的"白描"，属于初期白话新诗的常见样式。例如为诗集作序的穆济波，"穆济波君新诗的作品很多"③，叶伯和诗集保存了他的第一首白话新诗《我和你》：

倦了！那曼吟的歌声；悠扬的琴声；一齐和着！
调和纯洁的精神！祷祝平安的幸福！
这样自由的空气里，笑嘻嘻的只有我和你！

两年后，叶伯和组织了四川第一个文学社团"草堂文学研究会"，出版《草堂》期刊。除叶伯和本人外，草堂文学研究会的主要成员包括陈虞裳、沈若仙、雷承道、张拾遗、章戢初等。他们大体都是当时成都思想活跃的青年，例如张拾遗、章戢初、沈若仙曾与巴金等同为无政府主义社团半月社的成员（巴金以笔名"佩竿"在《草堂》2、3期上发表过小诗），张拾遗、雷承道等后来又是四川第一家诗报《孤吟》的主要撰稿人。《草堂》创刊于1922年11月30日，至1923年11月15日共出版了四期。《草堂》第二期的《编辑余谈》中表示："我们的文学会，是几个喜欢文艺的朋友的精神组合。并没有章程，和会所。一时高兴，又把几篇小小的作品印了出来。承许多会外的友人，写信来问入会的手续。我们在此郑重地答复一句话：'只要朋友们不弃，多多赐点稿件，与以精神上的援助，便算入会了'。"④ 这道出了草堂文学研究会

---

① 叶伯和：《诗歌集·再序》，华东印刷所1920年版。
② 穆济波1首，陈虞父1首，董素1首，彭实1首，文鑑1首，SP 2首，蜀和女士2首。
③ 叶伯和：《诗歌集·我和她（有序）》，华东印刷所1920年版。
④ 《草堂》1923年第2期。

及杂志的同人性质。"诗歌"是《草堂》的首席栏目，四期杂志共发表新诗112首。较之于叶伯和的《诗歌集》，《草堂》同人的新诗作品开始跳出个人生活感兴的狭小范围，迈入历史、社会、自然、风俗等更为宽阔的领域，体现出新诗发展中可以清楚观察到的进步。

1923年5月15日，成都诞生了第一份新诗报纸《孤吟》，半月一期，每期8开4版，至1923年8月1日止，共出版六期，其中第三期含"儿童诗歌号"4版，共8版。诗报第五期上公布了"本社社员名单"，从中我们可以了解这一诗歌群体的同人构成及诗报的基本分工，其社员有刘叔勋、雷承道、杨鉴莹（主管收费兼通信）、张拾遗（主管编辑）、张望雲（主管发行）、张继柳（主管发行）、章戬初、唐植藩、徐荪陔、唐苇杭（主管编辑）、周无斁等11人。经常发表作品的人员还有窦勤伯、刘叔勋、立人女士、K. T.、思绮、成章、叔汉、非空等，巴金以笔名P. K.和佩竿发表了长诗《报复》和小诗7首。《孤吟》主要的编辑张拾遗与社员雷承道、章戬初等曾经是《草堂》的主要成员，张拾遗、章戬初和巴金又同为《半月》社员，由此可见，诗报是四川文学青年的又一种组合方式，属于民初四川相互交叉、彼此呼应的多重诗歌圈之一。1923年8月1日出版的《孤吟》第六期上，有一则"蜀风文学社启示"，称"本社系由《孤吟》和《剧坛》组合而成，依出版先后，定《孤吟》为第一种刊物，《剧坛》为第二种刊物，均定每月一号及十六号出版。（本社简章俟《剧坛》出版时披露）"。"蜀风社"应当是他们拟议中的团体名目，可惜《孤吟》只到此为止了，《剧坛》也未曾发现。

在对新诗的探索与经营方面，《孤吟》较《草堂》又有了明显的进步，这体现在两个方面。一是加强了对一些独特的诗歌样式的探索，例如小诗和儿童诗。小诗出现在1921至1925年间的中国新诗运动中，当时国内的新文学刊物如《晨报副刊》《时事新报·学灯》《民国日报·觉悟》《文学》周报、《诗》月刊，甚至《小说月报》等都大量刊载小诗，《孤吟》显然是有意识汇入这一时代主潮，第二期打头便是佩竿（巴金）的《小诗》，以后又陆续发表了唐苇杭、徐荪陔等人的小诗创作。"儿童诗"这一概念最早出自《晨报副镌》，1922年5月11日，副镌发表了程苑的《镜中的小友》，诗前附注里提及了"儿童诗"。不过在当时，刊登"儿童诗"的主要阵地却不是新文学期刊而是专业性的读物，如北京大学歌谣研究会1922年12月创刊的《歌谣》，"儿歌"被列为民间歌谣搜集整理的对象，再如1922年1月16日上海商务印书馆创办的《儿童世界》、1922年4月6日中华书局创办的《小朋友》周刊。《孤吟》在第三期的附加增刊《儿童诗歌号》发表儿童诗歌28首，此后第四、五期又以专栏形式分别发表4首，第六期再发表5首，至终刊共发表了41首，作者多来自各中小学校。《孤吟》是成人的新文学报刊中第一个推出"儿童诗"专辑的，可谓是对中国新诗也是对儿童文学的一种独特的探索。

《孤吟》第二方面的贡献就是加强了诗歌理论的探讨。诗报的创刊号上推出了张拾遗的《〈惠的风〉的我见》，直接介入到当时国内诗坛的争论中。此后，诗报又先后发表了UJ《孤吟以前的作风的轮廓》[①]、CL《新诗与新诗话》、思缱《谈旧诗·赤脚长须之厄运》[②]、既勤《我对于读诗的一个意见》[③]、张拾遗《从〈儿童诗歌号〉得到的教训》及K.T.《我们出儿童诗歌号的旨趣》[④]、张拾遗《毛诗序给我们的恶影响》[⑤]、K.T.《说哲理诗》等论文，[⑥] 就新诗的价值、四川新诗的历史、新旧体诗歌的关系、诗歌的欣赏、儿童诗的定位等问题展开论述，最集中地表达了当时四川新诗界对新诗发展相关问题的理论思考。值得一提

[①] 《孤吟》1923年第2期。
[②] 以上两文见《孤吟》1923年第3期。
[③] 《孤吟》1923年第4期。
[④] 以上两文载《孤吟》1923年6月15日增刊。
[⑤] 见《孤吟》1923年第5期。
[⑥] 《草堂》1923年第6期。

的是，四川的青年诗家已经开始自觉地总结四川新诗的发展历程，史的总结之中，流露着对区域文学建设的深深情感和自觉。UJ《孤吟以前的作风的轮廓》一文对四川新诗发展的史料多有梳理，今天其中的部分史料已经难以完整寻觅了，如《直觉》《半月》《平民之声》等，不过，透过这1923年的概括，我们也可以知道，20世纪20年代之初的四川新诗几乎遍及了当时四川的主要期刊，除了纯文学类的《草堂》《孤吟》，其他的思想文化类杂志也都刊登新诗作品，一句话，新诗在四川这一地域的新文化读物中，真是遍地开花。

不过，从《孤吟》继续前行，最终推出自己独立诗集的作者似乎不多。到目前为止，我们只找到一位张蓬洲。他1904年生，原名映璧，后又名蓬舟，成都人。接受过私塾教育，又求学于强国、华英等新式学校，1921年，17岁的他第一次在四川《国民新闻》第七号发表了新诗《落花》，1923年6月13日，他在《孤吟》第四期上发表了一篇诗论随笔《玉涧读书》，也是在这一年，他自费印行了自己的第一部诗集《波澜》，收入诗歌8题共15首，以质朴清新的语言描述他在四川及沪宁一带的旅行感受，其中《落花·小序》道出了一代青年诗人对于破旧立新的新诗浪潮的由衷的欢迎："自从有人提倡'打破旧诗''创设新诗'以后，附和的人，犹如风起浪涌一般！在试办的期内，居然成功的好的创作，就已不少！专集既有几种，散见于报纸和杂志上的，更是拥挤十分！大家为什么这样努力呢？是好育从新奇吗？决定不是；因为大家都受着'旧诗'形成上的拘束，凡是一字一句，都要墨守死人的陈法，不能够将真正的精神畅所欲言的写出来。"[①] 在这里，诗人提到了新诗见刊"十分拥挤"，在诗集前的《断片的卷头话》中，又称自己的作品在成都重庆的报纸上"简直是'照登不误'"[②]，在一定程度上也反映了当时四川媒介对于新诗创作的宽容度。

---

① 张蓬洲：《落花·小序》，《波澜》，1923年出版（自印）。
② 张蓬洲：《断片的卷头话》，《波澜》，1923年出版（自印）。

当《草堂》《孤吟》这些四川早期白话诗人努力于成都之时，另有一批四川的文学青年也在当时的新文化中心城市组团结社，尝试着群体性的新文学建设。这就是以林如稷为核心的浅草社。浅草社1922年初成立于上海，1923年3月创办文学杂志《浅草》季刊，至1925年2月出版第四期后终刊，其间又先后为《民国日报》编辑副刊《文艺旬刊》和《文艺周刊》，至1924年9月16日止。浅草社的骨干、《浅草》季刊及《民国日报》的两个副刊之主要编辑大部分为京沪两地的四川青年，包括林如稷、陈炜谟、陈翔鹤、李开先和王怡庵，杂志的主要撰稿人如邓均吾、高世华、马静沉、陈竹影、胡倾白等也来自四川，所以我们完全可以将这一群体视作五四时期跨出乡土的四川青年如何在文化中心结社奋斗的典型。《浅草》创刊号的"卷首小语"与"编辑缀话"生动地告诉我们，这些来自外省的默默无闻的学子如何的备感孤寂，如何渴望在彼此扶助中抱团取暖："在这苦闷的世界里，沙漠尽接着沙漠，瞩目四望——地平线所及，只一片荒土罢了。""我们不愿受'文人相轻'的习俗熏染，把洁白的艺术的园地，也弄成粪坑，去效那群蛆争食。"①

浅草同人多外文系的学子，他们在《文学旬刊》上翻译介绍过法、美、英、德、俄、日、印等多国的文学经典，创作也有效法欧美19世纪以降浪漫主义——现代主义之处，不过这主要体现在小说创作中，其新诗写作还比较质朴，以传达步入社会的青年一代的孤寂彷徨为主，与同时期成都的孤吟社一样，力图发出"失路者的呼声"，"来发挥青年的时代的烦闷"②。站在中国新诗整体发展的角度，我们以为浅草社的主要贡献在于他们通过自己跨省（四川和省外其他青年诗人）跨城（上海—北京）跨院校（北京大学、复旦大学等）的活动，建立起了一个联系广泛的文学共同体，大大地推进了青年文学群体内的思想与艺术交流，彼此提振志业信心，为中国新文学及中国新诗的坚实发展厚植了

---

① 《浅草》1923年3月25日第1卷第1期。
② 《我们底使命》，《孤吟》1923年第1期。

基础。浅草社的活动虽然到1925年告一段落,但其骨干成员如冯至等在此基础上继续努力,创立沉钟社,兴办《沉钟》,一直坚忍不拔到1934年,成为鲁迅心目中"最坚韧,最诚实,挣扎得最久的团体"。①

《浅草》创刊之际,成都的《草堂》第三期为之刊登了目录,还特别以乡情博取读者认同:"浅草社的社员大多是川人旅外者。"《浅草》创刊后,也特地在目录页后显著位置为《草堂》做广告,用了一句很蛊惑人心的话——内容极美。就是这种文学群体间的良性互动巩固着新诗发展初期的内部交流,为一代青年诗人的成长疏通道路。例如邓均吾本人也是创造社成员,于是,"通过邓均吾的介绍,1922年夏天,陈翔鹤、林如稷先后与郁达夫、郑伯奇、郭沫若、成仿吾等相识并成为好友。"②创造社元老郑伯奇也这样描述浅草—沉钟社的四川人:"由于均吾的介绍,我认识了沉钟社的陈翔鹤先生。均吾翔鹤都是川人。此次入川,都在成都遇到,偶尔谈到当年上海的情形,彼此都有不堪回首之感。当时沉钟社是新兴起来的青年作家团队。他们的倾向跟创造社很相近,可说是创造社的一支友军。"③浅草成员来自四川又联系京沪,跨越多个地域和不同的高等院校,甚至通达域外,与创造社这样活跃而人员籍贯不确定的团体交流往还,四川的诗人也就与外省外域的诗群融为了一体。

和浅草社一样主要成员来自四川,又与中国主流知识界关系密切,最终引领时代潮流的另外一个重要群体是少年中国学会。

少年中国学会发起的最早动议来自四川青年王光祈和曾琦,前期参与筹划的还有四川同乡周太玄、陈愚生等人。1919年7月1日,学会宣布成立,7月15日,《少年中国》创刊,至1924年5月停刊,共出版

---

① 鲁迅:《〈中国新文学大系〉小说二集序》,《鲁迅全集》第6卷,人民文学出版社1987年版,第244页。
② 邓颖:《邓均吾在创造社和浅草社的文学活动》,《红岩》1999年第1期。
③ 郑伯奇:《二十年代的一面》,原载《文坛》1942年第1—5期,引自《创造社资料》下册,福建人民出版社1985年版,第761页。

12期。1920年1月,《少年世界》出版,至当年底终刊也出版了11期。王光祈、曾琦和周太玄与李劼人、魏时珍、李璜、蒙文通、郭沫若都曾是成都四川省城高等学堂分设中学丙班的同学,因为这层学缘地缘的关系,成都也成了学会重要的活动之地,少年中国学会的三个分会中成立最早、活动开展也最有声势的是成都分会,主要成员李劼人、穆济波、周晓和、李思纯、李晓舫、彭举等人与少年中国学会创始人——王光祈、周太玄和曾琦等人之间互动密切。在王光祈的建议下,成都分会仿效北京《每周评论》创办《星期日》周报,《星期日》始于1919年7月13日,至1920年8月停办,共出52期。"据统计,在少年中国学会会刊《少年中国》杂志上,有会员56人,共发表文章564篇,其中同班同学王光祈、曾琦、魏时珍、周太玄、李劼人共发表133篇。如果再将康白情、陈愚生等四川同乡会员的文章加起来,就可以清楚地看到,同乡同学在社会团体组织中的纽带作用。"[1]

少年中国学会"本科学的精神,为社会的活动,以创造'少年中国'",[2] 它通过期刊创办、图书出版、社会调查、社会运动、思想传播等方式极大地推动了现代中国的思想启蒙,是五四时期影响最大的青年社团,五四时期的各路思想俊杰几乎都参与了这一学会的活动,包括李大钊、邓中夏、恽代英、张闻天、高君宇、毛泽东、黄日葵、赵世炎、刘仁静、杨贤江、沈泽民、左舜生、张申府、卢作孚、康白情、田汉、黄仲苏、宗白华、舒新城、方东美、李初梨、许德珩、朱自清、杨钟健等,未来影响中国的主要思想潮流——共产主义、国家主义、无政府主义都可以在学会的成员中找到最初的来源,现代中国在不久以后的政治、经济、思想、教育、文化、实业等诸界领军人物都曾浸润在"少年中国主义"的世界之中。似乎还没有哪一个五四知识分子群体成为如此

---

[1] 陈俐:《郭沫若与少年中国学会同乡同学关系考》,《新文学史料》2007年第4期。
[2] 《少年中国学会规约》总纲第二条,见《少年中国学会周年纪念册》,上海亚东图书馆1920年版,第33页。

丰富的思想策源地，少年中国学会的出现和思想文化运动的开展最终开启了未来现代中国思想的主流。

由几位四川青年发起的这一思想文化团体当然也扩大了四川之于现代中国主流思想的参与度，并在中国新诗的发展史上烙下了深刻的印迹。

除了王光祈、曾琦作为少年中国学会总会领袖的巨大推动外，成都分会的活动特别是《星期日》周报也在全国范围内产生了重要的影响，《星期日》刊发了极具时代性的思想檄文，如吴虞《吃人与礼教》《说孝》，陈独秀《男系制与遗产制》，李大钊《什么是新文学》以及高一涵的《言论自由问题》等。《吃人与礼教》很快被《国民公报》《新青年》和《共进》转载，轰动一时。北京、上海的新文化领袖如陈独秀、李大钊、胡适、潘力山、张东荪等也纷纷赐稿。这些文论"犹似巨石投入死水，立刻在青年和社会中绽开了璀灿的火花"①。可以这样说，进入现代以来，四川一地的媒体深入参与中国主流的思想运动，成为主流精英的舆论阵地，也吸引了全国读者的关注，这还是第一次。

虽然是思想文化的期刊，但是无论是北京的《少年中国》、南京的《少年世界》还是成都的《星期日》，都表现出对文学与诗歌的持续关注。《少年中国》《少年世界》和《星期日》等都辟了很多篇幅来发表新诗创作和新诗研究。《星期日》被《孤吟》总结为四川新诗第一阶段的主要载体，上面刊登过《三十年前做孩子的事情》《节孝坊》《送报》《月夜》《法》《爱》《我和你》《鹦鹉》等大批白话体新诗。"仅在已出版的四卷《少年中国》月刊中所发表的诗作就达近一百五十首，而在有九卷之多的《新青年》中所刊的新诗亦不过二百多首。"② 作为思想文化杂志，它还组织了两期"诗学研究专号"，更是绝无仅有。今天学界已经充分意识到，从早期白话新诗的无序写作到20世纪20年代中期

---

① 穆济波：《成都"少年中国学会"与〈星期日〉周报》，四川省文史研究馆编：《巴蜀述闻》，上海书店1992年版，第39页。
② 钱光培、向远：《"少年中国"之群》，《文学评论》1981年第2期。

以后逐渐步入艺术形式的讲究与探求，"少年中国"群体所发出的声音是一个重要的推手，"初期白话诗创作和理论在审美心理和形式观念上存在的一些根本问题，直到《少年中国》真正地找到了症结所在"①。在这方面，几位四川诗人和诗论家是积极的投入者。周无（周太玄）《诗的将来》、康白情《新诗底我见》、李思纯《诗体革新之形式及我的意见》《抒情小诗的德性及其作用》、李璜《法兰西诗之格律及其解放》等论文，都较早明确提出了新诗的诗体建设问题。周无提出了诗歌与小说、新诗与旧诗的文体区别②，李思纯则不满于时下之白话诗"太单调""太幼稚""太漠视音节"，提出了输入范本、融化旧诗等主张③，李璜介绍了法兰西歌格律的演进，强调说："诗的功用，最要是引动人的情感。这引动人的情感的能力，在诗里面，全靠字句的聪明与音韵的入神。"④康白情虽然认同胡适的白话自由诗方向，但却着力于诗与散文的区别、新诗的音节与刻绘、新诗与新词新曲等形式问题⑤，这都是"有什么话说什么话"的简陋的初期白话诗所无暇虑及的。

经过以四川青年为骨干的少年中国学会同人的努力，中国新诗开始了向更成熟的方向的迈进。中国新诗的创立之初，以某一城市、区域为中心形成大面积的创作队伍，彼此呼应，共同发展，实在罕见。四川诗人由此成为中国新诗发展史上的特殊贡献者。

2020 年 7 月 25 日于长滩书屋

---

① 陈学祖：《〈少年中国〉与中国新诗审美形式观念的确立》，《江西社会科学》2003 年第 1 期。
② 周无：《诗的将来》，《少年中国》1920 年第 1 卷第 8 期。
③ 李思纯：《诗体革新之形式及我的意见》，《少年中国》1920 年第 2 卷第 6 期。
④ 李璜：《法兰西诗之格律及其解放》，《少年中国》1921 年第 2 卷第 12 期。
⑤ 康白情：《新诗底我见》，《少年中国》1920 年第 1 卷第 9 期。

诗　作

叶伯和 23 首

三十年前做孩子的事情

叶伯和

我和你见面时、
我是个孩子；你也是一个孩子。
我们顽耍、常在一块儿、
我放风筝、你踢毽子。
　现在呢？
　　我的须渐渐长了、好像春天的青草；
　　你的发渐渐落了、好像秋天的树叶。
我们家中、添上几个孩子、
　说是"我们的儿女"。
记得三十年前、做孩子的事情、
　都还印在脑筋里。

（选自《星期日》1924 年 4 月第 36 号）

一　弟

叶伯和

　二弟！

我和你初学洋琴时、
你的意思……"总想自己有一架洋琴"。
我为什么不依着你、你是知道的。
今天我有了洋琴、却没见了你。

洋琴初到时、忘却没有了你。
我心中好像说：
"好了！二弟！快来和我合奏。"
停了一会儿、我却想着了；
我想着有了洋琴、已经没有了你。

白日我知道你死；
睡熟时我又忘记、——
　我梦中在和你弹洋琴、
　醒来又没见了你。——
二弟！　　何日才见着你归来。
洋琴！　　我怕看见了你呀！

（选自《星期日》1920 年 4 月第 36 号）

心乐篇(24 首)

叶伯和

　　Tagore 说："只有乐曲，是美的语言。"其实诗歌中音调好的，也能使人发生同样的美感——，因此我便联想到中国一句古话，郑樵说的："诗人，人心之乐也"。和近代文学家说的："诗是心琴上弹出来的谐唱"。实在是"词异理同"。我借着他这句话，把我的"表现心灵"，和音节好点的诗，写在一起，名为心乐篇。

第一首

彷徨的少年，他怎么能认识你——！

你用那和煦的炉子暖着他；轻细的扇儿凉着他；

　　透明的灯儿照着他；蜜甜的饮料润着他：

爱呀！你是没有一刻儿离开了他，

　　他反转说："寻不着你！寻不着你！"

他在那黑暗—凄凉—恐怖—虚伪的地方寻你，

　　你何尝在那里？哦！他原来不能认识你！

　　　　　　　　　　　（选自 1920 年华东印刷所《诗歌集》）

第二首

爱呀！我知道你的住处，我寻得着你，

你是藏在那众人都看不见，听不着的，一个四面虚空的屋子里。

你挂着许多真实自然的图画；奏着许多爽快温和的曲子。

　　但是我只寻不出你绘图的纸；和奏乐的琴在那里？

　　　　　　　　　　　（选自 1920 年华东印刷所《诗歌集》）

第三首

我要看你，却找不着我的眼儿？要听你，却找不着我的耳朵？

　　要尝尝你的滋味，却找不着我的舌子……？

爱呀我的眼—耳—舌—……是不是都被你拿去了？

连我的身子，也被你缚住了呵？

哦！不是；那是我还给你的。

　　　　　　　　　　　（选自 1920 年华东印刷所《诗歌集》）

第四首

你是神！你是万能！

你是要我痛苦么？但我为着你受了多少快感；

你是要我安慰么？但我为着你流了多少血泪。

哦！这都不是你；是我自己！

爱呀！宇宙间只有你是赤条条的！

（选自1920年华东印刷所《诗歌集》）

第五首

你的赠品，是几丛鲜艳的香花，

你以为这么样的，便能使我心上恋着么？

  其实你当作她是花，我当作她是刺呵！

因为我只看见这鲜艳的花，却寻不着那纯洁的爱——，

  反使我的心，好像用刀儿刺了一样的；

不如没有她，我心上更清静些。

爱呀！为什么你还不知道我的心呵？

（选自1920年华东印刷所《诗歌集》）

第六首

窗外的和风，仿佛吹进来一阵阵的琴音。

这时候你必要说："她的心是要跑了"！

其实我心中只想着你，那能听得到别的音声呵！

就是雷震，我只当是蚊虫叫；就是鸡鸣，我只当是苍蝇之声。

爱呀！你是猜错了！为什么你还不知道我的心呵？

（选自1920年华东印刷所《诗歌集》）

第七首（早浴）

你新浴后，站立在寂静的海岸上，

你散着发；赤着足；裸着你的半体；

你颈上挂着一串红珠，射着你樱桃似的嘴唇；

你双手握着几朵白莲，映着你柔雪似的肌肤。

我还未走到你的身旁，便觉大地都为你充满了清洁；

我渐渐地接近了你，我心中更生出许多怀疑：

你是天上的女神么？细看，却少了两个翅膀；

你是人间的"Model"么？但谁能刻绘你这样的真美？

（选自 1920 年华东印刷所《诗歌集》）

第八首（晚歌）

天已黄昏了！我两眼都被云雾蒙着；

我不能见你，但听着你断续的歌声，

——伴着竹露滴的清响

我听不出你唱的是什么调子？

  但是我的心，却跟着你细细地低吟。

晚风传播玫瑰的芳香，扑到我鼻子里；

  我便沉沉地，同着落花睡去了！

（选自 1920 年华东印刷所《诗歌集》）

第九首（新晴）

当那翠影红霞，映着朝阳的时候；

好像她戴着灿烂的花冠；穿着浅彩的衫子；
——淡黄的裙子；亭亭地立在我的身旁。
我想和她接吻，却被那无情的白云遮断了！
流泉的音波，一阵阵传到我耳朵里，
恰似她温柔的娇声，借着电话儿和我密语。
小鸟儿喃喃不已，"你是否欲替我传语？"
我忍不住了，便大声呼她：——
但是她只从幽深的山谷中，照着我的话儿应我。

(选自1920年华东印刷所《诗歌集》)

第十首（骤雨）

当那大风骤起，白云飞扬的时候：
我喜不自胜，想是她乘着飞艇来？
却怎么收去了光明的笑容；现出黑暗的怒色：
那闪闪的目光；隆隆的呼声——；
我十分恐惧呵！我心中只这样想，又不敢说：
"大量的人儿呵！你是爱我，你应该恕我"！
她真灵敏呵！她立刻感觉了我的恳求；
——便洒出她的泪；洗净她的面。
这时候黑暗都向天边飞去；光明却渐渐回来了；
她向着我微微地笑；又像是对着我细细地说：
我不能走到她的身旁，听不出她说些什么？
我只用着一种迫切的声音答复她说：
"是呵！你不必安慰我，我已经知道你的心了！"

(选自1920年华东印刷所《诗歌集》)

第十一首

如其你有什么话说,尽管诚实地告诉我:

但是你万不可用着你的口——;

只能用着你的心,说给我的心听;

因为我的心,也是和你一样的神秘;

你就是不说他终久也会知道的。

（选自 1920 年华东印刷所《诗歌集》）

第十二首

如其你要将你心中的神秘告诉我,请你不用在窗子里说;

他虽是仅仅糊着一张纸,我却不能把他打破;

要是纸破了,你的脸儿,藏在何处呢?

但我也保护不了他,他终久是要被风吹破的!

（选自 1920 年华东印刷所《诗歌集》）

第十三首

"你是在走么？"你不要瞒着我!

你是向着我走的么？为什么总走不到我的身旁!

你是背着我走的么？为什么总离不开我的意境!

"你趁早停步呵"！非是无益的。

我们俩想要"接近"或"离别,"除非世界有了末日？

（选自 1920 年华东印刷所《诗歌集》）

第十四首

我才在这里和你接吻；你又在那里和他握手。

你究竟有多少的化身；有多少的藏窟？

就是恒河的沙，也算不尽你的数目；

就是太阳的光，也照不透你的昏默。

我想要完全探出你的秘密，除非世界有了末日？

（选自 1920 年华东印刷所《诗歌集》）

第十五首

我恨我的心，不是一幅画图，不能使你看得出她的颜色；

我恨我的心，不是一调曲谱，不能使你听得出她的声音。

哦！我的心；我不要了！

让你拿去解剖罢！

（选自《伯和诗草》，版本不详）

第十六首

你说：你的心是已经碎了！

我说：我究竟有没有心？我都忘却了！

宇宙是什么？人类是什么？

你是什么？我是什么？还没有确实的了解；

什么是你的心？什么是我的心？哪里能够知道呵！

我说：如其你的心还没有碎完，趁早拿去丢了罢！

（选自《伯和诗草》，版本不详）

第十七首

当我的心丢了的时候,我便恍惚迷离,若狂若痴:

我无日无夜地,走遍天涯,总寻不出一些痕迹。

一天早晨,我在山林中,红日初升;群鸟悲鸣;忽然遇着它,它说:

"把我的心给你罢!"

我双手捧着,放在我的胸中,想了一想,便狂喜道:

"是的!是的!这才是我原来有的!"

(选自《伯和诗草》,版本不详)

第十八首

当我原有的心回来的时候。

我用着亲切的眼儿,偷偷地看她:

她的光明,胜过了琉璃玻璃;

她的和蔼,胜过了春风秋月;

她的美丽,胜过了瑶草琪花;

她的真诚,胜过了浑金璞玉;

我急迫了,上前欲与她握手;

但总把她握不着,因为她其实还是没有的。

(选自《伯和诗草》,版本不详)

第十九首

舟人哟!

快快渡我早登彼岸罢!

谁说河广,一苇可以航行;

谁说海深,片帆可以飞渡。

但我当于何处,寻得一苇和片帆呵!

海云将生了!

风波渐恶了!

舟人哟!

快快渡我早登彼岸呵!

(选自《伯和诗草》,版本不详)

第二十首

黄叶纷飞了!

我们的叹息,还未停止呵!

时间哟!

你能延缓你一刹那的进行,

我们当偿还你的代价呵!

花早开尽了!

黄叶纷飞了!

但我们的叹息,总还未停止呵!

(选自《伯和诗草》,版本不详)

第二十一首

你是天仙的化人呵!

可惜我探不出你的真迹!

因为你的容颜,不是照像镜所能摄的;

——你的言语,不是留声机所能关的;

——你的心音,不是听诊器听得出的;

——你的脑海,不是 x 光线照得透的;

爱人哟!你这样超现实的美丽;

决不能在感觉的世界中求得呵!

（选自《伯和诗草》，版本不详）

第二十二首

自从大踏步走进地狱以后，

我发见它是一个最美满的加尔顿呵！

那里的山，是愁恨堆成的；

那里的水，是血泪流满的；

那里的船，是经过洪波巨浪的；

那里的一花一叶，通通是枯朽了又重生的：

典狱的人呵！我崇拜你！

我崇拜你，从苦恼中，造成这真正的乐园呵！

（选自《伯和诗草》，版本不详）

第二十三首（热烈）

倘若我肘下能生两翼，

我将飞入熊熊的火山里，

把我腐朽的躯壳完全焚毁：

只留着我的赤心，

像透明无瑕的红珠一样；

那时你摘取这颗明珠，

——用美丽的缨络装饰后——

贴紧地挂在你的胸前，

使它的影光，恰恰映在你的心上。

（选自《伯和诗草》，版本不详）

第二十四首（冷静）

倘若我内心的热力，

能把我的灵魂溶化成流水一样，

我将随着滚滚的长江，

流入浩渺无边的北冰洋；

那时我凝作一座冷静的冰山，

耸立在群峰之上；

什么珍禽，奇兽，异草，名花，……都不生长；

就是猛勇无畏的探险家，也不敢来望。

（选自《伯和诗草》，版本不详）

丹枫和白菊

叶伯和

美丽的枫叶，笑说淡素的白菊：

"看你这样朴素—冷淡，众人都轻待你；

我本来也是青枝绿叶的；却跟着时令，——

变成锦一样的红，众人都重视我"。

白菊花也不回答他。

秋风过了！霜雪来了！什么花都谢了！

白菊偏偏变了鲜红的颜色，在风雪中，更觉美丽！

那枫树的叶子，却落得满山都是了！

（选自1920年华东印刷所《诗歌集》）

玫瑰花(有序)

叶伯和

  Goethe 作的《玫瑰花歌》是 Schubert 作的谱,谱是很好的,我作的《梅花歌》就用这个谱唱。Goethe 的诗也好,但时代不同,他的主义就差了!我用我的意思,答他一首,原诗由杨叔明君译出,附在后面。

那么样的红呀!那么样的香呀!
 你以为有了刺刀,便能保护你么?
你看;那蝴蝶呵!他全身带上有毒的粉!
 那蜜蜂呵!他尾上常挂着锋利的针!
只要你有了艳色浓香,他们定要来采你的蕊,吸你的汁;
 你就有千千万万的刺刀,恐怕亦难得预防。

更有那猛烈的风;流沛的雨;——
 吹得你花也飞了!打得你叶也落了!
虽然留得一些刺刀,也没有丝毫的用处。

原　诗

杨淑明直译

一个孩子看见一窠玫瑰花开着,
 那小玫瑰花是生在野坝上的,
 "是很嫩的,并且如像早晨的那么新鲜",
这孩子喊得很快的说,又走近那花的侧边去看,那花是包含着许多的喜悦。
小玫瑰花，小玫瑰花，很红的小玫瑰花。
　　小玫瑰花是生在野坝上的。

孩子说；"我要折你，——
　　这小玫瑰花是生是野坝上的"！
小玫瑰花说："我要刺你，——
　　我要你为这事永久都把我忘记不了，——
　　并且还不许你这么做"。
小玫瑰花，小玫瑰花，很红的小玫瑰花。
　　小玫瑰花是生在野坝上的。

这粗野的小孩子，居然要去折，——
　　那小玫瑰花是生在野坝上的；
小玫瑰花为自己防御计，就刺他一下，
　　这时候报酬他的，只有苦痛和呻吟，
　　他必定立刻觉悟了。
小玫瑰花，小玫瑰花，很红的小玫瑰花。
　　小玫瑰花是生在野坝上的。

（选自 1920 年华东印刷所《诗歌集》）

我和她（有序）

叶伯和

　　穆济波君新诗的作品很多，《我和你》一首是他第一次尝试的成绩，这首诗的理想和美情，都是旧诗难得写出来的，我也有这种感想，就和了他一首，叫《我和她》，原诗附后。

荆棘也斫开了；虎狼也赶走了！我们工作都完了！
　　我和她携着手：渡过小河；穿过深林；——
回到山坡上一个屋子里；孩子们也放学回来了。

太阳刚进去；月亮才出来；——
　　我和她都换了晚装；携了乐器；牵着孩子们；——
来到蔷薇花的架下，都坐在一把长椅上。

看着月的光明；花的美丽；四面都静悄悄的。
我便弄起四弦琴；她也弹起"满多林"；
孩子们都唱着歌，按着拍子的舞蹈起来。

我也没有话说；她也只是笑着；
孩子们也只是快活；大家把睡眠都忘却了。

《我和你》穆济波（原刊于《星期日》社会问题号第二张。署名不平，有修改）
一个碧彩的菜园，纵横着几沟流水。
我挥着锄儿；你提着篮儿；并着肩一行一行的走去，
我一锄一锄的掘开了土；你一窠一窠的布下了子。
一会儿你也挥着锄；我也布下子；——
　　还是并着肩，照着一行一行的走去。

看哪！满棚的瓜儿，满架的豆荚，满篱的牵牛花，一齐笑着！
　　好像都含了无量的爱情；无穷的快乐。
这样自然的环境里，笑嘻嘻的只有我和你！

一个明洁的小房，纵横着几张书案。

我看着一部经济人间的书；你描着一幅表现自然的图；

我细细的看着读—想；你静静的对着描—画。

一会儿你也看着书；我也对着图；—商量—讨论……

倦了！那曼吟的歌声；悠扬的琴声；一齐和着！

　调和纯洁的精神！祷祝平安的幸福！

这样自由的空气里，笑嘻嘻的只有我和你！

（选自 1920 年华东印刷所《诗歌集》）

梅　花

叶伯和

（1）

百花次第都开放，是要欢迎"春光"。梅花怎么你先开，不等同件一齐来？是冰雪压开了你；是东风吹醒了你；还是你的自决？

（2）

你是有香有色的，何处不占一席！你何必这般急进，是否想导引全国？百花尚在睡梦中，你独自先求醒觉。你的脑筋，真敏活！

（选自 1920 年华东印刷所《诗歌集》）

兰　花

叶伯和

（1）

最早开的梅花，她是"百花之魁"。称国色的牡丹，她是"百花之王"。

不论她是花魁花王,总不如兰花这样清高,他不"以色媚人",人人自然都要爱他。

(2)

他的品,最纯洁,好像荷花号"君子"。他的香,最飘逸,好像桂子号"天香"。他开花的时间,要占春夏秋三季。像这样的植物,我们谁能学他?

(选自1920年华东印刷所《诗歌集》)

念经的木鱼

叶伯和

(1)

剥—剥—剥剥—剥,人家讲道,你也讲道;人家说佛,你也说佛。你为什么自己不说,要让人家替你说?

(2)

剥 剥 剥剥—剥,白冂也在说;夜里也在说。好的你也说;坏的你也说。"那何尝是我自己要说,是人家敲得我哭"!

(选自1920年华东印刷所《诗歌集》)

钟 声

叶伯和

(1)

在那自由空气之中,传播一种声浪。他的发人猛省之音,充满了世界十方。沉沉的睡狮,久鼾卧榻上。这回是被他惊醒了,你看他的大力量!

(2)

在那自由空气之中,传播一种声浪。他的和平清越之音,充满了世界十方。耽耽的猛虎,逞志疆场上。这回是被他惊退了,你看他的大力量!

(选自1920年华东印刷所《诗歌集》)

中学校校歌

叶伯和

小学校毕了业,怎么又进中学?要准备将来的实际生活。你的思想幼稚;你的能力薄弱。谁能使他长进?只有科学。

(2)

要是想进大学,中学是个梯子,梯子越上越高,直到层楼□□□□□□职业,中学是个良田,任你栽秧栽麦,都能丰收。

(3)

不怕山那么高!不怕水那么深!只要"精神一到,何事不成"。今年栽的小树;明年高过了人;再几年且看,呀!林木簇新。

(选自1920年华东印刷所《诗歌集》)

寄《星期日周报》的记者

叶伯和

雨下得久了!黑暗暗的环境,围着我毫无生趣。
今晨窗子外,射进来一股"精彩—透明的大光亮"——
　　照着新开的花儿,分外鲜明—清香;
　　引起聪明的小雀树上跳舞—唱歌。

我十分快活呵！我一面看，一听；一面想：

"这好看的花；好听的鸟声，为什么使我快活呢？应该谢谢她。"

又想："因为有了光亮，她才来的，应该谢谢光亮。"

不是；我又想："光亮是那里来的呢？应该谢谢造光亮的。"

造光亮的先生呀！我希望你永续不断地造去；——

常常引起花的鲜明；鸟的高歌；使众人都像我一样快活呵！

(选自1920年华东印刷所《诗歌集》)

月

叶伯和

月在大空，很高洁的。她的影子，偏偏要落在地下。

已经落在地下，也就完了；她偏又要往粉白的墙上爬：

爬呀！爬呀！爬了大半晚上，刚刚要上顶了：

天空渐渐亮了，她的体质和影子，都无形消灭了！

(选自1920年华东印刷所《诗歌集》)

孩子孩子你莫哭

叶伯和

孩子！孩子！你莫哭！听你爹爹向你说："你爹天天在教学；你妈昼夜都工作；粗布一尺，要钱二百；白米一升，要银两角。两人苦力。养你一人，不能使你衣食足"。

(2)

孩子！孩子！你莫哭！如今社会是怎么？好好田地莫人耕；好好房屋变

瓦砾。"一天出汗，没钱吃饭。""不耕不织，鲜衣美食。"重大问题，我不晓得，这个问题谁解决？

（选自1920年华东印刷所《诗歌集》）

幸福呢？苦痛呢？（乡村的妇人）有序

叶伯和

蜀中连年战事不休，每遇军队出发，必拉农人做夫役，搬运辎重。久假不归，田多荒芜。而大地主催租更忙，村妇无法对付，往往陷于自杀一途。昨在乡村，目睹此情，心有所不忍，随笔写出。有人问我："是诗？是小说？"我说："是一段事实。"

竹子编的篱；
茅草盖的屋。
篱边开着几棵野菊花；
屋前结着一棚冬瓜儿。
一个柔弱的妇人呆呆地站着；
一个可怜的孩子哼哼地哭着。
太阳红了！
雄鸡叫了！
只见小雀儿飞来飞去；
没见她们煮饭的烟子。
一个管事挟着皮包走来；
几个雇工推着车子在后；
妇人见了，便战栗栗地对着管事告苦：
　　"她说：她的丈夫被拉夫的拉去了！

她说:她的孩子还小,做不了庄稼;

她说:秧子干枯了!全没有结谷子!

她说:请你老向主人说情,缓我一刻!

她说…………"

管事变了可怕的颜色说:

"我不听你那些……

没有租子搬出去罢"!

妇人只有泪汪汪地说不出话;

孩子哭着说"妈妈!饿,要吃饭"!

前面喇叭的声音,又越吹越近了,

几个推车的雇工,都吓得偷跑了。

(选自1920年华东印刷所《诗歌集》)

疲乏了的工人　有序

叶伯和

　　成都某工厂,是一道大河围着的,前一会因为军事吃紧,夜里也在赶工。有个工人,做了一天一夜的工,弄得头昏眼花的,放工以后,跟着河边回家去,不提防一筋斗跌下水了!此时人家都已睡熟,任他喊破喉咙,也没人来救,登时一命呜呼了!听说他一家三口,都望着他供给哩

一个很高很大的工厂,

四方都被大河围绕着,

河中的水,从早到晚,不住的流;

他们的工作,也是日夜都不休。

呜呜呜——汽笛响了；
当当当——几点钟了？
这是工厂里放夜工的时候了！
一个疲乏的工人，最后才出来。

"哦！乏了！乏了！
今天虽是乏了！
却多得了几角钱。
回头买上两升米；
——再称上几两盐。
她，娘儿们又过活得几天；"
他心中一面想；一面走，
却又现出些快活的样子。

"荷荷"流得好急呀！
"扑通"跌下水去了！
　"阿呀！完了！怎么了呀！
　汩——挣扎不起来了！
　救命哟！……救…命！…
　天…呵—……"
是他最后的悲声，最终的祈祷，
这时候大家都闭门高卧，
谁听着呢？——谁理他呢？
只有孤月昏惨惨地照着；
几只村狗乱汪汪地叫着。

（选自1920年华东印刷所《诗歌集》）

牡丹 有序

叶伯和

　　看哪！现在有许多朋友，还在羡慕欧美已经过去的"资本主义。"我作这首诗，想劝劝他们！

牡丹！你看乡间的一草一木，何等自由！何等快乐！
自从别人上了你"花王"的尊号；附和的又说；"你生来富贵体"。
你便：舍弃了你的乐土，困在他们的盆内；
　　离别了你的根本，死在他们的瓶中。
你就：努力的开花，也不过"供他人赏玩"；
　　万分的鲜艳，也不过"生存十余天"。
新鲜的空气哪！甜美的清露哪！你何曾享受过这些滋味？
江上的夕阳哪！山间的明月哪！你何曾领略过这些风光？
牡丹！谁叫你要那个"劳什子？"抛却许多的"好东西"。
这也难怪你呵！是他们什么…………主义害了你！

（选自 1920 年华东印刷所《诗歌集》）

夜泊夔门

叶伯和

那里是水？那里是天？总把他分不开，
那里是云？那里是山？总把他切不断。
月在人上；人在船上；船在水上；
月影，人影，船影，却都映在水里，

——成了最亲密的一家人分不出谁高谁低
更配着云影，山影，便成了一幅很自然的图形。
还有风声，涛声，弦歌声，笑语声，……
也通通混在一起，又成了一曲四重音的调子。

（选自 1920 年华东印刷所《诗歌集》）

预　料

叶伯和

花，
你今年去了，明年又要来的，
但我不能预料你：
"明年更比今年鲜艳些不"？

月，
你暂时缺了，不久又要圆的，
但我不能预料你：
"免得了乌云的遮盖不"？

海，
你这样的汪洋，
也有枯干的时候么？

石，
你这样的坚牢，
也有破裂的现象么？

农夫,

你这样的勤劳,

也总有收获的日子?

(选自1920年华东印刷所《诗歌集》)

送 别

叶伯和

其 一

谁用石头压着我的脑?

谁用刀儿刺着我的心?

哦!原来是你,是你;

但只要你没要忘记:

"前番豺狼当道;荆棘满地;我们俩在其间努力地奋斗,终竟真诚战胜了虚伪,"那一段又悲壮又沉痛的历史。

你更没要忘记:

"那一夜西窗剪烛,共话生平:——

你说:'你当变作一株自由的大树,脱去人间一切拘束,却生存在旷野深山,饱领春风秋月的滋味。'

我说:'我当变作一只聪明的小鸟,日日站在树枝上面,唱出些极优美的诗歌,与你同听。'"

唉!吾友!这样真诚的历史和言语,已经深刻地给我一个印象。

但只要你永久都不忘记!

那石头自然压不伤我的脑!

那刀儿更不会刺破我的心!

其 二

　　只要你的身子，还是在这地球上；我们白日看着的太阳，晚上看着的月亮，总是相同的！

　　只要你的手，还是在你的身上；就有千言万语，总可以凭着纸笔，来代我们的喉舌！

　　只要你的心，没有变成石头；不管他云山万里，这一点灵犀，总是相通的！

　　只要你的灵魂，没有化作飞灰；纵经过一劫，二劫，乃至千百余劫，也决不会觌面无缘，交臂而失！

　　唉！吾友！什么叫生离？什么叫死别？

　　都是些自己寻来的苦恼，还是自己趁早把他抛了哟！

（选自《伯和诗草》，版本不详）

你便是我

叶伯和

你的慧根，是夙具的；

你的个性，是高洁——优美而真实的；

你是未满学龄，便能刻苦读书的；

你是以诗歌为你生命底源泉的；

你是能专壹使用你爱情的；

你是凭着你柔弱的灵魂，无时不与病魔宣战的；

你是备尝了有产阶级底家族制度的痛苦的；

你是受尽了一切虚伪礼教的束缚的；

你是真能读我底诗歌的；

你是真知我的：

因为你底性情，便是我底性情；
因为你底境遇，便是我的境遇；
因为你的心，便是我底心；
因为你便是我；
爱人哟！你可知道么？
自从最初诞生了你和我，便含着这样坚强的不可分性：

是鱼呵，当比目；
是鸟呵，当比翼；
是花呵，当并头；
是草呵，当并蒂；
是树呵，当交柯；
是……

爱人哟！你若是不幸而离开了我；
那么！世界上一切底鱼——鸟——花——草……
都应即时破裂？！

（选自《伯和诗草》，版本不详）

草堂怀杜甫

叶伯和

杜公！
你生在襄阳，

乃卜居在锦江。
你底名诗，大半成于入蜀之后，
或因感受蜀山蜀水底影响？

杜公！
你生当黄金时代，
却抱着满腹底悲哀。
你非无病呻吟，
是伤心人别有情怀！

杜公！
你虽一去不复返，
但你所居底草堂，尚依然如故呵！
你在草堂中产生底诗歌底生命，
仍永续不断地与世长存呵！

杜公呵！
中华底哥德呵！
唐代底弥耳敦呵！
超地域底诗人呵！
超时代底诗人呵！

(选自《伯和诗草》，版本不详)

狂 歌

叶伯和

扁舟姓我；

小笙名我。

我的娇妻姓梅;

我的爱子名鹤。

碧水是我的妹妹;

青山是我的哥哥。

风云是我的轻车;

霓霞是我的彩服。

河流是我的低唱;

海潮是我的高歌。

雷霆是我的呼声;

电光是我的怒目。

吐纳尽是烟波;

咳唾皆成珠玉。

先天下之忧而忧;

后天下之乐而乐。

哪一个是我?

我是哪一个?

我也猜不着我是谁?

谁也猜不着谁是我?

(选自《伯和诗草》,版本不详)

康白情 26 首

《雪后》（八年一月十一日）

康白情

雪后北河沿的晚上，没有轧轧的车声，呖呖的歌声，哑哑的鸟声，……
　　也没有第二个人在那里走路。
雪压的石桥，雪铺的河面，雪花零乱的河沿，——
　　一片莹光，——衬出那黑影迷离的两行稀树。
远天接地，弥望模糊。
隔岸长垣如带，露出了垣外遮不尽的林梢；
　　更缀上断断续续的残灯，——看到灯穷，知是长垣尽处。
兀的不是一幅画图！

人在画中行，
　　还把格呀格的脚声，偷闲暗数，——
　　一步！……两步！……三步！……
怎么？好像不是走在这里样呢？
　　溜来欲滑，踩去还酥，——
　　记取绒绒春草江南路。
忽见有淡淡的影儿，
　　才知道中天月色如许。

（选自《新潮》1919 年 3 月第 1 卷第 3 号）

草儿在前

康白情

草儿在前,
鞭儿在后,
那喘吁吁的耕牛
正担着犁鸢,
眙着白眼,
带水拖泥,
在那里"一东二冬"的走。
"呼!——呼!……"
"牛呀,你不要叹气。
快犁快犁,
我把草儿给你。"
"呼!——呼!……"
"牛咃,快犁快犁。
你还要叹气,
我把鞭儿抽你。"
牛呵!——
人呵!
草儿在前,
鞭儿在后,

（选自《新潮》1919 年 4 月第 1 卷第 4 号,题为《牛》,后改题《草儿》、《草儿在前》）

梦 境

康白情

　我总火样的热；
他总冰样的冷。
每日家的梦境，
何曾有一刻醒！

　要真一往的冷和热，
怎么知道梦境？
看如今醒！
看谁热谁冷！

　我退了一分热；
他减了一分冷。
还入我们的梦境，
永也不愿醒！

（选自《新潮》1919年4月第1卷第4号）

窗外（八年二月九日）

康白情

窗外的闲月，
　紧恋着窗内蜜也似的相思。
相思都恼了，

他还涎着脸儿在墙上相窥。

回头月也恼了,
　一抽身儿就没了。
月倒没了；
　相思倒觉着舍不得了。

（选自《新潮》1919年4月第1卷第4号）

《桑园道中》(八年七月九日)

康白情

我经津浦路往上海，午后热气熏腾，车上实在难受。所幸到了沧州，满天的阴云密布起来，一阵阵的飘风冷吹起来，跟着大点大点的"偏东雨"乱打起来。一时秋气弥空，脾胃为之开沁。约莫到了桑园的地方，雨就住了。太阳也渐渐的要落坡了。那一种晶莹清爽的风光，简直扑人眉宇。这真是可爱——十分的可爱哟

甚么尘垢都被雨洗空了。
甚么腻烦都被凉扫净了。
只剩下灵幻的人，
四围着一块灵幻的天。
山哪，岚哪，
云哪，霞哪，
半山上的烟哪，
装成了美丽簇新的锦绣一片。
遍地的浓湿
反映出灿烂的金色，

越显得他无穷的化力。

沟水不住活活的流着；

淡烟不住在柳条儿边浮绕；

暮鸦不住斜着肩儿乱飞；

人却随着他们，——心似流水般的浪转。

好一个动的世界！

一个活鲜鲜的世界！

天呵，你是有意厚我们么？

是无意厚我们邪？

哦，——远了。

快不见了，

这样的自然！

这样的人生！——

但他俩各走各的道儿，

却一些儿也不留恋。

(选自《新潮》1919年10月第2卷第1号)

再 见

康白情

越老越红的红叶

红得不能再红了，

便岂里可啰的落下来了，——落了遍地。

越老越红的红叶

高兴了嫁了西风，

便岂里可啰的落下来了，——落了遍地。

越老越红的红叶

不高兴嫁给西风,

恋了恋枝,

髣髴也没有甚么恋枝,

也岂里可啰的落下来了,——落了遍地。

红叶没有甚么;

天却对着他板起脸子。

红叶没有甚么;

人却望着他抽着肠子。

红叶没奈何,

"才抗着嗓子歌起来了。"

歌道,——

"我是红叶。

和我一道儿的是我的天。

天让我青我就青;

天让我黄我就黄;

天让我红我就红;

大让我不要恋枝我就放下我的责任。

但我们还要再见。

我们再见,——再见!"

歌声还没有终,

歌响还没有绝,

那还在枝上的红叶

又岂里可啰的落下来了。

八年十一月十六日

(选自《少年中国》1919年12月第1卷第6期)

女工之歌

康白情

一

我没穿的、
　　工资可以买穿。
我没吃的、
　　工资可以买饭。
我没住的、
　　工资便是房钱。
我再没气力、
　　他们也给我二角一天。
　　　他们惠我惠我！

二

我有儿女、
　　他们替我教育。
我有疾病、
　　他们给我医药。
我有家务、
　　他们只要求我十点钟的工作。
我有孕娠、
　　他们把我几块钱让我休息。

他们惠我惠我！

八年八月三日、时在上海。

（选自《星期评论》1919 年 10 月第 20 号）

送慕韩往巴黎

康白情

慕韩，我来送你来了！

这细雨沾尘

正是送客的天气。

这样的风波——

我很舍不得你去；

但我并没有丝毫的意思留你。

你看更险恶的太平洋，

其实再平静的没有！

朦胧的冂色

照散了漫江的烟雾。

但我觉得这世界还是黑沉沉地。

慕韩，我愿你多带些光明回来；

也愿你多带些光明出去。

听呵！——

这汽船快就要冂了！

她叫了出来

她就要开去；

我们叫了出来

我们就要做去。

慕韩，你去了？——

我也要去了！

八年八月二十五日。

（选自《少年中国》1919年9月第1卷第3期）

暮登泰山西望

康白情

一

白白隐约、暮云把他遮了：

一半给我们看；

一半留着我们想。

日的情么？

云的情邪？

谁遮这落日？

莫是昆仑山的云么？

破哟！破哟！

莫斯科的晓破了，

莫要遮了我要看的莫斯科哟

二

那不是黄河？

那一条白带似的不是黄河？

你从昆仑山的沟里来么？

昆仑山里的红叶,

想已饱带着一身秋了。

三

斑斓的石色。

赭绿的草色,

和这红的,黄的,紫的,蓝的,白的,松铺在一地的山花相衬。——人
　　压在半天里。

这么一块扎细花的破袖!

花草都含愁,

为着落日,也为着秋。

我说"不用愁呵!

天地不老,我们都正在着花呵!"

八年九月二十五日。

(选自《少年中国》1919年11月第1卷第5期)

疑　问

康白情

一

燕子!

回来了?

你还是去年底那个么?

二

花瓣儿在潭里;

人在镜里；

她在我底心里。

只愁我在不在她底心里？

三

滴滴琴泉。

听听他滴的是甚么调子？

四

这么黄的菜花！

这么快活的蝴蝶！

却为甚么我总这么——说不出？

五

绿釉釉的韭畦中，

锄着几个蓝褂儿的庄稼汉。

知道他们是否也有了这些个疑问？

（选自《少年中国》1920年2月第1卷第8期）

江　南

康白情

一

只是雪不大了，

颜色还染得鲜艳。

赭白的山，

油碧的水，

佛头青的胡豆土。

橘儿担着；

驴儿赶着；

蓝袄儿穿着；

板桥儿给他们过着。

二

赤的是枫叶，

黄的是茨叶，

白成一片的是落叶。

坡下一个绿衣绿帽的邮差

撑着一把绿伞，——走着。

坡上踞着一个老婆子

围着一块蓝围腰，

吽吽的吹得柴响。

三

柳椿上拴着两条大水牛。

茅屋都铺得不现草色了。

一个很轻巧的老姑娘

端着一个撮箕，

蒙着一张花帕子。

背后十来只小鹅

都张着些红嘴，

跟着她，叫着。

颜色还染得鲜艳，

只是雪不大了。

二〇,二,四,在沪宁路车中。

(选自《少年中国》1920年3月第1卷第9期)

送许德珩杨树浦

康白情

一

"打呀!

罢呀!"

呼声还在耳里。

但事还没做完

你又要去了。

但世界上哪里不应该打?

哪里不应该罢?

又何必一处?

暴徒是破坏底娘;

进化是破坏底儿。

要得生儿,

除非自己做娘去!

奋斗呵!——

努力,加工,永久!

二

"有征服,

无妥协,"

我们不常说么？

牺牲的精神；

创造的生命。

哦！你不要跟着；

你但领着；

他们终归会顺着！

奋斗呵！

努力，加工，永久！

三

送你一回；

送你一回；

又送你一回。

前门外细腻的月色，

水榭里明媚的波光，

怎敌得杨树浦这么悲壮的风雨！

笛呀，轮呀，喧声呀，

都髣髴在烟嶂里雄着嗓音喝道，

"好呀！别呀！"

楚僧

前途！珍重！

"楚僧！

楚僧！楚僧！

斯——嗻！"

   二〇，二，十五〇，

（选自《少年中国》1920年3月第1卷第9期）

鸭绿江以东

康白情

鸭绿江以东不是殷家底旧土了!
但滔滔的江水还尽管绿着。
江之东是尚白的,
却也有些种药的在这里穿着蓝褂儿。
江之西是尚蓝的,
却也有些挑菜的在那里飘着白带儿。
甚么东西江水,可以割断人间底爱么?

鸭绿江以东不是殷家底旧土了。
但我也不愿她还是他底旧土,
让她就是她自己底旧土好了!
好秀丽哟,这些层层叠叠曲曲折折的峦嶂!还有平平的溪水,就回绕他
们懒懒地流。着遍山野都是小松;
遍田坎都是青菜;
遍家屋都放着鸡豚,
——装点成了太平的景象。
天之所以助她么?
还是所以误她邪?

回望故乡,——
蔚蓝的天空远映着,
甚么高山大河,都迷在飞絮似的白云里了。
路远了,

路远了，

也听不出青秧田上底杜鹃声，

只有这满山红着底杜鹃花还拟得出几分乡味儿。

呀！我最爱你杜鹃花，

爱你的红，

爱你底红好像是血染成的！

呀哈！"溅我黄儿千斗血，

染红世界自由花！"

——朱家郭解底侠风那里去了？

但我相信这个还终归睡在我们底骨子里的。

但滔滔的江水还尽管绿着。

哦，好兄弟，好姊妹，

你们去照照你们底面孔！

看呵！

夫年的稻椿还在田里。

顶着瓮儿底妇人正去井边汲水。

土里躬着的庄稼汉儿正把锄头儿薅草。

唉！我可爱的老百姓们，这几年底收成好么？

上了田租，剩下的怎么样了？

你们所希望底子女们读书得怎么样了，——我可爱的老百姓们？

噫！那里底杜鹃声？

"还我蜀来！还我蜀来！"

望帝之魂怎么也飞到这里来了？

"还我蜀来！还我蜀来！"……

哦，好兄弟，好姊妹，

鸭绿江以东不是殷家底旧土了，
但我也不愿她还是他底旧土。
起哟！起哟！……
　　　　　——一九二〇，五，一，南满路
　　　　车中。——

（选自《新潮》1920年9月第2卷第5号）

归来大和魂（有序）

康白情

　　由神户回上海，过长崎登陆，再上春日丸，我真和日本小别了。既而相去越远，凭栏回眺，只见汪洋，追怀日本底美，不胜恋恋，而一念及她底丑，又不胜可惜之情。记得我在东京帝国大学演说，曾说到《大和魂和世界底文化》，深惜大和魂之附非其体。于是本这个意思，赋长歌几章以招之。

大和魂，我底心醉了。
你所备的，大体都给我爱了。

算哟！
孤傲的山，
险绝的水，
炫缦的樱花，
不是你底灵么？
俭约的"下駄"，
干净的席子，

忙不了的竹扫把,
不是你底肉么?
悲壮的歌,
质朴的踊,
沈雄的剑,
有耻的"腹切",
鹿儿岛底战卒,
赢得死恋底江户子,
不都是你底儿么?
哦,大和魂,
我所爱的,人体都给你备了。

只可惜你自己没有柁儿!

譬如染丝,
你好比白矾;
有了你颜色就亮了。
你却不问他是甚么颜色。——
染于苍就苍;
染于黄就黄。

譬如酿酒,
你好比曲子;
有了你就酸醅了。
你却不问他拿去做甚么。——
饮交杯也用他;
配毒药也用他。

又譬如机器，
你好比力；
有了你就动了。
你却不问他做的是甚么。——
或者缝衣；
或者舂米；
或者榴散弹也是他造的。

哦，大和魂，
只可惜你自己没有柁儿，
你把道儿走错了！

你为甚么可贵？
不是为人间而可贵么？
人间不用神性，
不用兽性。

要你拥一人，
教你爱国；
却教你不要爱人间。
"四大德"甚么东西？
不只是奴性罢了么？
我见你底神性；
见你底兽性；
却何曾见你底人性！

我最爱的江户儿，

——不曾尚名誉，尊仁义，扶弱而抑强，以供人役使为贱么？
侠邪，江户儿！
君子邪，江户儿！
不也是大和魂底儿么？
如今，却怎么不见了？
不见江户儿，
所以成其为贵族官僚军阀压平民，而资本家压劳动者底日本么？
所以成其为爱国而不爱人间，徒见神性兽性而不见人性底日本么？
——羞哟！
山孤傲而无脉；
水险绝而能留；
樱花炫缦而不终……
也是大和魂底灵么？
日本呀！
不见江户儿，
我为你哭了！

哦，大和魂，
你还在么？
你把道儿走错了！

归来，大和魂！
归来，大和魂！
守你底灵；
养你底肉；
好好地带着你底儿；
划除你底蟊贼；

以你底血洗你底污；

不要作人间底仇而作人间底友！

(六月七日，春日丸船上)

(选自《时事新报·学灯》1920年6月)

别少年中国

康白情

黄浦江呀！

你底水流得好急呵！

慢流一点儿不好么？

我要回看我底少年中国呵！

黄浦江呀！

你不还是六月八日底黄浦江么？

前一回我入口；

这一回我出口。

当我离开日本回来底时候，

从海上回望三岛，

我只看见黑的，青的，翠的，

我很舍不得她，

我连声呗出几句

"山川相缪，

郁乎苍苍。"

直等我西尽黄海，

平览到我底少年中国，

我才看见碧绿和软红相间的,
我底脉管里充满了狂跳,
我又不禁呗出几句
"江南草长,
群莺乱飞。"

黄浦江呀!
你不还是六月八日底黄浦江么?
今天我回望我底少年中国,
她还是碧绿和软红相间的,
只眉宇间横满了一股秋气,
——"袅袅兮秋风,
洞庭波兮木叶下。"——
你黄浦江里含得有汨罗江里底血滴么?
少年中国呀!
我要和你远别了。
我要和你短别五六年——
知道我们五六年后相见还相识么?
我更怎么能禁呗出几句
"对此茫茫,
百感交集!"

我乐得登在甲板底尾上
酬我青春的泪
对你们辞行:
我底少年中国呀!
愿我五六年后回来

你更成我理想的少年中国!

我底兄弟姊妹们呀!

愿我五六年后回来

你们更成我理想的中国少年!

我底妈呀!

我底婆呀!

愿把我青春的泪

染你们底白发,

愿我五六年后回来

摩挲你们青春的发呵!

(九月二十八日,支那船上)

(选自1922年初版《草儿》)

太平洋上飓风

康白情

黄云拥着太阳;

黑绿的水吹着白浪。

万顷,十万顷,百千万顷零零落落的波涛都怒掀掀地挤着,推着,嚷着,要争把太阳吞在肚里。

太阳却只高抽抽地冷笑着,斜盼着他们吹气。

他们上上下下地辉映出一道掠眼的银光。

哦!天垮下来了;

海倒立起去了;

人都腾在半空里了!

海鸟却一个两个,两个三个,起起落落地挨着浪花飞漩。

但是，海鸟呵！海鸟呵！

你今夜宿在哪里？

——一九二零年十二月二日于乃路船上。——

(选自《少年中国》1921年2月第2卷第8期)

送客黄浦

康白情

一

送客黄浦

我们都攀着缆，——风吹着我们的衣裳，——

站在没遮栏的船楼边上。

黑沉沉的夜色，

迷离了山光水晕，就星火也难辨白。

谁放浮镫？——髣髴是一叶轻舟。

却怎么不闻桡响？

今夜的黄浦

明日的九江

船呵，我知道你不问前途。

尽直奔那迕流的方向！

这中间充满了别意，

但我们只是初次相见。

二

送客黄浦

我们都攀着缆，——风吹着我们的衣裳，——

站在没遮栏的船楼边上。
看看凉月丽空，
才显出淡妆的世界。
我想世界上只有光，
只有花，
只有爱！
我们都谈着，——
谈到日本二十年来的戏剧，
也谈到"日本的光，的花，的爱，"的须磨子
我们都相互的看着。
只是寿昌有所思，
他不曾看着我，
也不曾看着别的那一个。
这中间充满了别意。
但我们只是初次相见。

三

送客黄浦
我们都攀着缆，——风吹着我们的衣裳，——
站在没遮栏的船楼边上。
四围的人籁都寂了。
只有他缠绵的孤月，
儒照着那碧澄澄的风波，
碰着船毗里绷垅的响。
我知道人的素心，
水的素心，
月的素心——一样。

我愿水送客行,

月伴我们归去!

这中间充满了别意

但我们只是初次相见。

　　八年七月十八日。

（选自《少年中国》1919 年 8 月第 1 卷第 2 期）

石头和竹子

康白情

莹净的石头,

修雅的竹子,

他们在一块儿,

一般的可爱——分不出甚么高下。

但有时竹子的秀拔还胜过石头的奇峭。

哦,看呀!

拜哟,——拜哟!

竹子都拜到风的脚下了!

不拜的是石头。

他头上的细草摇摇吹动

越显出他轩昂的气度。

接着一阵的雨。

欢喜冷浴的是石头,

竹子倒可怜得不像样了。

翻了晴了。

太阳出来了。

他们鬏髵又都抿着嘴笑了。

八年八月一日。

（选自《新潮》1919年12月第2卷第2号）

社　会

康白情

醉人的荷风往来吹动，织起湖面一闪一闪的绉纹。那娇艳的荷花半句话儿也没有，只随意望着人憨憨的笑。一个二十四五的妇人，她的姿态是狠婀娜的而她的装饰却是很朴素的，独倚在卐字栏边，鬏髵正细数莲瓣上的条理。她的怯弱，都被对面的荷花给他尽情披露了。

她偶然想起了甚么，翻眼望了望青天，又低下头看着碧水。

曲栏下不当风，水再平静的没有了。她回互的默看着水里，掠了一掠鬏；看她鬏髵不知道有多少心事说不出似的。

栏上过来了我们这些欢笑的少年。她随便看了一看我们，自己觉得有些不好意思，就立起身来走动；背地长叹了一声，慢慢的出门上船去了。

这里是三潭印月的背面，她的船绕着这所院子荡转来了；船上还有一个十一二岁的姑娘，笑嘻嘻的给她带着一个笑嘻嘻的小女孩子。她只是凝望着湖山，一声儿不响。

这么大热的天气，风揭起她表面的纱衫，她贴身还穿着一件毛织的衬衣。

她看着我们这些欢笑的少年似乎心里有无限的羡慕，但不觉得有半点儿希望。我们有能操粤语的和她说话，她也糊乱答应我们。

我们只知道欢笑，弄一只野船作玩，不提防把水溅了她的一身。她对我们忍不住一笑口内露出很白很整齐的牙齿。但她的笑容马上就敛了。顿时现出一个更惨然的样子；她的两道眉儿都锁得要连拢来了。这时醉人的荷风还是往来吹动，织起湖面一闪一闪的绉纹。那娇艳的荷花半句话儿也没有，只随意望着人憨憨的笑。

（选自《少年中国》1920年10月第1卷第3期）

干　燥

康白情

一

晴着；
风着；
杖儿，壶儿，凳儿倚着。
但他们却只无情的对着我。

二

鸟歌讴着；
李花开着；
两两的蜂儿恋着。
但他们却只无情的对着我。

三

油菜浇着；
白牛底背上骑着；
才黄的桑叶儿采着。
但他们却只无情的对着我。

（选自《少年中国》1920年3月第1卷第9期）

斜 阳

康白情

斜阳从老柏树里透下来
压在中央公园背后底红墙上。
墙下底野花也被晚风吹颤了。
他们点上阳光，
更紫金得可爱了。
绿叶子边底缝里
尽填着花花路路的胭脂色。
哦，你秾艳的胭脂色，
我直要和你亲嘴了！

（六月十七日，北京）

（选自1922年初版《草儿》）

天亮了

康白情

天亮了么？
夜娃子嘎嘎地飞着。
我底梦醒了。
起来；
摸我底箱奁；
收拾我底行李。
月光从亮瓦里透进来，照在我底帐钓上。

夜来香隔着我妈底屋子香过来。
妈呵！我怎么样舍得你？
只是你把我错爱了。
你怎么样不谅谅我底心？
你怎么样不想想你当年底自己？
你不曾也误过么？
你自己误了还不足，还要误你底女儿么？
或者谁教你取偿于你底女儿么？

村狗叫得好利害，
杂着窗外悉悉的虫声。
我底行李收拾好了。
我底髻儿也挽过了。
月光也斜到粉壁上去了。
天大概要亮了。
屋里都耸着模糊的黑影儿，
——怕哟！
屋梁上一炸，好像我嫂没有睡着底叹声。
嫂呵！只有你知道我底心；
只有我底心知道你知道我。
只是你当初也太随人摆布了。
从今后谁来慰你？
也谁来慰我？
愿你珍重！
愿我们都自慰哟！

鸡叫了。

老鸦也离枝了。

我底心乱了。

窗上蒙着粉白的颜色，——天就亮了。

去么？

回到床上去睡么？

镜子里隐着一个作难的我。

抽开门儿看看罢。

东方已挂上了几片很淡的红云。

木槿花底香醉得我好懒！

却是他香得怎么样自由！

唵，去罢！

梅子树上底小鸟也惊起来了。

芭蕉底凉露滴在我底头上。

哦，这是我手栽的，

是伴我读书底密友！

芭蕉呵！为甚么你总对着我闷闷地？

你惜别么？

我们今天不别，就终久不别了么？

我底泪不能软了我底脚。

你不要伤心。

我望着你点点头，你望着我笑笑。

你好好地长着呀，芭蕉！

你不要伤心，我去了！

　　——一九二零年六月二十三日于北京。——

（选自《少年中国》1920年10月第2卷第3期）

别北京大学同学

康白情

　　一九二〇年六月下旬，北京大学同学饯别我们于来今雨轩，与会的到六十几人，都是曾共过患难的。当时百感丛生，我在席上演说，竟至声泪俱下。七月二日我离北京回家，到车站上送我的又到二十几人，也以北京大学同学为多。同车的有两位军人，看着大为感动，竟不恤以心腹告诉我一个生人。车上追念往日的壮剧，中夜不能睡觉，出车凭铁栏北望，慷慨悲歌。而残月一湾，更使我添无限的别意。于是追译来今雨轩底席上演说使成行子，以泻忧思。

诸位兄弟呵！
我们不是同学么？
我们同学和寻常同学不同，
不是曾共过患难么？
但是我们底成就怎么样？

我往日离家，
家里底人送我，
我心里未尝不难过；
但我只掉头不顾就去了。
今天你们饯别我，
我却不能只掉头不顾就去了。
我喝着葡萄酒只当是血泪！

我们想，

所贵乎做同学的应该怎么样?
不是说要互劝道德,互砥学问,互助事业么?
道德上我们要勉做到完人,
我们于完人自问做到了没有?
学问上且不说太高深,
我们于自己所学的是否还有愧?
事业上我们还只是学生——
但从去年五四运动以来我们总是曾共过患难的,
如今我们底成就究竟怎么样?
我呢——
更该万死!
我受同学底厚爱以当全国学友底重托,
而我诚还未足以感人,
学还未足以济用,
致酿成今日底危局而前功几于尽弃。
诸位兄弟呵!
或者我们于同学之道大概还有所没尽么?
噫!……

但我们底来日长着呢!
我们也不要惋惜过去的,
我们但努力于来日。
我此去至少得待五年后才回国。
诸位兄弟呵!
请以这杯葡萄酒为寿了!
五年后而我于道德上学问上事业上都没有很大的长进,我誓不回来见你们;

你们而于道德上学问上事业上都没有很大的长进，你们也不要见我！……

（选自1922年初版《草儿》）

从连山关到祁家堡

康白情

一

这里底山花比银还要白些。
这里底山色比黛还要浓些。
又有些开红花的小树，从山脚一直匍匐到山顶。
猪呀，羊呀，课马呀，也没有人照料，
只在草上漫漫地游着。
白杨也晒得懒了。
开土的也挖得倦了。
他们都选花阴下伏着喝茶
两个姑娘却在旁边底石上坐着。

二

也有些着叶的树子，
花却总是白的。
远近都掩映着些灰白的茅屋，
都零零落落地矮小得好看。
路旁几家红砖的新屋，
高高地撑着些彩画过的鱼幌子。
沟里拉着两个褴褛的小孩子，

一个望着路上几个日本兵底佩刀,

一个望着屋檐下一个晾衣底日本妇人底一双雪白底肥手。

三

燕子在土上飞来飞去地。

炊烟从山腰里冒出来,浮来浮去地。

男子跟着,妇人领着,一个人驾二条牛,一个人驾两匹马,就在那些土里犁来犁去地。

土边一所四合头的瓦房子,

外面三十来个蓝红衣领的小学生,都在那里"一二三四""一二三四"地操着,

墙下底草花真绿得自在,

却不知道佩刀的要强做他们底主人了!

————一九二〇年五月一日,

于南满路车中。——

(选自《少年中国》1920年6月第1卷第12期)

庐山纪游(三十七首之一)

康白情

外湖里底水给夜雨后底凉风淌着。

堤上底草吹得只是拜。

两件单衣都凉透了。

摩托车从新坝上直开到妙智铺,

二十几里底工夫就到了。

过眼底东西都飞也似地过去,

只觉得满眼尽是莽苍苍的。

莽苍苍的之中蜿蜒着几条红的道儿。

莲花洞怕被云迷了。

山邪？

云邪？

哪里看得清楚呵？

却又何必看得清楚呵？

（选自1922年初版《草儿》）

一个太平洋上底梦

康白情

海风平平地吹着。

太阳落在远远的洋面上。

半边天都红了。

半边水也红了，

髣髴天地都沉闷得久了，才从云块儿和浪块儿底当中发出了猩红热。

海鸟髣髴也飞得倦了。

我在甲板上底椅子上靠着，眼渐渐地合拢来。

噫！碰！碰！

炮火响么？

船上底搭客都忙乱起来了。

呀呀！太平洋呵！

好一片战场呵！

世界底战士都在这里卖弄了好些个年月了！

洋面上飘着些太阳旗和花旗和各种颜色的旗。

飞艇不住地在半空里乱扑。

潜航艇不住地在浪块儿下乱撞。

炮火和炸药把半边天都熏红了。

战士底血把半边水都染红了。

哦！那边远远的洋面上不正爆着一颗大弹么？

哦！那只大舰不炸沉了么？

哦！那只大舰又炸沉了！

哦！世界底战士都在这里暴露了好些个年月了！

好，天渐渐地沉下脸来。

云块儿和浪块儿都变了惨淡的颜色。

平平的风里卷来些刺鼻子的腥气。

忽然一道红光甚么都闪得不在了！

船上底搭客才欣欣然有喜色。

马上传来无线电的消息：

说，阿美利加总同盟罢工了！

说，朝鲜独立了！

说，日本起革命了！

说，亚细亚和澳大利亚各洲地图底颜色都在动摇了！

说甚么甚么了！

铛！铛！铛！

船上底晚钟敲着。

瞠眼一打量，

我还在甲板上底椅子上靠着。

天和水都黑成一片了。

但我尽这么想着：

假使太平洋战争是真的。

我们对他应该怎么样？

我们究竟该怎么样对他?

一九二零年十二月四日,

于乃路船上。

（选自《少年中国》1921年11月第3卷第4期）

吴芳吉 4 首

婉容词

吴芳吉

婉容，某生之妻也。生以元年赴欧洲，五年渡美，与美国一女子善，女因嫁之，而生出婉容。婉容遂投江死。

一

天愁地暗，美洲在哪边？
剩一身颠连，不如你守门的玉兔儿犬！
残阳又晚，夫心不回转。

二

自从他去国，几经了乱兵劫。
不敢冶容华，恐怕伤妇德；
不敢出门间，恐怕污清白；
不敢劳怨说酸辛，恐怕亏残大体成琐屑。
牵住小姑手，围住阿婆膝。
一心里，生既同裳死共穴。
那知江浦送行地，竟成望夫石。

江船一夜语，竟成断肠诀！

离婚复离婚，一回书到一煎迫。

三

我语他，无限意。

他答我，无限字。

在欧洲进了两个大学，在美洲得了一重博士。

他说："离婚本自由，此是美欧良法制。"

四

他说："我非负你你无愁，最好人生贵自由。

世间女子任我爱，世间男子随你求。"

五

他说："你是中国人，你生中国土。

中国土人但可怜，感觉那知乐与苦？"

六

他说："你待我归归路渺，

恐怕我归来，你的容颜槁。

百岁几人偕到老？不如离别早。

你不听我言，麻烦你自讨！"

七

他又说："我们从前是梦境。

我何尝识你的面，你何尝知我的心？

但凭一个老媒人，作合共衾枕。

这都是，野蛮滥具文，你我人格为扫尽。
不如此，黑暗永沉沉，光明何日醒？"

八

他又说："给你美金一千圆，
赔你的典当路费旧钗钿。
你拿去买套时新好嫁奁，
不枉你空房顽固守六年。"

九

我心如冰眼如雾。
又望望半载，音书绝归路。
昨来个他同窗好友言不误。
说他到，绮色佳城，欢度蜜月去。

十

我无颜，见他友。
只低头，不开口。
泪向眼包流，流了许久。
应半声："先生劳驾，真是他否？"

十一

小姑们，生性戆。
闻声来，笑相向。
说："我哥哥不要你，不怕你如花娇模样。"
顾灿灿灯儿也非昔日清，
那皎皎镜儿不比从前亮，

只有床头蟋蟀听更真，
窗外秋月亲堪望。

十二

错中错，天耶命耶？女儿生是祸。
欲留我不羞，只怕婆婆见我情难过。
欲归我不辞，只怕妈妈见我心伤堕。
想姊姊妹妹当年伴许多，
奈何孤孤单单竟剩我一个？

十三

一个免牵挂，这薄情世界，何须再留恋？
只妈妈老了，正望他儿女陪笑言。
不然，不然，
死虽是一身冤，
生也是一门怨。

十四

喔喔鸡声叫，喧喧狗声咬。
铛铛壁钟三点渐催晓。
如何周身冰冷，尚在著罗绡？
这簪环齐抛，这书札焚掉。
这妈妈给我荷包，系在身腰。
再对镜一瞧瞧，可怜的婉容啊，你消瘦多了！
记得七年前此夜，洞房一对璧人娇。
手牵手，嘻嘻笑。
转瞬今朝，与你空知道！

十五

茫茫何处？

这边缕缕鼾声，那边紧紧关户。

暗摩挲，偷出后园来四顾。

闪闪晨星，瀼瀼零露。

一瓣残月，冷挂篱边墓。

那黑影团团，可怕是强梁追赴？

竟来了呵，亲爱的犬儿玉兔。

你偏知恩义不忘故，你偏知恩义不忘故。

十六

一步一步，芦苇森森遮满入城路。

何来阵阵炎天风，蒸得人浑身如醉，搅乱心情愫。

讶！那不是阿父！那不是我的阿父？

看他鬓发蓬蓬，仗履冉冉，正遥遥等住。

前去前去，去去牵衣诉。

却是株，江边白杨树。

十七

白杨何桠桠，惊起栖鸦。

正是当年离别地，一帆送去，谁知泪满天涯！

玉兔啊，我喉中梗满是话，欲语只罢。

你好自还家，好自看家。

一刹那，砰磅，浪喷花；

鞺鞳，岸声答。

息息索索，泡影浮沙。

野阔秋风紧,江昏落月斜。
只玉兔双脚泥上抓,一声声,哀叫他。

(选自《吴芳吉诗文选》,三秦出版社2009年版)

巴人歌

吴芳吉

　　壬申春暮旅渝,西侨文幼章等,邀余演讲儒家思想与耶教精神。明日,更令朗吟拙作诗篇。因成此歌,以酬在座同人。

巴人自古擅歌词,我亦巴人爱《竹枝》。
巴俞虽俚有深意,巴水东流无尽时。
可爱的同学,可敬的牧师。
可喜的嘉宾自泰西,可感的主席美言辞。
并世有友我心仪,昼读其书夜梦之。
一南一北阻山陂,甘地、托翁人智荟。
一介不取一切施,两途相反两相宜。
爱人爱国非矛盾,立德立功不背驰。
吁嗟沪滨三万好男儿,方为民族苦斗作牺牲。
此际安知壕堑里,几人血肉溅淋漓!
知君意有属,来听吾歌曲。
我心惨不欢,长歌聊当哭。
不唱苏杭花鸟娇,不卖潇湘烟雨图。
不颂巫山十二峰,不赋罗浮五百瀑。
不咏匡庐谢公屐,不弄蓝关丽人玉。
不赞天台访仙居,不弹泰岱看日出。

但道存亡百战间，叱咤呜咽无名数小卒。
新年密雪似花开，探道敌军夜半来。
笑索民家布万匹，前军素服真奇哉。
雪下密如节，健儿雪里埋。
雪光莹不夜，瑶台复玉阶。
沉沉冻宇无氛埃，睡起倭儿喜满怀。
狼头鼠目千夫长，鸭足蟹行一字开。
健儿一齐起，起从深雪里。
猛进寂无声，纷如聚白蚁。
血热失天寒，挥刀汗被体。
何物"大和魂"？软弱如裁纸。
东方欲曙人不归，舰中盐泽愁欲死。
四小时间淞沪平，曾经万国共知矣。
皇军利器最堪夸，无敌人间坦克车。
踏破支那人民齐俯首，踏开帝国版图西向斜。
腾腾阵势走长蛇，旭旗飘处天威加。
逢人射击轻尘扫，明日看遍春申花。
不须掩护不须遮，我军突出俨排衙。
前锋倒地委泥沙，后队奔来集晚鸦。
好似乱麻方理净，弥漫旷野又生芽。
枕藉车前满，满地英雄胆。
炸弹风雨来，我士齐声喊。
一跃上车争捕捉，轮陷人堆不可辗。
瞠目忽泪凝，叩头求饶免。
余子可怜竞反奔，投身租界惟忧晚。
笑杀十九军，史册行收卷。
甲午传闻尽圣神，今朝相遇只豚犬。

惨莫惨兮天通庵，毒莫毒兮炮台湾。
虏我无辜压阵前，不前一弹腹间穿。
衣裳剥落赤鲜鲜，釜底游鱼待火煎。
驱之上路来蝉联，为敌冲锋与御坚。
阿儿阿母呼喧喧，尽是同胞老幼年。
枪头无眼呜呼天，捍国卫民不两全。
勇莫勇兮庙行镇，敢莫敢兮浏河口。
三十兵船百飞机，领空领海迅雷吼。
流弹自相击，田田裂深臼。
势若倒乾坤，那能容蚁蝼！
我军战壕中，高唱彻南斗。
沉着不轻击，见惯若无有。
待尔百步间，炮鸣龙出湫。
待尔十步间，枪发鱼穿柳。
待尔跬步间，弹掷泥封瓿。
待尔分寸间，剑回春剪韭。
倭儿休想肆鲸吞，寸地尺天吾职守。
烦冤复烦冤，肉食何心肝？
忸怩天中逝，消遥壁上观。
南翔令下哭声酸，叹息撤兵百胜间。
敌势包围千万盘，一声突出康庄安。
海滨炮重尘飞翻，头上机轰行步艰。
三千弟子令如山，不徐不疾来蜿蜒。
征衣未浣血斑斑，银枪斜拄气轩轩。
诸君苦矣且加餐，吾侪父老只壶箪。
前导谁欤翁照垣，四十年纪光琅玕。
且加餐兮君苦矣，胜固足欣败亦喜。

长期抵抗不因今日休,民族醒来要从此时起。
便把歇浦楼台全烧剩劫灰,便把西湖山水踏平无余滓。
便把姑苏苑囿抛荒委麋鹿,便把金陵关塞椎碎沉海底。
丝毫不惧也不忧,我今获得无上慰安世难比。
何妨再战复三战,周旋半纪还一纪。
战出诸生知气节,战出百工有生理;
战出军人严纪律,战出官方首廉耻。
觉悟精神开创力,那怕国仇不刷洗!
且若阿毛胡,墙隅汽车夫。
所营惟一饱,那得解诗书?
诱令敌军供转输,行程一次百金租。
一朝五返千两储,妻儿笑乐衣冠都。
数贼监临敢自通,车中何物累连珠?
一枚毒弹几头颅,几许吾民血应枯。
无须挂虑笛呜呜,公大纱厂门前途。
波光一闪识黄浦,波臣含笑遥招呼。
车身猛转波间去,风定波平万象苏。
君听取,君莫怪,我今正言宣世界:
千年古国植根深,假寐一时岂足害?
好似血轮我身周,滴滴饶有生机在。
活泼自流行,光辉复澎湃。
不因岁月衰,只有新陈代。
一回觉醒一少年,独创文明开草芥。
皇天与我东方东,性爱和平国号中。
世界明知终大同,有如璞玉待磨砻。
我非排外好兴戎,我为正义惩顽凶。
我知前路险重重,我宁冒险前冲锋。

我今遭遇何所似？我似孩提失保姆。

倭儿蠢蠢似蠛蠓，群盗嚣嚣似虮虱，诸公衮衮似蛔虫。

荡涤行看一扫空，还我主权兮还我衷。

和平奋斗救中国，紫金山下葬孙公。

(选自《吴芳吉诗文选》，三秦出版社 2009 年版)

两父女

吴芳吉

这一篇诗，是今年一月十日之夜半草成的。次日，遂即印出，在中国公学及某师范女校讲授一过，闻者颇多感泣。乃有以此事问我为真实否？吾亦瞠目兀不能答。适得吾兄雨僧自美洲的哈佛学校，寄来文学讨论的稿件若干，中有论及文章之境界者，今为抄录一段，即以作答。以下云云，乃所论小说之境界举《红楼梦》为例的：

"天下有真幻二境。俗人所见眼前之形形色色，纷拿扰攘，谓之真境而不知此等物象，毫无固着，转变不息；一刹那间，尽已消灭散逝，踪影无存；故其实乃幻境（Illusion）也。至天理人情中事，一时代一地方之精神，动因为果，不附丽于外体，而能自存；物象虽消，而此等真理至美，依旧存住，内观反省，无论何时皆可见之；此等陶镕锻炼而成之境界，随生人之灵机而长在，虽依幻境，其实乃惟一之真境（Disillusion）也。凡文学巨制，均须显示此二种境界，及其相互之关系。（Aristotle）谓诗文中所写之幻境实乃真境之最上者（Illusion is the higher reality）。红楼梦之甄贾云云，即写此二境。又身在局中，所见虽幻，而外外自以为真。大观园及宝、黛、晴、袭所遭者是也。若自居局外，旁观清晰，表里洞见，则其所见乃无不真；太虚幻境及警幻所谈，读者所识者是也。凡小说写世中之幻境至极浓处，此际须以极淡之局外之真境忽来间断之。使读者如醉后乍服清凉之解酒汤，或如冷水浇背，遽然清醒，则无沉溺于感情惘惘之苦，而有回头了悟，爽然若失之乐。《红楼梦》中，此例最著者，为黛玉临殁前焚稿，及宝玉出家，皆 Disillusion 之作用也。"

至于我这一篇，本非长篇小说之比。固不待于取譬相成，说他是真的也可，说他是假的也可。

一

乱山间，松矫矫。乱松间，屋小小。屋前泥作墙，屋顶瓦带草。枯篱短短半围绕，一瓮窗儿现篱腰，一珠明月窗间照。

二

月光皎皎，映土室冷如冰浇。衬出个，断柏支床，离地盈尺高。正父女两人，蜜甜甜，睡悄悄。烂絮一幅用麻包，麦秆一扎作枕靠。鼠子叨叨，翻弄他，床头锅灶。

三

那小女，眼撑开，望了一交。那鼠子，耳斜着，吓得一跳。便小女的眼儿，紧紧闭倒。皱起眉毛，攒向他阿爷怀抱。咿咿呀呀，听不明瞭，只可怜，如小鸟。

四

月光依旧皎皎，眼又开了。忽想到，我妈妈夏天死时，那月光，也是这般好。想当时，阿爷进城，卖柴去了，剩妈妈与我晚饭方烧。绿豆满盎，南瓜满瓢，方等候阿爷，回家同饱。那蛮兵，忽来到，歪起个牛皮的脸，蠢对着妈妈笑。妈指我，柴堆中急逃。只听得妈妈几番骂吵。便扑剌剌的一刀，便扑剌剌的一刀。等我出来看时，只看见妈妈斫倒，阿爷哭倒。一柜儿手纺的棉花，新年的布袍，尽被那蛮兵卷起已跑。

五

几番计较，阿爷怜我幼小。把我卖在城中，随着个发财家一样逍遥。听说那公公待人真好，雪白的米饭任人嚼。漆黑的大门有天高，那金子的火炉热过棉袍，玉石的灯笼大如草帽。他一天用的钱和钞，胜比我阿爷卖柴几百挑。他家中打死了人，谁不敢和他官前闹。到明朝，送我去了。

六

偏今夜北风咆哮。我妈的棺儿可太轻，坟泥太少。他衣裳单薄，恐怕冻成冰窖。更将来，他的孤坟，谁人与看扫。那小女便向著窗头低叫："妈呀！你哪里去了？你死时的月光，也是这般好！"

七

忽惊起阿爷唤道："快睡好，天光未晓。你的牙齿已冻得磕磕的敲。快睡好，莫更受风寒，入城受厌讨。"

八

女儿答道："我已睡不着了。我只望妈妈回来，我身上便暖如火烧。我一闭眼，就见着妈妈面貌。觉得满身是血，好像血洗澡。"

九

那阿爷，便起来点火，与他烘烤。火光袅袅，照出那女儿乱发如雀巢。史圆圆如苹果的脸儿，一紫一红，都似被风霜咬。

十

那父女且谈且烤，那阿爷叹一口气，又低低说道："冷饿难保，不知几时命到。眼见你，两耳肿泡泡，两足赤条条，身上刀伤未好，手上冻疮溃了。也无闲理料，也无钱医疗。想有你妈妈在时，当为你，缝些些，破布烂棉袄。"

十一

"不怨他死的惨掉，便生的辛苦令人恼。不怨他死的太早，便生的运气也难熬。只悔你妈妈死时，我担柴城中去了。那虎狼的兵丁，不把我父女齐杀掉，偏留此，穷骨头，要挨到老。"

十二

"你伯父，城中富豪。昨向他，借钱一吊。站半天，全不一瞧。他说是，蛮肠狗肚喂不饱。谁叫你无聊，你们这般难缠绕。"

十三

"山坳水坳，尽日采樵，只卖得，百文钱，过终朝。想那些富贵儿曹，这般大，尚撒娇。你今年十岁，便随我斫柴劳劳。是爷娘把你误了，谁忍相抛。"

十四

那小女，听着长号。那阿爷，揩着两点老泪，坐着心焦。那小女，正看着阿爷的脸，忽倚着阿爷的膝道："爷呀！我不去了，我去了，谁是爷的珍宝？"

十五

那阿爷默默暗伤忉，也呜呜咽咽，共小女一齐哀号。四壁萧萧，火光都冷峭。不知哭了几遭，才有些声气说道："儿哪！你经得几回饿槁？便明朝，早饭寥寥。你莫哭，快睡好。你要哭，兵来了！"

十六

月光依旧皎皎，更斜入，屋后篱梢。一抔孤坟，两三枝松罩，上带着蓬蓬白茅。这便是，那小女的妈妈，飘流的荒岛。半垛墙高，竟隔作万里遥遥。冷月寒宵，风涌卷松涛，一声长啸，千山震摇，如助那女儿呼号。只地下妈妈，知未知晓？

（选自《新群》1920年1月第1卷第3号）

护国岩述

吴芳吉

吾自民国五年归蜀。适护国军事方平，国内外友人，争来书相嘱，以斯役为民国史上最有价值之战争。因命我亲赴蜀南一行，以考察当日实象，而为诗纪之。以其万山阻隔，伏莽丛萃，而未能也。七年蜀南永宁中校忽邀我襄教于是。因慨然冒险往，自合江而赤水而永宁而纳溪而泸州放览山川，周围千里，皆古战场也。闻永宁中校昔时为松坡之军医院，而吾下榻之一室，曾有护国军士五六十人，死于其间。校人畏鬼，深为我惧。然吾处之日狎，且因此而得诗甚多，兹篇《护国岩述》亦永宁集中之一也。原序如下：

"护国岩在永宁之大洲驿故松坡将军游钓处也。戊午腊月，吾自永宁解馆归。舟行三日，过岩下，命舣舟往吊之。一时，热泪交并，不能仰视。明日，至泸州寓中有老者，颁白矣。自言为大洲驿人。松坡驻驿中时，尝为采瓜果馈之。因迎老人坐榻上，煮酒挑灯，清话护国岩故事。且饮，且酌，且倾听，且疾书，就老人所述者述之，成《护国岩述》。述成。更大酌一杯奉之。老人笑曰，是述乎，是哭乎。吾曰唯唯。是亦述也，是亦哭也。民国八年一月七号白屋吴碧柳"

一章　引子

护国岩，护国军。伊人当日此长征。五月血战大功成，一朝永诀痛东瀛！

伊人不幸斯岩幸，长享护国名。

二章　记松坡驻大洲驿事

忆当日，几纷争，闾阎无扰，鸡犬不惊。

问民病，察舆情，多种桑麻与深耕。

视屯营，抚伤兵，瓦壶汤药为调羹。

雪山关，永宁城，旌旗千里无人闻。

沙场天外闹霓霓，儿童路上笑盈盈；扁舟点水似蜻蜓，五月薰风好晚晴。

芳草绿侵岩畔马，夕阳红透水中云。

双双归鹤逐桡行，银袍葵扇映波明。

伊何人，伊何人？

牧童伴，渔夫邻；滇南故都督，护国总司令，七千健儿新首领，蔡将军。

三章　记纳溪之失陷

"报将军，敌来矣，蓝田坝失先锋靡。团长陈礼门，拔剑自刎呼天死。

妇女辄轮奸，男儿半磔洗，茅庐比户烧，杀声遍地起；

敌兵到此不十里，既无深沟与高垒，将军……上马行行矣！"

将军回言"休急急！我有诸军自努力。但教城民缓缓迁，背城好与雌雄敌"。

"报将军，敌来矣！右翼陷落左侧毁。敌人势焰十倍蓰，彼众我寡何能抵。

弹全空，炊无米，马虺隤，士饥馁；

百姓已过西山趾，将军……上马行行矣！"

将军回言"休语絮。风和日暖景明媚。与尔披衣共杀贼，黄昏不胜令军退"。

"报将军,敌来矣,东城已破北城启。漫天漫地索房声,如潮澎湃蜂拥挤。

蹄迹跕跛已动墙,喇叭喧喧渐盈耳;

百姓去空兵全徙,将军……上马行行矣!"

将军回言"敌来耶?星稀月朗夜何其!

束吾行囊卷吾书,执吾缆綷荷吾旗;敌兮敌兮吾知彼,小别也纳溪"。

四章　记誓词

棉花坡上贼兵满,弹丸纷坠如流霰。巨炮号六棱,令地震摇人落胆。

一营冲锋去,应声匦沟畎。二营肉搏来,中途无回转。

三营五营但纷崩,浩荡追随如席卷。霎时流血艳长江,马踏伏尸蹄铁软。

"吁嗟众士听我言:计今惟有向前赶。

尔乃共和神,国家干,同胞使者皇天眷;

三户可亡秦,况我七千身手健。

连长退缩营长斩。

营长退缩团长斩。

团长退缩旅长斩。

旅长退缩司令斩。

本司令退缩众军斩!

斩　斩　斩　敢　敢　敢"

五章　记马腿津之战

"进营门,报将军。"

尔何人?"我乃江上野农民,业采薪。"

尔何云？"北兵偷向江南侵。艨艟二十四，舢板如鳞。"
来何处？"二龙口下马腿津。"
远几许？"四十里弱三十赢。"
　　将军上马令疾行；
　　　　遥见岸北敌如云，方待渡，趁黄昏。
　　将军下马令逡巡；
　　　　一列伏石根，一线倚荒坟，后翼伺丛林，伐鼓在山村，机关炮队据高墩。
月黑风阴，野静潮横，急湍拍拍岸沉沉。
　　艨艟二十四，舢板如鳞。得意一帆江水深。
炮轰轰。枪砰砰。鼓登登。雾腾腾。
　　琮琮铮铮，飒飒纷纷；
　　　　一阵马鸣山崩，不辨哭鬼号神。
北人从此不南侵，是之谓得民心。

六章　结意

今日者，岩无恙，只苍藤翠竹增惆怅。
　　犹是军，犹是将，犹是丁年，犹是戟仗；
　　　　何为昔爱戴，而今转怨谤；
　　　　只为西南政策好，谁知反将内乱酿。
　　互猜疑，互责让，互残杀，互敌抗；
　　　　一片天府雄国干净土，割据成，七零八落，肮脏浪荡。
顾山高水长空想望；益令我，思良将。

备考

诗中所载战役风景，都有实事，绝非虚语，皆经作者亲历所得也，其中有地名人名，须注明者为表如下：

雪山关　在永宁东南，由滇黔入蜀之要隘也。时川军团长陈礼门驻守于是，松坡入蜀，陈开关迎之。故论护国诸将之功，当以陈氏为第一也。

蓝田坝　在泸州南岸十里滨大江。

陈礼门　为川军师长刘存厚部下。与刘同时起义，后守蓝田坝，军败自杀。

棉花坡　在纳溪城外，松坡与张敬尧兵血战处。

马腿津　与二龙口皆属江安县，在纳溪上游。

大洲驿　在永宁之北一百六十里，纳溪之南七十里。有永宁河绕环其前。河甚细，至此忽浸为巨泊。护国岩即在其西岸，距驿不过数十步。其地滋竹，产鹤。苍山如屏，影垂水底。闻松坡在此数月，每当日暮，则与二三从者执葵扇，著白衣，操小艇，纳凉四去。乡人与之往还，莫知其为总司令也。

（选自《新群》1920年1月第1卷第3号）

张蓬舟8首

登凌云山

张蓬舟

巍峨而高峻的青山！
密嵌着一级级的石磴。
两边织满了秀丽颀长的野草。
饱消受朝露的滋润；
那伟大而复杂的树枝！
遮遍了去来的路径。
似这样清洁之途！
我应当一步步的上进。

呵哟！我的脚疼了，
我的气喘了！
但我并不因脚疼，气喘。
就败了我的清兴！
这是登高应受的艰辛，
还须振作我的精神。
欲达到绝顶之峰。

务必要努力上进；

那不是崎岖小道吗？
危险的悬崖吗？
都被我慢慢的踏过了；
我站在山之巅。
另有一种环境将我围绕；

滴滴的山泉，
是绝妙乐歌！
淡淡的白云，
是精致的幔幕！
我听了这样的乐歌！
披着这样的幔幕。
把我的脚疼，气喘。
一并都已忘却；
只觉得这上层的风光，
充满了无限的快乐！
好似我的灵魂，
已跟他们携了手的跳着，舞着。
山下的人们呵！
可羡慕我不？
我狠希望你们也努力的来哟。

　　　十一·三·二七·嘉定；

(选自 1923 年版《波澜》)

巫峡舟次

张蓬舟

一阵阵的微风！
一点点的轻波！
吹到几度钟声，
渡来几度渔歌。

钟声是神秘！
渔歌是狠凄切！
钟声起在山之麓。
渔歌发自水之泊。
使我听了这神秘和凄切的音浪，
真受一最大的刺击！
引起无限的恐怖！无限的愁烦。
忘却一切的欢乐！一切的喜悦。
"愁苦之神"呵！
我心悸了！
我胆寒了！
我再也不能消受了！
请你快快与我断绝。

十一·四·二十·巫山。

（选自1923年版《波澜》）

黄昏(夔门晚眺)

张蓬舟

红日紧紧的吻了远山。
白云慢慢的搂着新月。
我最羡慕你们这种恋爱！
真正是高尚，纯洁。
日之神呵！
你可不要再起来了。
好让远山与你长长的亲热；
月之神呵！
你也不要再下去了
免教白云又与你渐渐的离别；
嘿！你们为何不听我的要求？
却只一天天的循环不歇。

十一·四·十九·夔府。

（选自1923年版《波澜》）

过吴淞口海滨

张蓬舟

水天的交点。
只现出灰色的一线。
是天吗？
不见一些云光。

是水吗?

不见一些波澜。

这可想见自然的无穷!

反是人们眼光有限。

  十一・四・二七・吴淞。

(选自1923年版《波澜》,为《杂诗》之第二首)

黄浦旭升

张蓬舟

黄澄澄的日光!

反映着黄澄澄的浪花;

这便是自然么?

却泣出了一种"金之色彩"!

嘿! 自然呵!

你为何也受了"资产化"?

  十一・五・八・上海。

(选自1923年版《波澜》)

莫愁湖畔(有序)

张蓬舟

  十一年十月三十一号,是我到南京的第二天了。我久知道南京的名胜是很多的! 奈乎我的时间很忽促! 不能作遍游;我只在今天吃过早饭,乘了一部黄包车到雨花台去逛了半天。然后再到莫愁湖来。夕阳快要下了! 车夫很吃力的飞跑! 但是我也颠簸得够了

《在路上》

我游过了雨花台。

又来到莫愁湖,

斜阳影里,

一部包车如飞的跑着!

隆隆的车声,

把我无限的诗情都引诱出!

(选自 1923 年版《波澜》)

《莫愁湖畔》

莫愁湖呵。

我初次会着你,

我竟把你认着我常见的草堂。

但你给了我一个严密的辨别!

便是你湖中青青的波光。

湖畔淡淡的山光。

丝丝的柳线,

布满了湖之四围。

朵朵的枯荷,

插遍了湖之中央。

"是草堂吗?"我心里尚是这样的想

我眼中的景物。

已不是这样,

全不是这样。

二

潆潆的细浪,
皱出了无限的愁纹。
是暗现代的人生,
只有忧郁和烦闷。

三

莫愁！莫愁！
你满湖盛着圣洁的水。
只能洗涤繁华的气象！
那能洗涤我胸中的真愁？

四

柳丝织倦了！
垂下来了！
小鸟歌懒了！
飞过去了！
诗之点缀者呵！
你们既倦了！懒了
也应该休息了！

一十·十·三·南京·（完）

（选自1923年版《波澜》）

落 花

张蓬舟

落花？落花？
你怎不同"枯萎的枝,""娇弱的叶,"在一块儿消洒？
你为甚么要离开他？
偏偏又铺满了长堤了？
你莫非经不惯风吹雨打？
自甘把香躯，作个牺性罢？

呀！突来了一群健儿。
一个个要春郊试马；
他们多是些强权的结晶呀！
可怜哟！只把你当着泥一般的踏！
倒被那"枯萎的枝,""娇弱的叶,"
笑你牺牲得无代价。

　　十·十·二四·成都:

(选自《落花集》，版本不详)

雄 鸡

张蓬舟

呀！天亮了。
雄鸡不住喔喔的鸣；
你恰似一个闹晨钟。

一等到天半明,
便放出你宏大的声音!
把那些争名争利的人。
一个个的都从梦中惊醒!
引起他们在万恶的世界里,
仇杀。竞争。奋斗。牺牲。
嘿!你可不是个制造恶魔的器皿!
扰乱和平的罪人。

　　　　十一·一·三·成都。

（选自《落花集》,版本不详）

草堂诗人群

百花潭的晚景

陈虞父

百花潭的岸头,坐着几个渔人,都垂着钓竹:一竿—两竿—三竿……
更有数盏渔灯,放在他们的身边;映在深潭的水面;现出红星几点。
他们静悄悄地都不言不语;只是眼睁睁地把水面看着。
忽然一个渔人,掀起钓竹,便有一尾鱼儿,随着丝纶,在水面上不住的乱转:翻乱了一潭的清水;兴起了无数的波澜:一圈—两圈—三圈……
那几点红星,也都不见了;再看时,却别有个团圆的影儿,射入我的眼帘。

举头向天边望去,原来是皎洁的一轮明月,已上了绿竹的高竿。
这时候便借着她的清晖;尽着我的眼力;四处看去,——
那远处的树林,却都含着烟了,笼着许多村院田畴,若现若不现;
惟有古寺的钟声,断断续续的,还时时从晚风里,吹到我的耳边。
只可惜!此时没有鸣琴;也没有知音,不能传出我寸衷内赞美自然的心弦!

(选自叶伯和1920年华东印刷所《诗歌集》)

自花桥场望见桐梗山

董 素

打一颗低亚的老树丑枝儿下面，
　露出远远地一个黑森森的林子。
从林缺口现出更远的一个山髻儿；
　是她了！是低头羞坐；是穆然意远呵？
我回故乡，你才是迎迓我的第一个人儿？

风蘸雨梳你的秀发；细细的江流，绕湿你的衣带。
　痴痴望着你，谁能不欣慕说：
　　"好福气呵！住居在鬟发里的人，有什么权柄，
　　——生存在清露；葬送在幽芳里？"

（选自叶伯和1920年华东印刷所《诗歌集》）

铅 笔

SP

瘦小的铅笔,向着我说:

　"一些有威权的人,用着他们的刀,

　削了我们的皮;刮了我们的肉;

　渐渐的又要磨到我们的骨子里了"!

过了一会儿,皮也尽了;肉也完了;
真正需要时,却连骨子也没有了!

（选自叶伯和1920年华东印刷所《诗歌集》）

心上十分难受

蜀和女士

我不知道为什么，心上十分难受？
哦！因为我看见一窠小雀，他的父母，替他盖好了屋子；
大风哪！大雨哪！吹得屋子要倒了！淋得要落了！
他呢呢喃喃的告诉我说，
我不能把风雨禁止着，心上十分难受！

我不知道为什么，心上十分难受？
哦！因为我看见一些小树，才发出笑迷迷的萌芽；
有力的黄牛哪！可怕的绵羊哪！都来践踏他，把他当软草吃；
成森林的材料，快要消灭完了！
我不能把牛羊赶开，心上十分难受？

（选自叶伯和1920年华东印刷所《诗歌集》）

陈虞裳 12 首

乡游杂诗

陈虞裳

一 一个农家

丛箐衬贴出茅舍；
篱边开满了蔷薇。
篱外溪畔；有几头羊儿；
篱里檐下，有数只雏鸡。

雏鸡不住地啄檐下的野花；
羊儿不住地啮溪边的青草。
一个农人忽地里从茅舍走来；
羊儿仍然无知觉的啮草；
只是把雏鸡惊得四散了！

二 歌女

一丛七里香藤荫之下、
坐有几个女孩。
他们的面庞、充满了愉快的表征。

他们的腮颊、晕带了玫瑰的色素。
他们的口里、都呜呜地歌着；
藤上一群蜜蜂、也嗡嗡地；
谐和他们赞美自然的清唱；

三　田径钓者

　　太阳红灼灼地，
田水碧沉沉地。
田径一颗大树下、跌坐个垂钓的；
身上被枝柯筛过的日影掩映满了。
途间车马之声、时时尽管嘈杂；
却他毕竟执竿静悄悄地！

四　浴童

　　赤裸裸地几个孩子、
都一直地向溪边走来；
比、里、溯、东、……
统统的跳下水了。
两三个大的、
立在堰头上和流来的水抵抗；
激溅起了无数的白沫！
其他小的、
只占在浅处濯足；
并且还笑迷迷地！

五　渔舟

　　两岸杂生满了桃柳；

桥头还装点出古木；

河水更活活地流个不住。

一只渔舟、顺水飘来。

舟上的渔鸟、哑哑地叫着；

舟上的渔人、正用篙赶他们入水！

六　田野之黄昏

　夕阳到还好；

只是保持不住伊灿美底流霞了。

黑夜之车、渐从远远地林间赶来；

农人们停止了工作；

耕牛些卸下了犁头，

一伙儿离开田野。

鸣的鸣着；

唱的唱着；

都欢欢地转回村庄去了！

七　噪林之鹊

　黑魆魆的长林；

昏暗暗的丘陇；

途行的人们、个个没了；

四围的沉寂、也赶来了；

咳！好恐怖底黑夜。

星些渐从云里透射出神秘的微光，

附近我的景物、似乎隐约可辨。

风又来了！

树枝些都沙沙地战抖着。

一个黑影、忽从深暗地林梢飞翔起来；

并且发出老人似的欷声。

哦！是栖鹊么？

一九二二、五、二五。

（选自《草堂》1922 年 11 月第 1 期）

山中人

陈虞裳

山中有一人、

桂冠芰荷裳、

超然离幽谷、

疾趋峰头迎朝阳。

谷中群犬怪中出、

不住吠哐哐。

瞥见他服饰新装、

摆脱幽谷接晨光、

不合流俗升降。

统统恼怒地赶上、

阻拦了他的去路；

撕碎了他的服装。

芰裳化为蝶粉；

桂冠变做蜂黄；

—都随风飘荡散亡。

剩他赤裸裸地一身、

道中踯躅、

四顾彷徨、

欲接朝阳、

不敢接朝阳。

哦!

   高人之行世多障?

   高人之行世多障?

        一九二二、五、七。

(选自《草堂》1922年11月第1期)

疑 问

陈虞裳

一

   刚堕地底婴孩、

为什么

要"呱呱而泣"?

二

   临逝世底老人、

为什么

要"含笑而去"?

三

   "天高任鸟飞;

海宽任鱼游。"

这样阔大的世界、

为什么
不任我飞游呢?

一九二二、十、二一。

(选自《草堂》1922年11月第1期)

死　者

陈虞裳

一

死者真悲哀呵！
死于路旁；
死于最繁华的路旁。

二

死者真悲哀呵！
死像由于冻馁；
死像由于失业的冻馁。

三

死者真悲哀呵！
死了没人哭；
死了没人怜，
更没人来凭吊，
并且没人来然上两张纸钱。

四

死者黄萎、惨白和垢秽的面上、

群蝇不住地乱飞、吮舐、
使我的两眼、不忍再看了。
使我的两眼、为之潜泪了。
使我诅咒人生底心；
不得不引动了。

五

上帝无情，
才造出了这样愁暗地宇宙。
宇宙无情；
才产出了这样愁暗地人生。
哦！
要是人生没有愁暗；
除却没有这无情的宇宙。
要是宇宙没有愁暗；
除却没有那无情的上帝。

一九二二、十、二。

（选自《草堂》1922年11月第1期）

郭 北

陈虞裳

好寂寥的郭北、
我居然常常去浪游，
无一次不踯躅啊！
无一次不裴回啊！
这样究竟为什？

狂妄了么?
有所失么?
诚然!

　　萧萧的白杨向风拜,
荒荒的蔓草关道生。
掩映着、
衬贴着、
一墩、两墩、百千万墩的坟茔;
不知其间有若干地"陈死人"!
丰碑没了字、
牛羊践墓头;
生前怎样!
死后怎样!

　　古人说:
"生年不满百;
常怀千岁忧。
古墓犁为田;
枯骨化为泥。"
有生既不足贵;
有死亦更可哀。
这样悲惨地世界,
怎个不令人失望!

　　这下我真要狂妄了。
床头底宝剑;夜夜鸣吼着。

心里底勇气；时时奋动着。

霍霍——

　　宝剑砺磨的好利呀！

呼呼——

　　勇气鼓荡的好盛呀！

凭了我的勇气，

提了我底宝剑；

从此要、

斩断人生一切；

割弃现实诸相。

这样究竟为什？

好寂寥的郭北、

我居然常常去浪游；

无一次不踯躅啊！

无一次不裴回啊！

　　　一九二二、九、九。

（选自《草堂》1922年11月第1期）

江楼杂诗

陈虞裳

一　崇丽阁晚眺

朱画阁耸入天半里，

铁马临风更丁当。

城郭江河在服底；

远山隐约映夕阳。

二　浣笺亭

我来不见浣笺人；

丛篁荫庇里、

犹剩浣笺亭。

三　吟诗楼晚照

听——

　蓬蓬叶底乱啼莺；

看——

　滔滔江上去来船；

隔岸长堤柳下、

残照里又见着人影一鞭。

四　洪度井的观感

石栏虽颓败了；

却古井仍旧是冷清清的。

榆钱虽飞落个不住；

却水底素心，仍旧是静沉沉的。

宇宙虽时时转变不息；

却伊诗灵的光波、是永永放射在人寰的。

哦！

井底清冷；

水底素心；

伊底诗灵；

——统统和世界相终老啊！

五　流杯池所见

落花儿洒满了池边；

荷钱儿铺满了池面；

忽地里阁阁数声、

一个癞蛤蟆拖泥带水跳上了坎！

六　濯锦楼前底萤

萤！

点点地飞出竹林；

翱翔在月影之下；

光儿星闪着亮晶晶。

（选自《草堂》1923年1月第2期）

小诗六首

陈虞裳

一

秋风悄悄地来拍我肩；

使我感触到

失意人们所得着的世态！

二

最残酷无情的人、

到他受末次裁判之时；

也要发出求救怜的哀鸣！

三

笑里藏刀、
是今世人们对人的惯态。
见着又何必怪呢？

四

花片悄无声的打我；
恶我的人们、
对我又何尝不是这样！

五

满园的花朵、开得那么好；
这是天公之赐么？
诚然！
但一半还是园丁的努力。

六

拿了梅子以后；
更觉得我身世的滋味！

（选自《草堂》1923年1月第2期）

不　幸

陈虞裳

不幸的我！

被上帝谴谪；

来到这感觉世界以后。

那"无明"便侵占了我的心体；

更赶走了我最可宝贵底本性——"真如"。

因此我宿昔的智慧、

亦渐次地消灭殆尽；

并且愚而妄的思想、

一天天地增长起来。

觉得这样地人生、危险极了。

于是我周围的空气、

纯为惶恐、忧惧充塞满了。

我不得不求超脱此境之外；

不得不寻个安心立命之所；

便彷徨着、

无春、无夏、

无秋、无冬，

甚至无昼夜、

潜心意的去四面探寻他。

到今夏亘有二十五年了。

但是、些微痕迹、毕竟探寻不着。

一日我心里的情绪、迫促紧张急了；

无论如何、再也忍不住了；

狂风似、遍山野跑去喊找他。

他的些微痕迹、仍探寻不着；

只有他的声音、在遍山野、

照着我呼的话儿应着；

全不向我站立之地走来。

以为他定要我走到他立的那儿去访迎；

殊走到凡是他呼应我的地方、

却他早已去得不见了；

就是些微痕迹、

仍也探寻不着。

哦！

明白了。

要是我寻得着他；

除却没有这个宇宙。

(选自《草堂》1923年1月第2期)

常道观之夜

陈虞裳

启窗四顾、放进了满山底冷飕飕的夜气。

满天底星光、虽然是神秘的闪烁着；

但四围毕竟是黑魆魆的。

可怕呀！

可怕的蹲立之怪不呀！

如虎、如豹；

在远、在近；

都森然欲来和我相搏了。

习习的谷风、渐渐在我耳边鸣号起来了。

猩猩叫了；

猿猴啼了；

子规泣了；

我底心更战栗而且恐怖起来了！

(选自《草堂》1923 年 5 月第 3 期)

登青城第一峰

陈虞裳

蜿蜒如带的、
便是岷江了。
横跨江上的、
便是索桥了。
比栉排列的、
便是灌城了。
赵公山如尖塔地矗立着；
绝顶的积雪、经落日光辉的反照、
更分射出无数炫烂夺目的色采。

(选自《草堂》1923 年 5 月第 3 期)

垂暮底斜晖山庄

陈虞裳

一

三三两两、 队队的羊群、自陇头下来了。
白氄氄的驼毛、经斜日光辉映照着、
他们底背部、衬射出银黄的色采。
小小大大、几个牧儿、也杂走其间；

还时鞭辟那落后的部伍。
部伍中底羊儿，间有回首芊芊鸣号的，
似呼唤它们落伍底侣伴，努力的前进。

二

沱江呵！
从朝到晚、仍急疾的流着；
只是盈千累万的白波、
早已被余阳乱影、醉得通红了。
——醉得杨妃红似的了。
浪涛上还有许许多多的鸳鹭、
不住起起落落地飞旋；
看来它们、
真个的自由呵！
真个的快活呵！

三

竹松前面有丛青松、
青松林梢头、远远地微露出一个山髻儿；
那火球似的落日、以为她吞去一半了。
这时空里的流霞、更觉美丽了：——
黄哪、红哪、紫哪……统统互相地掩映着。
天公穿上彩色底衣裳了么。

四

晚风忽兴动了：
怒吼的松涛、是我耳里听着底声音；

笑拢的竹浪、是我眼里见着底形景。

落日落堕了；

流霞流散了；

羊群和野鹜、已飞走得不见了；

夜影也渐从林——江间人赶来了。

几只壮狗、哐哐地吠着；

几头壮牛、牟牟地鸣着；

一轮新月、不觉又在庄东高树底悬着！

（选自《草堂》1923年5月第3期）

小　诗

陈虞裳

（一）

诗人是冷情的、

但也是热情的、

沉默的吟着、

狂荡的歌着、

（二）

最难忘的、

是新秋之一夜、

明月照着西窗、

笛声里——

悄然相对。

（三）

弹不出的是心音；

唱不出的是心调；
写不出的心曲呵。
（四）
"生存在清露、
　　死葬在幽芳里；"
情人们呵！
有生有死的纯洁、
能及蝶儿万一么？

(选自《草堂》1923年11月第4期)

沈若仙9首

草 堂

沈若仙

翠绿的竹、
鲜妍的花、
奇伟的古树、
蓊郁的丛林、
静寂寂的蓝天、
湾曲曲的流水、
鸟语不住地歌颂、
虫声不停地赞美、
这便是杜甫的草堂了!

不见百年将军的府第、
但见千年诗人的草堂、
人们呵!
诗人给了你们些甚么呵?!

(选自《草堂》1922年11月第1期)

流 水

沈若仙

　　流水呵！
我当孩子的时候、
你便这般不息的流着！
我已壮年了！
你怎么还是这般不息的流着呢？
我年老了、你还是这般不息的流着吗？
我死去了！你还是这般不息的流着吗？
我骨化尘灰的时节、你还是这般不息的流着吗？
流水！我羡你有永续不息的精神呵！

　　流水呵！
我喜笑之时、你便欣欣地欢呼！
我悲惨之时、你便呜咽地哭泣！
我忏悔之时、你便奏着安慰的音波！
我死去了、你能静沉沉的伴着我吗？
这便是我最后的希望了！
流水！我信托你永续不息的精神哟！

（选自《草堂》1922年11月第1期）

慰失恋者

沈若仙

真诚的恋爱、是永无失败的！

失败了的已不是爱了!

朋友!

又何必痛惜呢?

(选自《草堂》1922年11月第1期)

秋之夜

沈若仙

寂沉沉的秋夜、

猛起的一片地吼声、

呵!秋风来了!

听呀!

树上残叶、正和勇猛了秋风挣扎!

落到地上的枯叶、还在那里悲怨的哀鸣!

残叶!到了此时、你还留恋甚么?

(选自《草堂》1922年11月第1期)

寄四弟季修

沈若仙

你当孩子的时代、

我曾用执诚的爱引导你;

你乘一叶轻舟、孤渡巫峡的时节、

我怕巨浪把你吞了、我醉后曾放声痛哭呵!

重庆之别、上海几次之别、

一幅一幅的别情、时时地回映到我的心里！

你还能记忆吗？

你今成立了！我心中是何等的快慰呀！

（选自《草堂》1922年11月第1期）

疯 人

沈若仙

当我从窗中望去、

便常常看着：

那披着短发、抱着小孩的中年妇人；

她不停地在那房廊下踱来踱去；

他们告诉我：

"她是一个疯人！"

她那苍白的脸、

直而不灵的目光；

表示他确是一个疯人了！

"如何疯了的呢？"

休问罢！

我们难道不是疯人吗？

（选自《草堂》1923年1月第2期）

颂 死

沈若仙

死是一切问题的解决吗？

人生的究竟便只得着一个死吗？

她已沉沉地酣睡了！

静静地酣睡了！

永久无声无息地酣睡了！

我们呢？

也是匆匆地向着死的行程奔驰！

也将沉沉地酣睡了！

也将抛弃人间一切而去了呵！

（选自《草堂》1923年1月第2期）

慰又涵

沈若仙

她已经死去了！

儿女的深情也算得了一个终局！

你不要镇日地悲伤了！

她死而有知、

也是不许你如此的！

（选自《草堂》1923年5月第3期）

爱的残痕

沈若仙

仿佛听着她的声音、

仿佛见着她的影子；

是满心欢喜的时节！
在月色濛濛的夜里！

虫声！蛙声！
一盏孤灯！
还伴着理想中的爱人！
晤时常相对无语、
别后又怎么要刻刻的相思？

恋爱深了、
反忘了爱人的模样儿、
但觉得是一个全美的神

爱人的几封残信、
是相思疾苦时的圣经了！

痛苦的源泉是爱、
痛苦的安慰也只是爱！
蝶儿双双的舞着
示人们以恋爱的神秘！

我与她并肩行着、
道旁的绿树都微微地发笑了！

爱的欢乐、
爱的愁苦、
同是避不了的！

感到人生终有一个永别、
心中是何等的惨痛呀!

倦了!
热情的泪也不流了!

(选自《草堂》1923年5月第3期)

雷承道 5 首

我的悲哀

雷承道

我最不容易哭泣、今番也流下眼泪了！

我满怀心事去向何人告诉呢？

我的心事只有我个人知道！

我伤心只有我个人哭泣！

唉！我现在才知道人生是孤独的！

好罢！让我尽量的哭泣罢！

（选自《草堂》1922 年 11 月第 1 期）

割草人

雷承道

青青的草、

铺满了山野！

割草人把他一并割了、

一些儿也不留着！

割草人去了、

不久间、

青青的草、

又铺满了山野！

　割草人又来了；

割草人呵！

你还是那般工作么？

（选自《草堂》1922 年 11 月第 1 期）

野刺花

雷承道

　僻静山阿的石岩上、

美丽的刺花开得十分红艳！

美丽的刺花呵！

你开在这僻静的山阿、

谁来赏玩你呢？

　哦！我知道了！

繁华的尘市、是人间的秽土！

华丽的花园、是无自由的监狱！

你何能生长在那里！

他们又何曾真能赏玩你？

呀！怎么刺儿刺痛了我的手指？
哦！原来你满身都是小刺
不许人来折毁你！
唉！我不折你了！
我不敢折你了！
且让我用企慕的眼儿望着你！
你怎么仍是红着脸、
笑迷迷的没有言语？

（选自《草堂》1922 年 11 月第 1 期）

心　海

雷承道

广泛的心海呵！
你的岸在哪里？
只有你的波浪溢出来、
我们方能看见！

纸上的墨迹，
是心海的浪痕呵！

吹进了外面的风儿、
激荡了心海的波；
外面的风止了、
心海的波却正猛烈的流荡起来！

欢笑悲啼
便是心海的涛声！

　俯首低吟、
沈默不语，
正是心海的涨潮时！

　案头的书籍、
壁间的图画、
工场的机械、
都是心海之波的陈迹！
　口里无意中流露的言语、
便是心海所溢出的余波！

（选自《草堂》1922年11月第1期）

夜　雨

雷承道

一

滴滴的雨儿
住了罢！
我已无泪相和了！

二

要是能解除烦恼；
我愿化为：

鸟儿——花儿——江水！

三

伊句句言辞、
深深刺入我心中；
这是今春的一夜里

四

何须更笑春蠢呢？
回想自己呵！

五

满园的花正开着、
蝶儿！
你要飞到哪里去？

六

脸上两行的明珠、
是灯光映射的泪光呵！

七

吾心归来！
这孤独的人间、
何处有同情的伴侣？

八

江水缓缓流过去了！

白云慢慢腾过去了！
我受着一种说不出的情感呵！

九

向何处去呢？
我所徘徊的歧路呵！

十

我也太懦弱了、
一缕缕缚人的相思呵！

十一

诗人的心、
好似一潭静水；
微风一荡、
他便要波绉呵！

十二

心房深处的酸泪、
被夜半鸡声啼出了！

（选自《草堂》1923 年 1 月第 2 期，1923 年 5 月第 3 期）

何又涵9首

秋 水

何又涵

秋水呵！
你活活地流着、
你轻轻地流着、
你终日不息——
　终月不息地流着、
　你是何等绵延呵！

　你要流到海枯么？
你要流到石烂么？
你要流到宇宙粉碎么？
你要流到你自己消毁么？
秋水呵！
你是何等的弥缦呵！

　我俩也有超越时间的相思、
我俩也有超越空间的相爱、

但我俩的真情、
却遏禁着流转、

咳！
说甚么"海枯"
说甚么"石烂"
而今都成惆怅了、
可怜伊是死去了、

秋水呵！
我不忍再到溪边来了、
你那绿色的微波中、
至今还浮着使我悲伤的伊底影了、
我点点的热泪、
抛在你的面上了！
你可知道不？

（选自《草堂》1922年11月第1期）

今年的中秋

何又涵

去年的今夕、
是我俩别后重逢的一夕！
那时的月色、
那时的情景、
何等的快乐呵！

说不完的离情、
叙不尽的相思、
你曾说："你真忍心呵！……"
如今又怎样呢？

　　今年今夕、
你呢？死去了！永别了！
秋雨绵绵、残灯如豆；
月色也无有了！
只剩得：一个孤独的我！

（选自《草堂》1922年11月第1期）

泪

何又涵

　　泪呵！你是从哪里来的。
泪呵！你是谁教你来的。
你是心之血么？
你是哀之表现么？
当你滴滴珠落的时候；
便是爱之极了、
也是悲之极了。

　　当伊斜倚床头、紧握着我手的时候、
泪呵！你就如泉的涌了、
纵有无限的话也难说了、不能说了、说不尽了！

伊只好借泪珠儿来表现伊的悲哀了！

泪呵！你好像代伊说："我死后，抛下的伏儿谁来哺养呢？

我此生受了许多的痛苦、如今就这样结果吗？"

泪呵！你无情呵！你真无情呵！

我俩分离在迩、你为甚要来表现呢？

泪呵！你是"悲哀神"的先遣使吗？

他到了、你也到了呢！

　　那可怜的伏儿、也借你表示和伊的母分离；

伊赤裸裸的心、天真的心、只晓得叫一声"妈妈！"

伊俩哭着、只见伊们的泪儿、不住的往下滴！

不晓得伊们要怎样呢？

泪呵！你走了罢？

"死神"到了！

怎么你还像决了堤样的！

泪呵！伊既是被"死神"呼去；

但那无情的泪珠儿、还是不住的滴！

泪呵！你纵是心之血、那心血尽了——

你也该止息！

　　主呵！你为什么要给人们些泪呢？

假使你不给人们！

那到了痛极和哀极！人们又怎样呢？

主呵！那滴滴的泪儿、是表示伊到快乐之乡或是痛苦之乡呢！

　　　　　　一九二二、八、五。

　　　　　　（选自《草堂》1922年11月第1期）

残 荷

何又涵

残荷呵！
你凋零了！
你是被肃杀的秋风摧残了！

当盛暑的时候、
你是何等的美啊！
绿油油的、
不是你的叶么？
淡红红的、
不是你的花么？

而今呢？
只剩些破碎不完的枯黄残叶！
好像被那"秋之神"将你的灵魂夺去了！
秋之神呵！
你为甚要伊的灵魂夺去了？

(选自《草堂》1922年11月第1期)

诗人的心
——题彷徨的路诗集

何又涵

火一样的热；

冰一样的冷、
彷徨于人间的诗人的心呵！

（选自《草堂》1923年1月第2期）

回　响

何又涵

好静寂的山谷呵！
我彷徨的怅望着。
痛苦罢！
狂歌罢！
只听着自声的回响呵！……

（选自《草堂》1923年1月第2期）

转慰若仙

何又涵

朋友！
我们现感着同情了！
我怀着悲伤；
又劝你不要悲伤！
但我话还未说出，
我心上底泪已先流出了。
朋友呵！
别悲伤罢！

我们都只生活在这仅少的将来呵!

一九二二·十二·二五

(选自《草堂》1923 年 5 月第 3 期)

小 鸟

何又涵

小鸟呵!

你在那凋零的树枝、啼些什么?

血一样的夕阳、已隐隐地往青山去了。

愁人的黑黯、也渐渐地涌现于空间了。

你那噪林之友,也归巢去了。

你呢、还孤另另地啼些什么?

你是失恋么?

你是等待你的侣伴么?

小鸟呵!你归去罢!不必啼罢!

你那凄凄地啼声、引动我的回想了。

一九二二·十二·九

(选自《草堂》1923 年 5 月第 3 期)

今年底春

何又涵

春、甜蜜的春呵!

你又随着东风来到了。

看哪——

苍苍的柳丝、

红艳艳的海棠、桃花、

雪白似的玉兰

一伙儿都是去年底模样。

听哪——

宛转的流莺、

呢喃的燕子、

悲啼的杜鹃、

般般的也还是去年底情况。

那时的庭园、

那时的光景、

而今都成往事了。

哦！引愁的柳丝。休将那已过的印象、翻上了我底心头哟！

　　　一九二三·三·二七·

（选自《草堂》1923 年 5 月第 3 期）

张拾遗 15 首

秋

张拾遗

一

摇曳的树声、
萧疏的天地、
无聊地徘徊着,
够人凄楚了!

二

我倚着窗儿坐着、
凝滞地注着一只小花、
对于一枝将残的小花、
引起生的悲哀了!

三

懒懒的秋云、
刚从枫林飞出、

又懒懒地飞去了、

四

枫呵！
努力地红罢、
秋的意义原是悲哀呵！

五

一掬的秋水、
寒到窗上，
又冷到了心上。

六

默默地走着、
我太孤寂了——
这真是我的秋山呵！
我原要这样静寂的秋山呵！

（选自《草堂》1922年11月第1期）

秋　雨

张拾遗

秋雨吓！
别下罢；
我已是多愁了！

看呵！
森森的也萧疏了、
伊的信也不再写来了、
全宇宙是：
僝僝底；
寂寂底；
更寻不出一个优美的笑呵！

秋雨吓！
别下罢；
我已是多愁了！

（选自《草堂》1922年11月第1期）

泪之想象

张拾遗

我是怕看别人的泪痕、
我已是泪个了的人、
但是你：——
朋友！我将怎样安慰你的流泪呢？

流泪的事太多了，
我也不解；
怎样要欢聚？
怎样要别离？
我真无从劝慰你、

好啊！我要默默地：

领略你的悲哀；

想象你的泪痕；

你的泪痕、——

都是你的相思、

都是你真情底流转呵！

我友又涵，因他夫人逝世，很是伤感，我虽是无泪的人儿，也大受感动，很想劝他，特作此诗慰之。唉，人生聚散，真是苦恼呵。 作者识

（选自《草堂》1922 年 11 月第 1 期）

病中杂句

张拾遗

一

落叶和秋雨都一般的莎莎响着，

且细细分剖着消遣罢！

二

诗心消磨尽！

只有许多不成句的愁思、

却遍消磨不尽呵！

三

瘦却许多了！

这时是新秋了。

四

　　白昼与暗夜、
在呻吟声里这样迟缓么？

五

　　不要用思罢，
世间原有许多不用思的人了！
但我也能么？

（选自《草堂》1922年11月第1期）

我的呻吟

张拾遗

　　我呻吟。
在历史的黑暗当中、
从许多的呻吟里面、
我、——一个厌倦的青年；
继续呻吟了。
生的厌倦；
牲的烦躁；
现世的凄凉：——
印象吓！
印象吓！
秋水虽然明洁、
可能涤去么？

忍不住了；
我要呻吟了？
我虽是弱者、
我要呻吟了！
可怜我只有呻吟呵！

(选自《草堂》1922 年 11 月第 1 期)

诗 意

张拾遗

没有一分春意底园亭，
怎样凝眸呢？……
但也被蓦然高悬底几朵红花儿、
眺缓丝丝诗意了！

(选自《草堂》1923 年 1 月第 2 期)

芭蕉底心

张拾遗

芭蕉底心；
卷牢伊所经验底凄凉世界了！

(选自《草堂》1923 年 1 月第 2 期)

一件使我不安的事

张拾遗

那喘息在枝上的黑蝶、
你不住地……
　颤颤地……
是有了病么？

（选自《草堂》1923年1月第2期）

失　眠

张拾遗

而今：
我只有这滴不透相思的夜雨了！

（选自《草堂》1923年1月第2期）

"彷徨的路"自叙

张拾遗

我怅惘地唱起我心底音律、
我凄切地吟出我心底诗句、
从这样寂寞地人间，
是我所等候回响底山谷呵！

（选自《草堂》1923年1月第2期）

不幸的小照

张拾遗

相思都是不幸呵！
寻出了伊的小照、
看时……
又为我憔悴好些了！

（选自《草堂》1923 年 1 月第 2 期）

自　失

张拾遗

我和你都是漂泊者；
引人入梦底相思哟！
　鸣着地小鸟；
　开着地小花；
你们的生命浪漫呵！

（选自《草堂》1923 年 5 月第 3 期）

闻鹃鸣

张拾遗

怎便说："不如归去呢？"
——寂寞地想着。
　——一九二三、春日

（选自《草堂》1923 年 5 月第 3 期）

咀 咒

张拾遗

被爱情忘却的二十五年呵！
我今后的心，
更怎样安放呢？

默默地想着；
更脉脉地想着；

无奈呵！
我且自由地咀咒说：
"青春之花呵；
萎了罢！"

（选自《草堂》1923 年 5 月第 3 期）

我的悲哀

张拾遗

宇宙是寂寂地；缺人的；
人间是冷冷地；缺爱的；
我呵！
——没来由的憔悴人的青春呵！

（选自《草堂》1923 年 5 月第 3 期）

叔农5首

笑——泪

叔 农

我们忧伤一世罢!
人生都是充满了忧愁。
笑后即是泪。
我的心……
心啊!
都被忧愁扯碎了!

(选自《草堂》1923年1月第1期)

玫瑰之花

叔 农

玫瑰花呵!
美丽的玫瑰花呵!
我愿你尖锐的刺、
　刺我心中的鲜血、

刺我眼中的清泪；
好把血泪来灌溉你、
好把你献与我的情人。

(选自《草堂》1923年1月第2期)

读斯托尔门的茵梦湖

叔 农

我只合葬荒丘！
抄甚么故事、
赠甚么年糕、
采莓、别送、
甚么——一切；
都成空了。
茵梦湖中的睡莲、
茵梦湖边的月色，
终非我有。

啊！
我只合葬荒丘！

(选自《草堂》1923年5月第3期)

初夏的雨

叔 农

这是大风雨电的初夏、

杜鹃在受屈的柳枝上啼着：
　　"夏啊！我怎能禁此？"
玫瑰也有意扯碎伊自己底面庞儿、
在污泥中挣扎。
只野草却很自得地跳跃在田野。

（选自《草堂》1923年5月第3期）

答八哥儿的话

叔　农

你该认识了幽怨了、
笼里底小妹妹啊！

　　一只八哥儿被我提着、关在笼里：碰死碰活、碰不出去。闷倦时便在笼里打盹。时间去的愈久、她幽闷之梦就做得愈长；直至她把缚束和自由都分不开了的时候、才向人们唱歌。我便用这两句答她

作者识

（选自《草堂》1923年5月第3期）

寄萍 2 首

我　愿

寄　萍

　　我愿成一位画师，
把人们的脸改画成一样的笑容、
免得有不同的惊异。
但是人们似乎比我聪明？
早已将他的脸几回改画过了！
　　北京、平大、寄

（选自《草堂》1923 年 1 月第 2 期）

小　诗

寄　萍

一

我友、别弄音乐、只静静的唱唱歌罢。
当黑夜你独自一人的时候、
她只有悲哀给你。

二

病里思家、
反觉有一番乐趣呵!
吾友、理会着?

(选自《草堂》1923 年 5 月第 3 期)

赤话11首

深 山

赤 话

深山空寥没人迹：
阳春来时、
野花便一齐开了。
幽香沉入流水里、
流水有些醉了；
轻轻皱起几个细波、
表示他底笑意。

阳春去了、
花儿悄悄地谢了、
——瓣儿只轻轻地落着。

（选自《草堂》1923年1月第2期）

醉 人

赤 话

醉人底脸、

仿佛染上了胭脂；
比花还要红些、

 已凋谢的石榴花、
沾了醉人底温和的酒气、
才出芽、便含蕾了。

 愁苦的婆妇、
听见醉人奇异的歌声、
笑了、从梦中快乐地笑醒了。
 很高、很激越的调子、
伶人们都不敢唱。
醉人却沉痛地唱过了。

 醉人底诗思沸涌着。
"写罢！"
我看了、
"诗呢？
还是泪啊？"

（选自《草堂》1923年1月第2期）

清露凝在花心里

赤 岵

 清露凝在花心里、
花心正是凝露的呵！——

娇小的"萨弥吞"、沐着晨光
独在园里采花呢。
鲜花在伊手里、
蜂歌在伊耳里、
骑白马的小贵人、
回环在伊底心里！

小贵人名叫"穆克登额"、
他是"牛几章京"底公子，
伊怪小贵人怎么那般可爱
昨天小贵人回头、看见伊立在门外。

伊回"额尼"说了、
当伊长得姊姊那么高了、
伊要嫁像小贵人这样的、
伊说时"额尼"微微地笑了。

现在、伊要寻一朵最好的花、
在"额尼"替伊洗梳之后戴上、
伊将立在门前、风吹着、美丽得天女样、
使小贵人过时定要讨这朵好看的小花。
伊深信没几年门外将有些、整齐的妇人排坐、
不久、伊便满头簪子、也一样地跨跨马鞍、
那时、小贵人这么高了、在红灯下立着：
伊怕笑、伊想不说这些话给"额尼"听了。

伊总觉寻不着惬意的好花、

伊又想小贵人这时怕没离床呢？

二天、伊将天天和他玩

伊是妹妹、小贵人是哥哥！

娇小的"萨弥吞"、沐着晨光

还在院里采花呢——

清露凝在花心里、

花心正是凝露的呵！

一九二三·二·一

　　此诗描写"满洲"风俗、事景逼真、不但情致优洁动人。且可当作"风土志"读之。　和评

（选自《草堂》1923年5月第3期）

流　泉

赤　话

淙淙自山溪泻出的流泉、

把深山里化繁化落消息、

统统传达到人间了：

繁星下、溪水琮琤着

散出些淡微的清芬。

知道深山中。

杂花繁了！

细雨下、溪水琮琤着、

漂来些浮动的花瓣儿、

知道深山中

杂花落了!
一九二三·二·一七

(选自《草堂》1923 年 5 月第 3 期)

独 语

赤 话

我悄然凝视着镜里:
"我爱!
把颗未染惆怅的心、
稳稳藏在、
绿萼梅花的蕊丝底下罢!"

(选自《草堂》1923 年 11 月第 4 期)

在池畔小吟

赤 话

"再坠落三五朵,
——绉几叠曲曲的绿波吧?"

(选自《草堂》1923 年 11 月第 4 期)

心 诗

赤 话

远处、紫荆花碎锦一般的开了,

我惘然指点着。

　　忆里温到五月底旧游：
落有碎花的溪边，
一个微沤里有我藏起的无限心诗。

（选自《草堂》1923年11月第4期）

帘　里

赤　话

　　月光水晶般的泻入竹帘、
浸在脱香玉花寂寞的夜气里。
好月明呵：
瓶花底影儿映得浓浓的……

静里听着蛙鸣、
怅然感些泛泛无着的凄愁。

"唉！
请尽随梦里的幽花而去罢！"

（选自《草堂》1923年11月第4期）

花　心

亦　话

细雨凝着、
春风澹荡着；

小小的花心：
——我底极乐园呵！

(选自《草堂》1923 年 11 月第 4 期)

微风之后

赤 话

微雨后、
蓓艳的花光、
红上蝴蝶儿底双翅。

(选自《草堂》1923 年 11 月第 4 期)

理 想

赤 话

撮着唇、吹着短歌儿、
送她到了"理想底"花园里。
细雨如轻丝一般、
　缠着她哩！

已在了静香的灵境；
会谁寻出来惆怅？——
都消融于花雨、草露里了。
　　八月一一、一九二三。

(选自《草堂》1923 年 11 月第 4 期)

静宙 3 首

在池畔

静　宙

往常踽踽的双影、
而今寻不着一些痕迹了。

（选自《草堂》1923 年 1 月第 2 期）

蔷薇和伊

静　宙

蔷薇呵！
坐在你膝前的伊呢？

（选自《草堂》1923 年 1 月第 2 期）

小　诗

静　宙

（一）
　　月亮底下的花园里、

去年七月十五的迹印、
寻不着了！
（二）
爱神呵：
伊与我甜蜜而且纯洁的爱、
仍永续长在的吗？

(选自《草堂》1923年5月第3期)

佩竿(巴金)2首

小 诗

佩竿（巴金）

一 哭

可是我连哭的勇气都没有了！
哭是弱者唯一的安慰呵！

二 沉没

受尽了人间一切的痛苦以后；
那个丐者便倒在街心寂然地死了！

三 锣声

我偶然从梦中醒来、
听悠悠地更夫杂沉重的锣声；
似乎都放在我底心上敲着?

四 母亲

母亲呵！

每当忍受人们的冷酷待遇时；
便自然忆起的亡故的母亲呵！

(选自《草堂》1923年1月第2期)

小　诗

佩竿（巴金）

一

没有母亲保护的小孩、
是野外任人践踏的荒草呵！

二

一株被花匠扎过了的梅花在盆里死了。
伊的一生只是这样寂寞呵！

三

这个月夜与数年前的有什么分别呢？
但如今只有我一个人徘徊了。

四

小孩时代的光阴如梦如烟地便过去了
只剩下如今的几声长叹了。

(选自《草堂》1923年5月第3期，一、三又发表于《孤吟》1923年6月第3期，署名P.K)

学诗 1 首

雨后底菊

学 诗

为甚你垂着头、弯着腰、不笑不语呢？

呵！莫不是那无情的雨儿、点滴地打坏你秋后独有底芳颜、使你在哭吗？

——二二·十一·成都高师

（选自《草堂》1923 年 1 月第 2 期）

驹甫 3 首

彷 徨

驹 甫

(一)

　　自然以冷酷而迫切的旨意、驱着一切赶上衰老的路途。
　　耐不住的、先已枯萎了；恋不住的、先已零落了。
　　最不幸的惟有不枯萎、不零落而彷徨于衰老的路途上的无力的人们啊！

(二)

　　冷冷的晓风往复地留恋着、悲鸣的小鸟们也互相地安慰道：
　　"别悲鸣罢！请安心地等候着春风底归来呀！"
　　但我却已麻醉了！

（选自《草堂》1923 年 1 月第 2 期）

小 诗

驹 甫

(一)

　　凝伫于淡淡的夕阳铺着的空漠的广场、
　　心中便长此留下些淡淡的、空漠的印象。

（二）

听轻微滴滴的夜雨飘落在呜呜的寒风里，
况在魂梦飘摇的长夜啊！

（三）

　　我把头贴在依的怀里、浮游于我的心坎中不断的回思、都为伊息息的呼吸一缕缕的抽断了！

（选自《草堂》1923 年 5 月第 3 期）

小　诗

驹　甫

（一）

我的心有时也紧缩到冰一般的凝结呵、
可是永不曾消融过呢！

（二）

幻想都是失意的呵
只有终于踯躅罢！

（选自《草堂》1923 年 11 月第 4 期）

勤伯 4 首

杂 诗

勤 伯

（一）

　把一切的念头、

　放下来罢；

我愿当第二的人生，

　我愿造物之神、

另给我一付头脑。

（二）

　有好大的事、

何必要这么伤心？

何必要这么烦闷？

朋友！

放开怀罢！

还是做你前途的事业。

（选自《草堂》1923 年 1 月第 2 期）

月　下

勤　伯

我徘徊于这寒酷的冬夜底月下、
念着"至死不说被他人错待了"的伊——
忍着泪、含着愁、死了。——
我烦闷的灵魂、悲哀的心情、就开始燃烧在热蓬蓬的火焰里。
宽恕呀！仁慈呀！
恕我莫有这样大的"量"、再能忍受你们了。
　　当皓月的寒光、冷冰冰地照着伊的坟墓时；
　　伊听着潺潺的流泉，
　　嗅着馥馥的芳草；
那火一般的情绪、一定重烧到伊的心弦。
使伊念着：
伊是何等的孤寂呵？
伊是何等的孤寂呀！
　　一九、一三、一、一二日

（选自《草堂》1923年5月第3期）

小　诗

勤　伯

（一）

梅花一瓣一瓣地落在地下了；
这是夜来风和雨、

劫掠而残暴后的成绩。

(二)

春来了、

把悲哀都系在杨柳底枝条儿上罢！

(三)

鸟呵！——夜鸣的鸟呵。

在夜里你只管鸣罢！

(选自《草堂》1923年5月第3期)

病 人

勤 伯

(一)

念着现在、只有呻吟；

念着将来、只有哭泣；

念着过去、只有忏悔；

病人呵！

这是常态罢。

(二)

"忍着性、闭着气地吞罢。"

病太重了、

药味也太苦了。

(三)

将熄灭的孤灯，

你最后的红光我正盼着。

（四）

夜雨呵！

蟋蟀的口被你寒气锁着了。

但他们的心呢？

(选自《草堂》1923年11月第4期)

章戬初1首

杂　诗

章戬初

（一）

人们正当受了残酷待遇底时候、

见快乐他们便快乐了！

（二）

喧宾夺主底强梁、

占着人们的屋宇、

还说道：

"该让去罢？"

（三）

他们行事便凭一点念头、

念头偏了；

小百姓底末日临到！

（四）

胼手胝足的弟兄、

终日都在锻炼他们的身躯；

无非预备一粒无情的弹儿碰来罢、

（五）

魔鬼镇夜底呼号：

"我们看不惯这样残酷底人间！

群魔们，

尽量噬了无心肝的人罢？

也消消我们的恶气。"

　　　　　　　　（选自《草堂》1923年11月第4期）

> # 旦如 2 首

诳

旦 如

有谁不忘他底故乡？
禅房比水冷、
更怕醒在五更。

□说伊非我底……、
泪却酸透了心底

我虽不认莺村人、
心终忘不了全家庄上的柳荫。

谁是无情？
枝上的鹊儿轻听，
暗暗替我传心。

（选自《草堂》1923 年 5 月第 3 期）

盲

旦 如

微笑、指点我不识的路径呀！
我底灼灼的目、只能等于盲的了。
　　　　　　自上海、南方大学寄。

（选自《草堂》1923 年 5 月第 3 期）

道村 2 首

那 时

道 村

水冻得结成冰了!
雨变成雪花落下来了!
小鸟儿不像从前的快乐了、
都藏在白慢子的外面。
那时呵——
只有诗人和画家。

(选自《草堂》1923 年 5 月第 3 期)

落 叶

道 村

落叶悄悄地、
风把它吹叫!

一九二三——北京,平大。

(选自《草堂》1923 年 5 月第 3 期)

一真1首

劳动者

一 真

劳动者的眼睛是火炼过的、
他能在黑暗中看见光明。
黑暗到了；光明也到了！
黑暗的夜中虽是酷热、
到底胜过烦苦的白日！
若永远没有黑暗、
便永远没有光明。
人的汗、都是血变成的、
哪能如河水样的长流？

（选自《草堂》1923年5月第3期）

九明2首

答一个朋友

九 明

世界——这样！
我因爱他、
　——也成这样！
朋友！
这番爱的因缘、
终令我难于割舍呵！
报春的腊梅、
放出他的芬香、
显出他被爱的得意！
可是——昏夜里
夜蛙子已将一切诅咒了！

屋角上的乌鸦
叫出许多悲哀
她看不惯世界内的痛苦、
只是不平的嚷着！

冬夜的严风、
穿窗、
入户、
——寻找万恶的人们！
她想扑灭这灯、
　　——这无力的光明！

她们这咀咒悲悯的情怀、
时常把我心振动、
我赞美咀咒、
我赞美悲哀、
我赞美破坏者、
我赞美人生之敌！
我破灭一切割与舍的因缘！

（选自《草堂》1923年5月第3期）

微笑与拥抱

九　明

谁曾向我微笑、
破了我这锁着的眉儿！
谁曾给我拥抱、
贴近了我这单独的身儿！
我沉沦于清凄孤寂的环境里、
我转从于忧伤疲劳的生活里、
到了中道的人生、

失其支配我的全部、
几曾得着安慰的宠爱呢？

（选自《草堂》1923年5月第3期）

杜鹃小友 2 首

草堂记游

杜鹃小友

老去的诗人、
你却不能带了它们同去！
噪林的小鸟、
你却不能带了它们飞去！
留连的游客、
你却不能带了它们归去！

（选自《草堂》1923 年 11 月第 4 期）

小　诗

杜鹃小友

（一）

自然笑向着画师说：
"呆人！谁给了你许多的镣锁、"

（二）

今天、——

已不是去年今日的风雨道中了！

(选自《草堂》1923年11月第4期)

唐苇杭 2 首

我　愿

唐苇杭

我愿……呵
我愿变一支蝉儿、
用力嘶唱我悠扬的歌调、
将破除我爱的烦恼。

　　　　一九二二、七、一九夜。

（选自《草堂》1923 年 11 月第 4 期）

小　诗

唐苇杭

一

碧绿而沉静的爱海、
我今觅得伊来游泳了、

二

零落的叶儿向菊微语道：
"我们再见了，
我俩是一年一度的"
　　　　十、二、一九二三、

（选自《草堂》1923年11月第4期）

鸡声 3 首

我 底
鸡 声

我底歌声是只轻捷的蜘蛛、
结个胶而且密的丝网、
罩着伊的妆台；
好在伊晓妆时分；紧笼着伊之愁影。

我底泪珠是只伶俐的飞蛾、
扑灭了伊床前的灯光；
好使伊扰乱了的心思、
把我恨煞?！
把我爱煞?！

我底灵魂是只美丽的蚨蝶、
带着花香从伊耳边飞过、
捥乱了伊轻松的黑发，
——无意中变成了伊天然的书签、

（选自《草堂》1923 年 11 月第 4 期）

绿叶 散文诗

鸡 声

绿叶反映着曦微地晨光、又迎着风；——身上满饰着金刚石或其他的宝石——闪闪烁烁地、站在纤弱地新枝上跳舞。他们很自然地依着跳舞的序次唱赞美歌、不是萧萧地声、也不是飒飒地；极合拍、极有秩序、极神秘的音调：

猗与——晨曦！

猗与——那与、

猗与那与；

猗傩——其枝！

这时自然的女儿晓妆正毕、披着霞衣——脸庞儿红艳艳地、好像有些醉意——悠悠地出来、在深邃地天宇间立着；偷看绿叶们的跳舞；而且笑迷迷地、显出她妩媚而浪漫底天真。

活泼地雀儿在这满蓄着诗意的世界中、是如何的愉悦呀！一只、两只、三只、五只……欣欣地集合同一的新枝上；跳着、舞着、歌咏着：

姊姊，济济且！

济济且

姊姊、济济且！

济济且、姊姊！

绿叶们的秩序被它们扰乱了、歌声也渐渐地柔脆而入于悽惋之境：

吁——嘘——休兮！

去——去——

休兮——去——

吁！——嘘——嘘——

"雀儿、轻狂地雀儿、轻狂而残忍地雀儿！"我心暗暗地咀咒着：我的手——自然的仇人——不由我支配了、当他抛的那块小石穿过浓密地阴绿地叶儿时、雀儿飞了、自然的女儿——彩霞——躲了：不幸的绿叶早落了一片！

济济且！
姊姊、济济且、
　　济济且！
姊姊！

雀儿依旧在另一的新枝上跳着、舞着、歌咏着：晓风悠悠着：晨光掩映着：我拾起这不幸的绿叶、深深地忏悔着！

(选自《草堂》1923年11月第4期)

重阳——寄海化

鸡 声

天都黑尽了、北风照例的刮着、院中的老槐、寒得发抖；把枯发上簪的化些都震落个满地。我不忍践踏它们！又不愿学女子们样去葬它！我怎样办呢？只有踯躅：世界上原无一处不使人踯躅呵；

任他槐花满地，
　只不要让菊花再放罢，
不然、我寂静地秋心、
　无处系了！

我前次不是说不愿再作无病的呻吟吗？情不能已的时候、只好由笔尖摆动罢。

啊！今天是重阳、一个狠平常的日子、使我受不住了、听他——笔——支配我罢：

礼园的松帖、

柏林的容膝处、

你孤另的友人呢？

各自孤另罢！

礼园的松帖、

柏林的容膝处、

不、这并非我的意思；况且平淡不似诗。

落木萧萧、

桂花香杳、

溯风渐劲、

当是秋深了。

小院徘徊、

惹得黄花恼；

我真个心如野鹤、

恨不归山早。

这是些甚么？你且不要管。我自己也不能得个明白的了解。

一九二三、十、十八・北京一庐

（选自《草堂》1923年11月第4期）

裁云女士1首

倦 鸟

裁云女士

那倦飞的鸟儿、
急急的向着树林飞去。

风渐起了、
鸟儿的翅子弱了。
　　——小鸟呵！
慢慢地飞去！
　　慢慢地飞去！——
鸟儿倦极了、
树林也太远了、

（选自《草堂》1923年11月第4期）

苓女士 2 首

一瓣叶儿

苓女士

一瓣叶儿、她没有一定的归宿、
只是随着水流！
水流东；它也流到东、
水流西；她也流到西，
东西南北随水流转的叶儿呵！
你觅得源头么？

（选自《草堂》1923 年 11 月第 4 期）

小　诗

苓女士

在淤泥中之白莲花、
愈显现出她袅袅的秀骨呵、
　　　　一九二三、十、二八。

（选自《草堂》1923 年 11 月第 4 期）

立人女士1首

小 诗

立人女士

（一）

思想有时被事实禁锢着、

总想把她记起、

但提笔时、

却忘掉了。

（二）

素心的兰花；

素心的月；

素心的人；

京有伊和你、

（三）

星儿被着闪铄的衣服出来、

似乎——想同那——

清辉的月儿比赛。

铄铄的星、

怎及淡淡的月呵。

（选自《草堂》1923年11月第4期）

冯罔1首

谁　能

冯　罔

（1）

谁能肯定这洁白的爱？
　　一瞥眼便抛弃了。

宇宙——
　　是各个的、

谁能具体观测——

（2）

孤另——
　　是诗人的纯美生涯；
　　无所谓安慰、

心弦颤动、
　　便是诗人孤另的宣示。

（3）

心灵的灯、
　　千里中默默相照着、

风吹灭了

便是死之日。

(4)

从此——

  想到人生观、

我的来日——

从此。

(5)

百感中——

  亦可慰藉、

但是——

  渺渺的心,

从何处说起、——

(6)

春气、

  吹入脑里、

发舒出宇宙的自然、

  和爱美的结晶。

(7)

小鸟的啁啾、

  表示他们的爱、

  人又何异于是?

但是——

  环境将如何呢?

(8)

无聊的想像、

梦中的想像、

天际孤云——

招之不来!

挥之不去!

(9)

风来了、

谁遣之来?

风去了、

谁遣之去?

自由的来去、

唯有风儿呵!

(10)

假如我能对他言语、

　　我便道……

假如是他能对我言语、

　　他便道……

如何?

如何?

唉!

如何只是不言语!

(11)

虚伪的微笑、

寒满了空间;

　我哀的回忆、

也只有虚伪的微笑。

(12)

宇宙的真理、

　是人生的罪过。

我不信宇宙是实现的;

假如实现的，
是人生的罪过。

    寄于 北京

   （选自《草堂》1923年11月第4期）

海化 6 首

提灯会

海 化

提灯会出发了、
一行行步武整齐的军士、
提着红灯、
高唱得胜歌。
"呵呀！好看呀！"
小孩子们跳跃的叫着。
我背面一位老妇人叹气：
"唉！不知道又死了多少人呵！"
我回头呆望着她、
一时深明白"提灯会"的意义了。

（选自《草堂》1923 年 11 月第 4 期）

刺 刀

海 化

刺刀在枪头上佩着、

寒兢兢地谁不会畏惧在心里？
到了刺杀人的时候、
他却被人们钝涩的咀咒而且抛弃了。
刺刀呀！
你真钝涩么！
还是人们的手软呢！

（选自《草堂》1923 年 11 月第 4 期）

打刀的人

海　化

打——打——
磨——磨——
打刀的人只怕刀不锋利。

打磨——打磨——
锋利的刀打成了、
打刀的人却冷噤打在心里。

刀雄纠纠地立在枪头、
打刀的人这时只有叹息。

（选自《草堂》1923 年 11 月第 4 期）

兵　匪

海　化

一位城里的问着乡下的人：
"前晌有匪、你们躲避了么？"
"不，我们穷人不怕。"
"现在兵多、乡下当然清静了。"
"呵呀！我们躲避在茅草里、
牛儿都不见了！"
乡下的人哑声的说。

（选自《草堂》1923年11月第4期）

拉　夫

海　化

黑簇簇的一群褛褴的人、
前后左右监视着几个持枪的军士、
一路喧嚷着——呻唤着——
街上的行人都住足凝望了。
忽然听着一声大叫：
"陈大娘！请你告诉我妈、枕头下还有两百钱呵。"

（选自《草堂》1923年11月第4期）

咀 咒

海 化

咀咒呵！
我们永久地只有咀咒了么？
于今——
咀咒便是人们惟一的安慰了！

（选自《草堂》1923 年 11 月第 4 期）

《孤吟》诗群

杨鉴莹 11 首

幼时的伴侣

杨鉴莹

幽邃的山林、丰草野花的当中；
伊安闲而久远的睡眠了！
十年前同船住着、同处玩着；
都是我深刻不能忘的印象呵！

（选自《孤吟》1923 年 5 月第 1 期）

甚么是……

杨鉴莹

甚么是情？
甚么是爱？
甚么是欢乐？
廿二年忧患余生的我，
只是尝着去个了的烦闷和苦恼呵！

（选自《孤吟》1923 年 5 月第 1 期）

希 望

杨鉴莹

羸瘦的女丐、抱着不周岁的孩子；
啊！这就是全人类的希望！

（选自《孤吟》1923 年 5 月第 1 期）

蝉 声

杨鉴莹

悠长清冷的蝉声、
我冷然听着；
正弹着我心弦上的调子！

（选自《孤吟》1923 年 5 月第 1 期）

夜半的号音

杨鉴莹

微风阵阵吹来、
听！那里的锐长的号音……
仅断续地在我枕上吹着。
都是人们无聊的悲欢呵！
　　一九二三、五、六、于成都

（选自《孤吟》1923 年 5 月第 1 期）

谁的罪

杨鉴莹

漫漫的扬尘、
　　布满了田村的阡陌。
呀呀的轴声、
　　他推我上这遥遥的长路。
　　我们全都静着、
　　正各做着各人的幻梦。
　　他突然兴奋地对我说：
　　他思想似乎十分地激刺？
　　米价又贵、
　　生意又少、
真快要活不成命了！
遇着拉夫的先生们、
　　挨打还要代受饿、
　　这种日子、
　　穷人怎样过？"
我看他脸上的菜色和破烂底衣服、
我听他朴质而又仓皇的叙说。
我的心也为他悲痛着。
虽是车轴仍是呀呀底响着、
虽是我们依是寂寂底静着、
但我却在他悲哀的生活中游泳着。

（选自《孤吟》1923年5月第2期）

○[？]

杨鉴莹

你总不常回过脸来、
你总不有很多的谈话
这是你羞涩女性的表现？
后来——你悦了我、
　　我慕了你、
　　　你的粉脸也常挨近我的唇边、
　　　你谈话时也添着些倩笑、
　　是你失去了羞涩的女性——
　　　还是真情的流露？
现在我和你的孩子、——
　　知道嘿嘿的笑了、
　　知道唤着你我了；
但是——你脸上的玫瑰色也消失了、
　　你唇边的倩笑也减少了、
唉！这是他——孩子——累了你、
　　还是你自己造成、
　　也许是我误了你？

（选自《孤吟》1923年6月第3期）

野　花

杨鉴莹

（一）
清脆的泉声、

婉转的鸟语、

馥丽的野花、

充满着自然的佳趣；

呵！沉醉之春呀！

（二）

富有威权的日球、

放射出热火般的光、

是想杀尽一切生命吗？

（三）

初离母体的婴儿、

就呱呱的哭；

唉！他也知人世是苦恼的吗！

（四）

呜——呜的汽笛、

悠长而凄恻的鸣了；

是劳工们的悲叹、

 还是大厂主的欢啸呢？

（选自《孤吟》1923年6月第3期）

林 中

杨鉴莹

乔木阴翳、

鸟语啁嘈、

流泉潺潺的小溪边

我俩挽臂叠腿亲匿坐着细想——

想：

从前初相爱时的光景.

再想：

现在同居着的情况。

这里——我不禁情的凑近伊的唇上亲了甜蜜而热情的吻、

拥着伊许给我的身子

细听鸟语流泉的歌调！

这是我俩自然的流露、

爱神在我俩头上欢呼、

哪能顾及人们的非笑！

(选自《孤吟》1923年6月第4期)

哭忘友庶熙

杨鉴莹

被生活驱上死途的朋友！

○○○○○○

你是柔弱的青年、你是时代的牺牲者；

现在——

  我的泪——泪湖已涸了、

  我的哭——哭声已嘶了；

唉！

  被生活制死的朋友！

  被经济杀却的庶熙！

   ——一九二三，七，二

亡友吴庶熙君前曾与余同学于华阳县立中学校相爱如昆弟毕业后

余尚留省就学而庶熙则以生活之故就事渝埠本年六月八日（阴历四月二十六）以肠热病殁于渝闻耗之余不胜悲痛特作是以诗志哀悼。

（选自《孤吟》1923年7月第5期）

心之歌

杨鉴莹

你果能化作一株紫罗兰、
我定愿化作一支小蝴蝶、
飞在你的前后伴着你——终不离去你。

你的泪珠、
我认着珍珠般的可贵，
你的声音、
我当着仙乐般的可听；
呵！你是我心中唯一的安琪儿——爱人。

我愿尽量用着我忠实热烈的情丝、
四面紧紧的束着我和你、
小羔羊！小玫瑰！唯一的爱人！
我终是热烈的爱你！

（选自《孤吟》1923年8月第6期）

张望云 17 首

秋　柳

张望云

只不过丝丝地摆动了!
不堪憔悴的秋柳呵!

（选自《孤吟》1923 年 5 月第 1 期）

怀春（儿歌）

张望云

秋风来了、
秋花开了、
秋心动了、
春归何处去了!

（选自《孤吟》1923 年 5 月第 1 期）

心碎了（儿歌）

张望云

娇艳的小花流泪了、
是秋风秋雨把伊的心碎了！
　　　一九二二年初秋作

（选自《孤吟》1923年5月第1期）

相　思

张望云

春光已是消没净尽了、
不顾人憔悴的相思呵！

（选自《孤吟》1923年5月第1期）

在春天的时候

张望云

在春天的时候、
我用我心里的情丝、
织成了一幕情网、
牢网着我的情人！

又用我柔细的心弦、

扣上了满得林、

弹唱给我的情人！

再用我眼中的泪珠、

溶成了一池清泉，

沐浴着我的情人！

哦我们似小鸟的翱翔；

似野花的萌苗？

可惜，

情丝是不禁风雨的、

终于吹乱了！

心弦是细碎的、

终于弹断了！

泪珠儿是有限的、

终于干涸了！

到如今；

一切的一切都已消磨了。

眼前不尽底昙花呵！

萎谢罢！

(选自《孤吟》1923年5月第1期)

假 如

张望云

假如我心里有安其儿样的爱人、

　　伊的一盼；

　　伊的一动；

伊的一切；

  安静而又风雅。

那么；

  我虽是一个弱小的孤独者、

  怎不为爱人的一盼一动而软化呵！

我于是：

  抽我缕缕的血丝、

  穿上粒粒的爱泪。

  作成美丽的项珠、

  送与伊作为装饰。

呵！假如我有安其儿样的爱人、

  我虽是弱小的孤独者、

  怎个为伊一盼一动而软化呵！

（选自《孤吟》1923年5月第2期）

落伍者的呼声

张望云

社会的恶贼、

人类的害群者、

你们且暂停着惨杀人们的枪炮；

侧着耳听：

听你们的奴隶——被压迫而落伍者

  的呼声！

无智识的弟兄、

被你们驱上杀人的战道为私斗而战

死了！
经营农事的弟兄、
被你们命令着担负们杀人器俱疲劳
　　而死了！
依奈为生活的金钱也都捐尽了！
妻离子散、
惨声遍道、
你们并不曾听着、
你们只在暗中的笑——笑你们战争的胜利！
现在知道吗？
我们无可忍奈了
我们早在热血沸了的心中咀咒：
宣布你们的罪恶！

(选自《孤吟》1923年6月第3期)

昨　夜

张望云

青春之花早为伊布谢了、
爱之泪早是干涸了。
电闪般的离情；
难道是昨夜梦中么？

(选自《孤吟》1923年6月第3期)

寂 寞

张望云

我斜倚在小溪的桥头、

伴着这广大而又沉肃的寂寞；

霏霏的雨、

瑟瑟的风、

怅惘地我；

可厌的烦闷的人间呵！

我斜倚着桥头、

无边无际的广大沉肃的寂寞呵！

（选自《孤吟》1923年6月第3期）

飞 去

张望云

（1）

在伊的家里的月儿是甜蜜的

在我的病榻前的月儿是愁苦的、

点上了长久失眠的枯目。

（2）

沉寞的夜里、

花枝都早安睡了！

月儿刚照上了枝头；

林中的小鸟便高声地歌唱！

好静寂的严肃的月夜呵！

缓缓地、缓缓地、

便同少年时代的光阴消沉了！

（选自《孤吟》1923年6月第4期）

悼亡友"庶熙"

张望云

柔弱的诗句、

写不尽怀友的悲思！

要哭罢、

只有哭向君的坟前！

要哭罢、

只有哭向君的坟前！

被生活驱上了死途的朋友呵！

我永不见面的"庶熙"呵！

——一九二二，六，二三

——我友吴君庶熙少年英实前岁因生活关系就事渝城今年春夏之交渝中时疫流行吴君体质素弱亦病此症不数星期而此英实之友遂作长别矣悲哀之余特作诗以伸吊意——望云附志

（选自《孤吟》1923年6月第4期）

泪之慰安

张望云

梦中的爱人的接吻、

比相会时更觉甜蜜！
梦中的爱人的别离、
 比醒着时更觉情凄！
哦！梦中啊！
 是片刻泪之慰安呵！

(选自《孤吟》1923 年 7 月第 5 期)

帐 角

张望云

不传脂粉的伊的颊儿、
有自然娇美的薄红的红晕！
 这是新婚第二日的晨间，
 我不禁顽皮地，
在帐角偷偷的凝视、
 伊正缓饰着伊的新装！

(选自《孤吟》1923 年 7 月第 5 期)

花与蜜蜂

张望云

同蜜蜂做了情人的春花、
 ○○○○○○
同春花做了情人的蜜蜂、
 唱歌调媚他的恋人；

他便自己满足了!
哦!
　　春花是这样的恋着蜜蜂!
蜜蜂是这样的恋着春花!
在惠风徐徐地春天里、
　　他和着她;
放情地泳浮着这美底春呵!
　　——一九二三、六、二四——

（选自《孤吟》1923年7月第5期）

摽拂之心

张望云

沉了、忘了、
遍时时依旧引起。

春之花、
秋之风、
遥长无尽的哀思;
只绵绵地在心上摽拂!

（选自《孤吟》1923年8月第6期）

伴　侣

张望云

冷酷的雨哟!

只有悲忧的泪珠、

是你多情的伴侣呵！

(选自《孤吟》1923年8月第6期)

月　下

张望云

多情的月光！

将我和她的影儿并作一块儿罢！

　　　一九二三年七月十七日

(选自《孤吟》1923年8月第6期)

张拾遗 10 首

自 赏

张拾遗

悲哀似幽兰、
阳春时；
只葳蕤自赏。

（选自《孤吟》1923 年 5 月第 1 期）

昙 花

张拾遗

昙花开到繁盛时、
阳春便寂寂的尽了！

（选自《孤吟》1923 年 5 月第 1 期）

醉后微讴

张拾遗

"抛青春、
乱我心；

乱我心、
梦不成!"
——凌然而至的微讴呐!
颓然而举的酒杯哟!

(选自《孤吟》1923年5月第1期)

彷 徨

张拾遗

我想把心放在光里、
光却闪动着黑暗的寂寥。
我想把心放在歌里、
歌却奏起了迷惘的音律。
我想把心放在爱里、
爱却显出不同的面目。
——更有哪里安放呢?
且任我怅惘的哭哟!

(选自《孤吟》1923年5月第1期)

孤 寂

张拾遗

你也觉得孤寂罢?
枕上的寺里的钟声!

(选自《孤吟》1923年5月第2期)

寂寞的灯

张拾遗

古旧板拙的方棹在肘下、
昏黯忧郁的小灯在眼前、
沉寂清瘦的面孔在中间；
　即此是悠悠的千古！
　即此是扰扰的人间！
哦！干枯的周围？
哦！寂寥的相对？
　尽荡漾着此心，
　尽浮沉着此身、
　　忉忉地，
　　劳劳地，
可怎生得了呵？

（选自《孤吟》1923年5月第2期）

无　题

张拾遗

构诗不成
此意何等怅然呵！
走——走不尽底长阶
理——理不完底柔绪
望俿俿偺偺底春城、

怀清清冷冷底心事
　　待哭罢，
却哭向何人？
　　待洒罢？
却洒向何地？
多劳我郁郁抑抑底眉峰
竟锁紧汤汤沸沸底幽意。
哦！明月何在？
　　今夕何夕？
　　绵绵芳草天涯、
　　此意何等怅然呵？
——况又值构诗不成、
况又值春光已尽！
　　——一九二三、五、十九夕。

（选自《孤吟》1923 年 6 月第 3 期）

强　饮

张拾遗

绵绵底哀思、
怎能沉醉呢？
且将酒来饮着！

（选自《孤吟》1923 年 6 月第 4 期）

病的诗人底悲哀

张拾遗

隔帘的花影、
隔院的笛声；
病的诗人的悲哀哟！

（选自《孤吟》1923年6月第4期）

无 限

张拾遗

谁遗我以无限底悲哀？
悠悠我心的日月啊！

（选自《孤吟》1923年6月第4期）

张继柳 6 首

春雨后

张继柳

饮醉了罢？
饮醉适意的灌溉的芍药，
○○○○○○
怎都软洋洋地将我望着？

（选自《孤吟》1923 年 5 月第 1 期）

蔷薇和芍药

张继柳

悄然立在春前、
心事悠悠地想着：
觉得花更袅袅地开了！
蔷薇把伊的清香送到我鼻里；
芍药把伊的优姿映在我眼里；
哦！无尽的香国呵！

小小的寸心；
饮到微酣了。

(选自《孤吟》1923年5月第1期)

孤 雁

张继柳

残月昏黯在天心、
一行孤雁正飞着、
那翱翔不断地哀鸣、
〇天空寂寥地往复。
伊将嘶坏了声带；
伊将叫破了舌头；
但怎遣孤独的惆怅？
伊只是哀鸣地往复。

(选自《孤吟》1923年5月第2期)

心 事

张继柳

瓶中的蝴蝶花、
　惨淡而无生趣的病了、
伊低头地凝想着、——
　想着伊底心事！
伊把从前美丽的笑；

和从前清彮的芬芳；

——一切都抛弃了！

而今：

伊只剩憔悴底病容；

和伊低头凝想底心事了！

(选自《孤吟》1923年7月第5期)

夜半闻钟声

张继柳

好寂寞而且严肃底长夜的钟声、

悠悠抑抑的响着，

荡漾在沉静底空气之中，

好寂寞而且严肃底长夜的钟声呵！

七，一，夜半

(选自《孤吟》1923年7月第5期)

小　诗

张继柳

一

悄悄地偷出密云的月儿！

伊放出憔悴的黄色的光。

二

梅花的叶儿黄悴了、

一阵风来、……
便轻轻吹落下几叶!

三

静立在春暮的庭中、
间听着寂寞地的蝉声。

(选自《孤吟》1923年8月第6期)

刘叔勋 2 首

回　忆

刘叔勋

回忆我们前两年的聚首。
　是何等地热闹啊！
而今呢、
　永消似地了。
朋友们、
　死的死了；
　走的走开。
形只影单的——我、
　究向何处归去！
　　　三七、五、七·于成都

（选自《孤吟》1923 年 5 月第 1 期）

要　求

刘叔勋

爱之神呵、

你赐我一杯迷剂喝吧！
把我的神经沉醉着、
　也使我忘掉了人生的悲哀！
　　——三七、五、六。

　　　　　　　　　　（选自《孤吟》1923年5月第2期）

P. K. 佩竿(巴金)3首

报 复

P. K. （巴金）

本年一月十七日是黄庞二君被赵恒惕冤杀的周年纪念日、黄庞二君被杀已有一年了、而赵氏还安稳地、在湖南敬省长、想起来实在令人愤怒。这首诗就是在愤怒做的、所以不像诗；但是只要能感动人、是不是诗也不要紧。

我们是量小的人、
一切过去的事都永远印在我们的心上、
一刻也不能忘记呵！
我们的兄弟被冤杀了。
我们能忘记了么？
不！我们的心终久还在、
我们就实在不能忘记呵！
我们是要报复的，
我们的血要为着我们的兄弟而流的；
我们的血原也是我们兄弟的血呵！
一切有良心的朋友们；

我们用什么来安慰我们被冤杀的兄弟呢？

我们用什么来对待杀我们兄弟的仇人呢？

我们的兄弟正等着呵！

呵！我们有的是"血"呵、

我们青年的热血呵！

我们快起来报复罢！

还等着什么呢？

未必要等到杀我们自己的时候么？

呵！良心在何等去了？

我们的兄弟原也是我们自己呵！

我们还是"人"呵！

我们有"人"的热血呵！

如果我们"人"的热血还没有尽冷、

这杀兄弟的仇终久是要报复的呵！

并且我们的兄弟也是为着我们全人类的利益而死的呵。

我们是要报复的

我们是要报复的。

我们绝对不能让恶魔安稳地生存着、

因为我们终久还是"人"呵

"你该死"、这是恶魔与我们"人"的宣战书呵！

也就是我们兄弟的"死刑判决书"呵！

如果我们能承认是"人"、

我们总要起来争回"人类之光荣"罢！

我们总要与恶魔决一死战吧！

这是我们与恶魔最后的决战呵！

一切有良心的朋友们：

我们记着我们兄弟的血、

预备着我们自己的血；

来与恶魔决一死战罢。

杀兄弟的仇是必要报复的呵！

(选自《孤吟》1923年5月第1期)

小 诗

佩竿（巴金）

一

一株小草正想安静着、

忽然一阵风来、

便把他吹动了。

他真是不幸呵！

二

最可怜的是我家园里的桂花呵！

一阵的秋雨、

把他打落在地上；

一阵的秋风、

又把他吹到污泥里去了。

三

夜深了，

躺在床上的病了的我、

静听着一个蟋蟀的亲切地叫声。

四

笼中的鸟也曾高飞天空呵!

可是现在他嘲笑在空中徬徨的乌鸦了!

(选自《孤吟》1923年5月第2期)

小　诗

P. K. （巴金）

一

(见《草堂》第三期，署名"佩竿")

二

——哭侄诗之一——

"四叔!""四叔!"

从可爱的小口里叫出的这声音;

我能再听一回么?

(选自《孤吟》1923年6月第3期)

三

(见《草堂》第三期，署名"佩竿")

窦勤伯 8 首

心 事

窦勤伯

一半儿在枕边；
一半儿在梦里；
虽有这涔涔滴滴的泪珠、
那滴得尽这无限的心事。

（选自《孤吟》1923 年 5 月第 1 期）

春寒时

窦勤伯

杨花飞舞，
切莫被春愁绊着；
呵！
我这病了的心，
我这病了的心呵！

（选自《孤吟》1923 年 5 月第 1 期）

我的春天

窦勤伯

我是弱者、
我不能做甚么；
只有惆怅、只有哭。
虽然这是春天、
我曾想把我的心放在自然底心里；
虽抛弃了人间一切的爱；
但也离却了人间一切的猜嫉。
我曾想把我的泪弹在爱人儿底泪里；
虽消不尽我和伊一切的愁思；
但盼望溶化却我和伊一切的悲哀。
呵！
我只是弱者！
我不能做甚么；
只有惆怅、只有哭。
虽然这是春天、
这确是我厌倦的春天哟。

（选自《孤吟》1923年5月第2期）

月 夜

窦勤伯

伊去了、

人静了；

偏要来荡漾人间相思的月夜呵！

我的心已被"忧愁"烧成了灰烬。

我要把我这被毁了的心、

葬在伊从前葬花的那里；

随着花枝把忧愁离了人间哟。

（选自《孤吟》1923年5月第2期）

遍

窦勤伯

我病了！

遍：

　月夜的箫声、

爱人的娇影、

被窝里伴着夜雨的相思；

都带着烦恼的骄儿来恼我了！

（选自《孤吟》1923年6月第3期）

江楼怀亡友

窦勤伯

倚着，

　想着，

重理别时心情：

一江流呵！

我一去不回头的故人哟！

（选自《孤吟》1923 年 6 月第 3 期）

江边夜月

窦勤伯

你愿乌鸦呵：变作我的鸽儿么？

去到我故乡不知名的人那里、

问问他也有这样月轮么

（选自《孤吟》1923 年 8 月第 6 期）

小　诗

窦勤伯

（1）

十五的月光同着

渔父们在梢头饮酒。

（2）

箫声动了、

和风轻轻地吻着水波。

（3）

江流呵、歇歇罢——同我仝玩明月罢！

（选自《孤吟》1923 年 8 月第 6 期）

唐苇杭 12 首

心 泪

唐苇杭

不可期的宽慰、
只是一些悲哀的句子么?
从心里流出的泪痕哟!

（选自《孤吟》1923 年 5 月第 1 期）

归 去

唐苇杭

我是作客他乡、
我家在黑暗的长途的尽头。
常使我这样的想着:
"我要是有支烛呵,
　我定要燃着归去!"
　归去!
　归去!

虽然我家在长涂的尽头哟!

(选自《孤吟》1923年5月第1期)

不能忘记

唐苇杭

母亲、
你于我的慈爱、
我是永久不能忘记的。
天高的山不能隔的、
海深的水不能淹的、
直到我生命最后的一刻。
哦！母亲！
让我赞美你：
你于我的慈爱；
我是永久不能忘记的哟！

(选自《孤吟》1923年5月第1期)

雁

唐苇杭

雁呵！
你往复地翱翔于空中、
更鸣着悲凄的调子、
你有甚么痛苦哟？

可是失了侣伴么？

可是迷了归路么？

雁呵！你那时远时近的鸣声；
叫得我热泪已沸了！

（选自《孤吟》1923 年 5 月第 1 期）

见了 H

唐苇杭

我在碧绿的池畔、
偶然底碰见了伊。

○○○○○○

我也很凝神的听伊，
于是伊就含嗔的微笑了。

（选自《孤吟》1923 年 5 月第 2 期）

安失恋者

唐苇杭

失恋的朋友呵！

我告诉你：

"爱是不灭的、

　可灭的却不是爱了。"

（选自《孤吟》1923 年 6 月第 4 期）

诗人心里的花园
——题拾遗彷徨的路诗集

唐苇杭

好一朵鲜美的花!
这是彷徨人间的诗人心里的花园中开放的。
人们呀!
快向诗人心中花园内游吧!
去觅那美而艳的花做伴侣。
　　　十九、一三、六。

（选自《孤吟》1923年6月第4期）

笛　声

唐苇杭

静寂无声的深夜、
猛听着清空的幽响、
尖锐动人的笛声呵!
是哪里送来的呢?
人间世——恐无啊!
好和谐的音调;
好自然的格律,
落入了我的耳膜!
激动了我的心琴!
拨弦共鸣而相和呵。

（选自《孤吟》1923年6月第4期）

天　雨

唐苇杭

碧翁翁呀！
你怎么哭起来了？
你也有甚么悲哀的事么？
你快别淌泪了、
伤心人正多哪！

（选自《孤吟》1923年7月第5期）

自题小照

唐苇杭

我近摄一影自己看了很生怀疑做什么有疑心因为太不像我怕朋友看着说不是我故作此诗以证之

这是现时的我、此地的我。
过去掩了痕迹！
现时有了怀疑！
未来生了萌芽！
旧痕沉了、
新芽发了、
现时是我便得了
何必生番怀疑的苦恼！

（选自《孤吟》1923年7月第5期）

望术哥书

唐苇杭

术哥:你久没有信回来了!
微带着忧容的母亲、
已时时盼问着!
　　一九二三年七月十九夜

（选自《孤吟》1923 年 8 月第 6 期）

小　诗

唐苇杭

硕:我横陈在你的心头、
你也横陈在我的心头、
但——我俩的心原只是一个呵!
　　一九二三年七月〇十日

（选自《孤吟》1923 年 8 月第 6 期）

立人女士4首

心之安慰

立人女士

谁能给我心之安慰呢？
我的情、如火一般的热烈！
我的泪、如冰一般的凝结！
我的血、如水一般的澎湃！
我的心琴已杂乱了。
终于不可以寻思了。
但这广漠的世界、
谁能给我心之安慰呵？
　　一九二三、五、十六于成都。

（选自《孤吟》1923年5月第2期）

我愿你

立人女士

　　记得今春，他寄了一封信给你：
说不尽绵绵的情绪。
咳！你怎样待他、

他何等待你!
到了于今,
你虽不理他,
他仍是想理你。
他是纯洁的心思、
你是高尚的品性,
你俩是很称的、
我愿你……把爱我底心爱他,
将待我底情待他,
这就是爱我了。

(选自《孤吟》1923年6月第3期)

杂 愁

立人女士

怕惹离愁!
更难堪回头、
何须回头!
才放下眉头、
又记上心头!

(选自《孤吟》1923年7月第5期)

无非是一个爱

立人女士

我见了伊、心里满满的装了无限的爱:

是甜蜜的爱、——

或是酸苦的爱；

是虚伪的爱、——

或是真诚的爱；

咳！无非是一个爱；

我的生命之花是将枯了、

我的脑筋是已失了信用力、

我底心血儿是干枯了的、

我底笔尖儿是秃了的！

但是——

我底灵魂里、无非是一个爱！

(选自《孤吟》1923年7月第5期)

雅笑 1 首

Love

雅 笑

自从上帝把 Love 交给了我父母、
我父母又才将 Love 交给我；
于是我的生活才有优美底意义了！
哦！Love！
——神圣的！
——高尚的！
我将用你来给谁呢？
好罢；
还是给我亲爱的父母罢？
因为：——
Love 是上帝给与我父母、
我父母方给与我的呵！

（选自《孤吟》1923 年 5 月第 2 期）

H. Y. H. 1 首

我　愿

H. Y. H.

一

我愿为蜘蛛、

将我心里的情丝

织成一个柔和而且美丽的网、

捞着我碎损了的小心。

二

我愿为琴师、

弹着我底心弦

谱成首悠悠的兴奋的曲调、

安慰我碎损了的小心。

三

我愿为画师、

用着神秘的暖色——

心血一样的暖色

写成一张赤裸裸的美丽的爱神、

恋着我碎了的小心。

（选自《孤吟》1923 年 5 月第 2 期）

S. G. 1首

秋 夜

S. G.

瑟瑟的风声、
　　吹动我不寐的心旌；
啁嘈的虫语、
　　引起我不快的微呻！
他同孩子们酣适的睡了、
　　只我静着耳细听：
哦！不断的风声虫声！
　　又听：
哦！好静寂的大地呵！
　　好孤独风声虫声……
　　——一九二二、九、四深夜。

(选自《孤吟》1923年5月第2期)

非空1首

证 明

非 空

我爱你、
我十分的爱你；
可怜我只能十分底爱你！
而且只有你那爱的心，
才能证明我十分的爱你！

（选自《孤吟》1923年5月第2期）

周无斁 5 首

现在与未来

周无斁

寂寥的快乐！
悦意的悲哀
我却忘了一切。
现在——这样、
未来——也是这样、
我都敬爱你！
晴美和缓的时候、
表现着悲哀愁苦的面孔。
雨凄风摽的佳节、
苦忆着倩窄的身影。
现在——这样、
未来——也是这样、
我都爱敬你！

（选自《孤吟》1923 年 6 月第 3 期）

幽禁的泪

周无斅

我的朋友：
你的语意、
别飘荡着我的心、
二十年被幽禁底悲泪、
滴滴地润湿衣襟了！
唉！泪呵！
"世间是残酷的"——你是娇小而又柔弱的、
真不解、你来为甚么呢？
泪呵！
我二十年被幽禁底悲泪呵！
不如归去吧！

（选自《孤吟》1923年6月第3期）

留着的是甚么

周无斅

接触即是相思呵！
我脑里留着的经验
是一些甚么：
我的爱人呵！

（选自《孤吟》1923年7月第5期）

你和我

周无戟

我——是你父亲瞧上了的我，
你——是我母亲看过了的你，
我们俩，——至今不认识的我们俩，
　你的，
　我的，
胸中怀着的，
　只是一些"？""！"——
铁链似的，
铁钉似的，
直锁钉了可怜的"你和我"！

（选自《孤吟》1923年8月第6期）

时间与梦

周无戟

咽呜的声、
甜蜜的音、
　是悲哀的两个时间的声调。

芬芳的气、
酸涩的味、
　是欢乐的两个时间的滋味。

春梦样的欢乐、
失了他的侣伴、
　俯首丧气的走了。
　　　一九二三春暮日

(选自《孤吟》1923 年 8 月第 6 期)

徐升阶1首

猝 遇

徐升阶

太阳将没底时候、
仓促的遇见三年前底伊、
伊和了我不认识的同行；
伊的活泼底影儿倒映在桥上、
伊袅婷的身裁现出烂漫底天真态度！
此时我微什步凝视伊
伊也凝视着我、
呵！好像彼此俱忘了姓名！
沉静底搜寻脑中为伊造成底铁链——
一环一环底细数着过去底情形；
毫莫有一环逃去、
然而伊究竟是 T. 抑或不是？
想去年忆好友们底时候，
也曾念及伊；
那时以为伊是出省——或已与别人：
……

谁料竟仓促中遇着、
唉！是幻梦吗、是真？
呵！伊又怆猝的去了、
只使我心头跳乱！
这一次的悴遇，
唉！不过我脑中又多了一层悬念！
　　——一九二三、五、二六夜

（选自《孤吟》1923年6月第3期）

雷承道 11 首

歧　路

雷承道

向何处去呢？
我所徘徊的歧路呵！

（选自《孤吟》1923 年 6 月第 3 期）

懦　弱

雷承道

自己也感到懦弱了、
一缕缕缚人的相思呵！

（选自《孤吟》1923 年 6 月第 3 期）

心　影

雷承道

只渐渐冷酷起来了、

入世以后的青年呵!

(选自《孤吟》1923年6月第3期)

花　影

雷承道

花影从冷地上、
抖抖地爬上了粉墙!

(选自《孤吟》1923年6月第3期)

残　春

雷承道

被残花一瓣留下的残春呵!

(选自《孤吟》1923年6月第3期)

不能的心

雷承道

可惜我不能饮洒!
竟不能得着世人的醉后。

(选自《孤吟》1923年6月第3期)

别 后

雷承道

与伊别后

好似失掉了甚么

快快地走着

更默默地想着

我身儿在这里

……一切在这里

失掉了甚么呢

仍旧快快地走着

默默地想着

十二，六，六别后作

（选自《孤吟》1923年6月第4期）

杂 诗

雷承道

一 暗祷

何时才停止呢

正吹落着的狂风暴雨呵

可怜你们下面的生灵哟

二 自失

想着这偌大的尘寰

我的生命
真秒微极了

三 落花

遍地堕红落日
猜谁祭奠呵

四 残春

心里——
一切都静了
只案上枝子的残香呵

(选自《孤吟》1923年6月第4期)

寄玄实八弟

雷承道

我们真可笑呵!
见着时、
常默然相对、
到谈论时;
又互相争辩不已、
至别离后、
又时时思念起,
我每当写信之前、
总觉有许多话要告诉你哟!
但提起笔来、

又不知从何处说起；
正如一团乱丝、
理不出头绪！
玄实弟呵！
这是甚么心情呵！
玄实弟呵！
○○○○○○
唉！里面已蕴藏了许多话语。

（选自《孤吟》1923年7月第5期）

一 刻

雷承道

手儿互相握着、
眼儿互相望着、
在此将离的一刻里；
人家尽量谈叙罢！
身儿更拢些、
手儿更紧些、
默对中
只听得两两心房的跳跃！
明知相聚只此一刻、
终要永久的离别、
但被两两握着的手，
不忍使大家即刻离别！

（选自《孤吟》1923年7月第5期）

觉 后

雷承道

一切寂了、
一切静了。
　华丽的花园、
　清朗的月色、
　啼跃的小鸟、
　清脆的歌调、
　我愉快的全身都醉了！

　哦、这是异乡、
　这是可喜的异乡；
　人间一切的烦恼、
　从此解脱罢！
○○○○○○
却仍在床上、
却仍在病中、
仍在这烦恼的人间！

（选自《孤吟》1923年8月第6期）

者成章 1 首

回 忆

者成章

当我把着伊的臂腕：
劝伊莫为爱情憔悴了身子——
伊感激我的真诚、
流出许多眼泪；
一滴：两滴地湿透了襟袖——
伊曾说：
"我们的爱情终要圆满的呵！"
这分明莫有几时、
伊呢？
何处去了！

（选自《孤吟》1923 年 6 月第 3 期）

马璧辉 2 首

春　柳

马璧辉

立在皎洁的月下……
春柳儿摇摇——
是我爱人的影○，
纤纤的不是眉么？
袅袅的不是腰么？
遍身的灵珠儿不是才出浴么？
真的表现还是错觉的感应呢？

（选自《孤吟》1923 年 6 月第 4 期）

雨　天

马璧辉

一

纸窗儿破了、
○○○○○○

二

绿竹被雨压伏了、

横着一枝在最高层上；

但他却透出鲜洁的样儿、

（选自《孤吟》1923年8月第6期）

朱士杰1首

孤寂底我

朱士杰

增了我两年底叹息；
自从和伊分手呵！
转瞬花又将○了！
心弦已不堪再碎了！
我纷乱底神思、
别再扰孤寂底我呵！

（选自《孤吟》1923年6月第4期）

李浩 3 首

灵魂底寄托者

李 浩

微微的花香；
清冷的月光、
陶醉了我的灵魂、
灌溉了我干枯的心境、
花底香呀！
月底光呀！
你们才配做我灵魂底寄托者哟！

（选自《孤吟》1923 年 6 月第 4 期）

春归何处去

李 浩

春花谢了春归去，
蝶儿舞着花枝泣、
低声问花枝，

春归何处去?

(选自《孤吟》1923年6月第4期)

呻 吟

李 浩

杂乱荒芜底心田、
正须着雨露和耕耘——
以助长生命之禾底生存、
我被囚禁着的灵魂啊!
耕耘的人儿在哪里?
救毙的雨露存何地?

(选自《孤吟》1923年6月第4期)

K.T. 2首

刹那的忐忑

K.T.

发抖！
　微弱的发抖！
彷徨若有失了……
　刹那的忐忑底我的心呵！
杀人不眨眼的恶魔！
　努看火焰般的○○——
　"残害了你又如何？……"
发抖！
　微弱的发抖！
彷徨若有失了……
　刹那的忐忑底我的心呵！
　　——一九二三·六·二四

（选自《孤吟》1923年6月第4期）

前　途

K.T.

"你的前途、我是刻刻的

牢记着、然而，我是经济压迫者呵！儿呵！且谅我罢。"
——亲爱的父亲对我说：
前途呵！
父亲呵！
我的心都碎了！

(选自《孤吟》1923年6月第4期)

徐荪陔 1 首

小 诗

徐荪陔

（一）

甚么是奷、甚么坏？

我只知道一个真。

（二）

产生的情感——

永远在我脑中不磨灭影子。

（三）

遍地荆棘、

怎能阻我滑车似的心啊！

——一九二三、六、二四

（选自《孤吟》1923 年 6 月第 4 期）

叔汉1首

风

叔　汉

我在水边立着、
风向面前吹过、
风呵！
我的一把相思泪、
应该送到哪里去？

一二·六·一一

（选自《孤吟》1923年6月第4期）

SY1 首

我是一个怯懦者

SY

我是一个怯懦者、
　我终久是一个怯懦者呵！
血儿只会炸我底心，
眼泪只会〇肚中流。
无处居！
欲待反天阙、
晶莹太可畏！
欲待入人间、
这却是荆棘漫漫的人间呵，
我不会奉承谁底欢心、
更不有残杀一个
小鸡的勇力；
对着我心爱的人儿、
只洩弦不敢放。
　我是一个怯懦者、

我终久是一个怯懦者呵!
　　十二、四十。

（选自《孤吟》1923年7月第5期）

曾种荷 6 首

静寂底东风

曾种荷

开了,谢了。
红过几日?白过几时?
——东风一句话不说:
把她们一片地吹落了!

(选自《孤吟》1923 年 7 月第 5 期)

春 雨

曾种荷

窗前竹帘、
是谁卷起?
——引起了荡漾底春愁、
闲伴着飘摇底春雨、

(选自《孤吟》1923 年 7 月第 5 期)

闲 立

曾种荷

小猫儿睡在花阴、
蛱蝶也伏在花枝憩息,
她不去梳洗:
只懒懒地站着出神。

(选自《孤吟》1923 年 7 月第 5 期)

浣 女

曾种荷

半蚀的土墙、蹲在小溪侧旁、
一雨声黄莺的歌喉、
从天空吹落在溪头的枝上、
这时底土墙、
静浮个红晕的面庞,
随着枝上的歌喉、
不住地向墙外眺望、

(选自《孤吟》1923 年 7 月第 5 期)

月 下

曾种荷

在静寂的夜里、

月儿把花枝弄舞了！
而且她们低声微笑说：
"看吓！她这早晚出来了！"

（选自《孤吟》1923 年 7 月第 5 期）

批 评

曾种荷

花阴闲卧的猫儿、
它一线的倦眼只向花间觑着。
小玫瑰脸羞红了、
只含情地一笑；
蝴蝶马上便飞来、
痛骂她俩是"轻薄！"

（选自《孤吟》1923 年 7 月第 5 期）

孟刚1首

小 诗

孟 刚

1

蝴蝶小妹妹呵!

请把我憔悴底心带往我爱人那里去!

2

春光已去了!

还剩着一瓣一瓣的落花痕迹。

(选自《孤吟》1923年7月第5期)

Hcysailor 2 首

花 间

Hcysailor

花间!——蝴蝶底路呀!
　　七月四日二三年

（选自《孤吟》1923 年 8 月第 6 期）

老 树

Hcysailor

老树在大风里歌道：
　"人间绝没有和谐的乐音。
有就是将笑颜葬在眉心皱处葬后唱的挽歌!"
于是诗人底心、惊碎了!
　　七月二四日一九二三年

（选自《孤吟》1923 年 8 月第 6 期）

晓芸 3 首

山 讴

晓 芸

牛儿不敢在栏；
人儿不敢在家；
棉一般的地土成龟裂、
棉一般的地土成龟裂、

已黄的谷子
成了山雀的巢；
已窖的番薯
成了老鼠的穴。
灶中之火正熊熊；
锅中的水却喑鸣！

看看秋去冬又来、
寒风阵阵透单衣：
看我可怜婉儿、
张着一双红肿的小手
向着他母啼哭、

天呵！谁可怜我们！

（选自《孤吟》1923年8月第6期）

誓　词

晓　芸

我们底血肉

是可咀嚼的；

我们底骨头

是可供燃烧的、

只是、

食人的魔王呵、

谨防你底兵刃

不受你的指挥以后、

　　十二年六月二日

（选自《孤吟》1923年8月第6期）

潜隐的悲哀

晓　芸

春尽了、

一株新谢的海棠、

只剩了　朵半放的小札：

○○○○○○

（选自《孤吟》1923年8月第6期）

畊野 2 首

理想的呻吟

畊　野

歌呵！
哭呵！
酸化的世界呵！

（选自《孤吟》1923 年 8 月第 6 期）

孤　雁

畊　野

也不过一只孤雁罢了！
为甚么人们遍为他可怜呢？

（选自《孤吟》1923 年 8 月第 6 期）

花啸1首

春　感

花　啸

又是一年、
又是一年春光阴。
记得去年的秋风、
把叶儿吹红、
把花儿吹落、
哦！这竟是不堪回首，
哦！这便是光阴的摧残！
光阴呀！
我何能虚度了你！

（选自《孤吟》1923年8月第6期）

YH 1首

（？）

YH

在枯寂而且使人烦闷的人间、
彷徨着地想：
那——
绿油油的柳丝——
是怎样的缱绻呵！
淙淙的流泉——
是怎样的呜咽！
泣血的杜鹃——
是怎样的哀吟！
然而我——
这穷途的我呵！
也够使我憔悴了！

（选自《孤吟》1923年8月第6期）

KT 1首

(死)之赞美
——悼亡友吴庶熙君
KT

生从何处来、

死向何处去、

这捉摸不得究竟么？

可怜的朋友！

死去——竟无挂虑的死去了。

因为朋友们都流着深深的眼泪来哭你，独我——

只是冷冷的；坦坦的；悠悠的；逸逸的；为你的"死"来赞美你！

可怜的朋友，

虚空将破碎、

大地且平沉、

广漠的宇宙、在理想中终久不保。

而况现实的一点肉躯——多么细微呵！

空间底记留；

时间底蔓延；

不过刹那的一顷！

永续呢？

共存呢？

人生本痛苦呵；

孩提被襁褓的束缚；

青年受着强迫教育；

少年坠入肮脏的社会——

天真一概消磨；

壮年感了室家的累、饥寒的酷、牛马的生活、老来又回忆过去的离、合、欢、悲——

怎样的蹙额疾首而烦恼呵；

然而、这烦恼；自我讨。

可怜的朋友呵；

死之神并不是可畏的、

含笑引了你去；

给你永远的安娱。

你——

也冷冷的；坦坦的；悠悠的；逸逸的；来——

来听我为你的"死"之赞美的歌罢。

十日七月一九二三年

（选自《孤吟》1923年8月第6期）

儿童诗征集

章尔成 1 首

菊 花

少年强国校国民班二年级生　章尔成

秋天到了、
菊花开了；
红呀、黄呀、
真好看呀！

（选自《孤吟》1923 年 6 月第 3 期增刊"儿童诗歌号"）

章尔苍 1 首

小和尚

成都高小校国民班三年级生　章尔苍

小和尚！
我多乖的小弟弟呵！
你天天同姊姊们去上学；
人家都说你喜欢得很！
你回来的时候：
你要唱歌；
妈妈喊你读修身。
你要踢毽子；
妈妈喊你读国文。
你总不得游戏；
你真可怜呵！

（选自《孤吟》1923 年 6 月第 3 期增刊"儿童诗歌号"）

前人 8 首

想二哥

前 人

二哥、二哥、
你走的时候、
你上桥了。
奶奶望着你哭起来了！
妈妈望着你哭起来了！
婶婶望着你哭起来了！
我也哭起来了！
侧边踎的老奶姆也流眼把泪的！
二哥你在哪里去了？

（选自《孤吟》1923 年 6 月第 3 期增刊"儿童诗歌号"）

紫罗兰

前 人

盆中有株高高的紫罗兰、
开着藕红色的花。

爹爹也爱他；

妈妈也爱他；

唉！竟被那只鸡把他啄死了！

可恶的鸡呵、

为甚么把它啄死？

　　　　　　（选自《孤吟》1923 年 6 月第 3 期增刊"儿童诗歌号"）

雪

前　人

大雪纷纷的吹落、

把那枝粉红的梅花、

尽都染白了；

下雪真是好看呀！

　　　　　　（选自《孤吟》1923 年 6 月第 3 期增刊"儿童诗歌号"）

春天到

前　人

春天到、

百鸟叫、

池塘里、

蝦蟆跳。

孩子们看见哈哈笑！

　　　　　　（选自《孤吟》1923 年 6 月第 3 期增刊"儿童诗歌号"）

萤火虫

前　人

秋夜了、
萤火飞、
处处都是亮火星；
萤呀、快快飞到我纸囊里！
当我一盏小洋灯。

（选自《孤吟》1923年6月第3期增刊"儿童诗歌号"）

小雀儿

前　人

屋上、地上、树上、草上，
都成了白色；
雀儿的巢里也装满了。
雀儿无处住、
只藏在屋檐下；
呵、可怜的小雀儿！

（选自《孤吟》1923年6月第3期增刊"儿童诗歌号"）

笔

前　人

我看看这枝笔好不好；

笔好；
字写得好！
笔写得好，
姊姊给我个大元宝。

(选自《孤吟》1923年6月第3期增刊"儿童诗歌号")

牡 丹

前 人

牡丹开花了：
苍蝇子飞上花了，
我爱牡丹花、
我就把苍蝇子打死了！

(选自《孤吟》1923年6月第3期增刊"儿童诗歌号")

林 杰

小 鸟

高师附小八班生　林杰

明媚的春光、
柔软的树枝、
忽飞来无数的小鸟。
小鸟呵！
妹妹爱你婉转的歌喉；
弟弟爱你活泼的跳舞！
我爱你娇小的可爱呵！

（选自《孤吟》1923 年 6 月第 3 期增刊"儿童诗歌号"）

章尔楫

月 亮

成都县高小高三年级生　章尔楫

呵月亮！
我可爱的月亮、
你照耀的这样光明；
如同镜子一样。
呵月亮！
我可爱的月亮、
你照耀在海上的时候；
你必定很冷呵！

（选自《孤吟》1923年6月第3期增刊"儿童诗歌号"）

涂友能

乌 鸦

第一师范附小高九班生　涂友能　七岁

乌鸦!
我问你:
你在空中飞,
飞向哪里去?

（选自《孤吟》1923年6月第3期增刊"儿童诗歌号"）

向 同

我的好朋友

向同 十三岁

我的好朋友呵！
你天天陪我坐、
你很诚实的呵！
我很欢喜你的！

(选自《孤吟》1923年6月第3期增刊"儿童诗歌号")

陈善新 2 首

萤火虫

陈善新　十二岁

萤火、萤火、
飞来照我！
你有时儿飞到东；
有时儿飞到西；
你的身体的光很亮！
天黑了你才出来、
难道黑了的空气好吗？

（选自《孤吟》1923 年 6 月第 3 期增刊"儿童诗歌号"）

我的好朋友

陈善新

同学们呀！
同学们呀！
你们真是我的好朋友呵！

因为你们常常同我：
唱歌、
游戏、
讲故事、
我有认不得的字、
有不对的地方，
你们都给我解释！

（选自《孤吟》1923年6月第3期增刊"儿童诗歌号"）

王 载

乌 鸦

王 载

乌鸦!

乌鸦!

你的色毛儿是黑的、

你的翅膀又很活泼;

你的巢儿又在哪里呢?

我很担忧的呵:

我家里喂的黄猫儿和黑狗儿、

他们都想捉你的;

你可以躲着罢,

你可以躲着罢!

(选自《孤吟》1923 年 6 月第 3 期增刊"儿童诗歌号")

唐嘉铭

花

唐嘉铭　十一岁

花呀、

花呀、

我天天都要会着你。

我问你呵：

你在园中开、

开起为甚么？

（选自《孤吟》1923年6月第3期增刊"儿童诗歌号"）

王祖佑

乌 鸦

王祖佑

乌鸦呀!
乌鸦呀!
我问你呵:
你在空中飞,
岂不疲倦吗?

(选自《孤吟》1923年6月第3期增刊"儿童诗歌号")

杨裕麟

棉

杨裕麟　十岁

棉呀、
棉呀、
我语你：
你在世界上、
是很有用的！

（选自《孤吟》1923年6月第3期增刊"儿童诗歌号"）

廖传经

乌 鸦

廖传经

清早起、
见乌鸦。
乌鸦、乌鸦、
呱！呱！呱！
你在空中飞；
岂不疲倦吗？

（选自《孤吟》1923年6月第3期增刊"儿童诗歌号"）

张钟粟

菊

南城高小廿二班生　张钟粟　十一岁

菊花开了、

他的瓣儿活像一件衣裳；

一件好看的衣裳；

（选自《孤吟》1923 年 6 月第 3 期增刊"儿童诗歌号"）

杨　柳

张钟粟

绿绿的杨柳、

生在那沿河的边上；

枝上都吊着些细长的条子，

风吹来、

条子些便一齐乱动！

（选自《孤吟》1923 年 6 月第 3 期增刊"儿童诗歌号"）

杨正蓂 2 首

明 月

南城高小廿二班生　杨正蓂　十四岁

可爱的明月，
映在水中，
为同浮着一个银盘。
月呀，我想把你捞起来；
可是水又太深了！

（选自《孤吟》1923 年 6 月第 3 期增刊"儿童诗歌号"）

杏 花

杨正蓂

春来了、
草儿绿了！
杏花都穿起红衣裳了！

（选自《孤吟》1923 年 6 月第 3 期增刊"儿童诗歌号"）

丹初1首

小姊姊

江右高小学校　丹初

妈妈打我、
爹爹骂我、
只有小姊姊一个人爱,
她今天把抱了半天、
——脸都累红了!
我偷眼看着、
就假装合上眼睛;
她只说我睡了、
要放我在床上去;
——我忍不住笑了!
睁开眼睛看她、
她也笑了!

(选自《孤吟》1923年6月第3期增刊"儿童诗歌号")

周本渊 1 首

哥 哥

周本渊　八岁

哥哥、
你在哪里去了?
我睡了也没有看见你;
醒了也没有看见你;
我托你买的课本、
○○○○○○

(选自《孤吟》1923 年 6 月第 3 期增刊"儿童诗歌号")

唐汉1首

小 鸡

唐汉 七岁

小鸡、小鸡、

你会吃东西。

你吃的糠！

我吃的米！

我是人；

你是鸡！

我能走，

你不能飞。

要黑了；

你睡了！

我睡了！

我要起来得早；

鸡长大了、

我也长大了。

我要发很读书了！

（选自《孤吟》1923年6月第3期增刊"儿童诗歌号"）

陈敦贤 2 首

老木虫

陈敦贤

高师附小赠稿　单式一班秋四年级　陈敦贤　年十二岁

老木虫！老木虫！你把树心来钻空。

树心空；树子死。树子倒了吃啥子？

（选自《孤吟》1923 年 6 月第 4 期）

袁世凯做皇帝

陈敦贤

老袁做皇帝、蔡锷起了义；吓得老袁放几屁、放几屁、就断气；看你皇帝不皇帝！

（选自《孤吟》1923 年 8 月第 6 期）

贺天炜1首

月亮光

复式三班春季三年级　贺天炜　八岁

月亮光、月亮光、你真好看！我听人说你很大、我看你还是小。月亮光、我要走了；

嘻！我走你也走？我走进屋子里、可是你就不见了。

（选自《孤吟》1923年6月第4期）

丁正焜1首

风来了

初小单式二班春季四年级　丁正焜　年八岁

风来了！雨来了！响雷了！放电了！鹊子躲、昆虫躲、好凄凉呵！

（选自《孤吟》1923年6月第4期）

马锐投

菊花在笑了

国民复式四班春季四年级生　马锐投

菊花呵，向着我笑甚么；未必你要把你小菊花送我一朵？我拿去插入瓷瓶、也不枉你长养一阵。他笑道：不行不行！我的儿子是我的命。将就你一人要看，便送入你的瓷瓶。留在这里大家来看，岂不是大家高兴？小朋友，不行不行！万万不行！

十一年十一月十号作

（选自《孤吟》1923年6月第4期）

杨能宗

望 月

<small>高八班春季二年级　杨能宗　十三岁</small>

月呵！月呵！
看到你圆；看到你缺。
你便是这样的过去、
把人混老了：
实在没趣啊！

（选自《孤吟》1923年7月第5期）

傅修模

红桃花

初复二班春二年级　傅修模　七岁

喜哈哈！笑哈哈！
好爱人的红桃花。
红朗朗的开了一大坝，
问你爱他不爱他？

（选自《孤吟》1923 年 7 月第 5 期）

王竹友

可 惜

单一班秋四年级生　王竹友　十岁

桃花红、李花白、
今日真是好天色。
今日好、今日热、
可惜今日好天色。

（选自《孤吟》1923年7月第5期）

杨尚仑

光 阴

高八学术研究会新闻部　杨尚仑　十一岁

光阴呀！光阴呀！
　你为什么走得这样急忙哟！
日里夜里只管过去、
　你不觉得倦吗？
〇〇〇〇〇〇
　免使吾辈少年赶不上你哟！

（选自《孤吟》1923年8月第6期）

袁清瑞 1 首

雨水歌

袁清瑞

雨水多、雨水少、天上落下来一个大元宝。拾起元宝买红糖。一年二年三年一定吃不了。

（选自《孤吟》1923 年 8 月第 6 期）

冯大谦 1 首

大铜圆

秋季四年级生国民单式一班　冯大谦　十一岁

母亲给我一个大铜圆、可换一百钱；吃东西、不要吃完！也要留一点。等到晌午边，买几个包子当午餐、若不留一点：就要饿得你精叫唤！

（选自《孤吟》1923 年 8 月第 6 期）

蒋 政

日 光

複式第四班春季四年级　蒋政　十二岁

早晨起来、那红映映的太阳、就照在人身上。不多一时、那绿荫荫的大树，○○○○○，红映映的太阳，你如何不照在我身上呵！

（选自《孤吟》1923年8月第6期）

少年中国诗群

王光祁1首

哭眉生　有序

王光祁

雷眉生是我的好朋友、是中国的好少年、是少年中国学会最忠心的会员、不幸于去年十二月十四日在东京病故了！可怜他才活了十九岁！他的意志十分坚强、他的才思异常富锐。如今他虽是死了、我们更应该努力向前以实现他的理想。因为"少年中国"的新生命、全靠我们少年创造、全靠我们少年继续不断的奋斗。眉生是上了第一战线殒命了。我们站在第二战线上的、应该立刻补上第一战线去、我们早晚都是要牺牲的、不要伤心。

民国八年八月十二日午刻眉生灵榇由日本运归北京。我到车站上接着他的灵榇、叫了几声眉生他半声也不答应。莫奈何将他送到陶然亭畔去了！我在那萧萧芦荸的声中、做了几句哭他的诗。

　　（一）

眉生！记得我们去年相别时、

　你说、"我们再见、当在巴黎"。

　如今我们又相见了、

　还是在少年的中国？

　还是在理想的巴黎？

（二）

眉生！记得去年七夕的夜半、

　　我们在陈愚生家中相见。

　　你说："今晚席上、只有我们两人的心酸！"

　　我当时戏答道："你的心酸、与我什么相干？"

　　如今回想起来、

　　真令我十分心酸。

（三）

眉生！记得我们去年创办学会、油印规起。

　　你扶病而起、面白如雪。

　　我们都劝你道："眉生你歇歇罢、不要太劳乏了！"

　　你说："我将为最后的奋斗、

　　我将作最先的牺牲、

　　即或今日便死、死后还要帮助诸兄。"

（四）

眉生！你理想中的"少年中国"、

　　何时才可以造成？

　　"少年中国"的眉生

　　何时才可以复醒？

　　眉生！你今日已成了我的死友！

　　我只有抱着"少年中国主义"一步一步的往前行走。

（选自《少年中国》1919年8月第1卷第2期）

周无4首

过印度洋

周无（周太玄）

圆天盖着人海、黑水托着孤舟。
也看不见山、那天边只有云头。
也看不见树、那水上只有海鸥。
哪里是非洲？哪里是欧洲？
我美丽亲爱的故乡却在脑后！
怕回头、只回头、
一阵大风雪浪上船头。
飕飕、吹散一天云雾一天愁。

（选自《少年中国》1919年8月第1卷第2期）

去年八月十五

周无（周太玄）

（一）

园子里的人渐渐的少起来了。
满河的白雾和灰白色的月光溟濛模糊的混合起来。

眼前的东西都漫漫的改变起来。

声音也寂静起来。

但是她和我还是在河边上立着。

　　（二）

白雾散开，现出了一个又圆满又莹澈的月亮。

他只在那波浪中，忽长忽扁的荡来漾去，一声儿也不作响。

一只小船摇摆着过去

船篷和摇船的人都淡淡的蒙着一层绿霜似的月色。

河上的船，一一放出灯光，总明明暗暗的闪烁，

显出他们还在水里摇着。

摇船的小姑娘把着桡，弄着暗涨的潮水，望着月隐隐的唱。

但是她和我还是在河边上立着。

　　（三）

园子里的灯全明了。

她头上的那一个，照着我们的影子，很长的上了草地。

路上的黄叶，漫漫走动，

都到了她的脚边商量着聚在一处，——不动。

我想我应该说甚么给她？说甚么给她？

她说的那些，我应该怎么样答她？

忽来一阵风，吹了她些发到脸上；我想替她掠到鬓上。……

　　（四）

去年前年又前年的今天，都渺渺茫茫的记不大起。

明年后年以至年年的今天，我却永久也不会忘记。

记得甚么？

园子么？月亮么？摇船的小姑娘么？

　　　　　　　　（选自《少年中国》1919年12月第1卷第6期）

夜 雨

周无（周太玄）

无情的夜，昏沉沉的压着下来，
压着我转侧在空洞洞的床上。
可怕的静，填满了空中，闭塞着我的两耳。

冲破了静
无边淅沥沥的声音
是悲梗的风；夹着那失意的雨。
可怜的雨，你跄跟跟的下来，
救出我在那可怕的静中；便应该
送我到美丽甜乐的乡里。

唉，他们趁着风索性的一齐下来，
惊醒了挤着安眠的肥硕白菜
他们朦胧的都一齐发了歌声：
　　叮伶的静，安慰着心。
　　温柔的情，偎抱着影。
　　你洗不净是我们的悲梗。
　　他吹不散是我们的深情。
夹着风他们的歌声一回悲咽一回大声。

风欺着他们，三点两点乱打在我窗上。
丁…丁…如何隔离得着？——的到了我的心。
他紧张，回荡，缠绵，破裂。

他不喜怒，不断续。

老黄了的秋梨，湿羽翼的鹓鹐。

可怜的雨，

他似乎很神秘的到了我的眼下

一滴…两滴…三滴，

滴破了静，耳中一片声音。

滴混了影，目前阵阵的黑云。

滴碎了情，心中没有一些定准。

你不夹着风吹不开窗帷

你不同电休想照着她玫瑰花的脸

你整齐的无边的下来依然

她在那里仍旧，四面捆着由着黑暗

无情的夜他依然是恩惠

不言不语稳默的戴着悲梗

可怜的雨有时也不能成声

温柔是睡眠却远远还在那里

　　　八年八月四日佛郎克福

（选自《少年中国》1920年11月第2卷第5期）

小　歌

周无（周太玄）

沉重的脚步声，

总不见他来，
　　叫人好等。
等到了回头看，
他却过去了，
　　不留踪影。

绝美丽的天仙人，
　　　总不见他来，
　　　　　叫人思忖。
试细细的留心，
　　他却在面前，
　　　　你要切认。

幸福，——爱情，——
是将你守着的时光；
是将你照着的明镜。
　　八年八月四日佛郎克福

（选自《少年中国》1920年11月第2卷第5期）

浅草社、沉钟社诗群

王怡庵 12 首

秋 兴

王怡庵

案上一瓶秋菊，
还衬着桂花两枝；
我笑倚着书筒，
凝想着我的新诗——
好一片清秋风味哟！

（选自《创造季刊》1922 年 3 月第 1 卷第 1 期）

沉醉之春

王怡庵

无力底春风，
慢慢地吹来，
带着些沁人的香味；
还送来些飘渺的琴声！
她仿佛呢呢的说——

美哟！沉醉之春哟！

晴光静静的映在水底，
一池底水又微微绉了！
池边一片如茵的深草，
上面闪着两个纷蝶儿——
她们都仿佛懒懒的说，
美哟！沉醉之春哟！

（选自《创造季刊》1922年3月第1卷第1期）

愿

王怡庵

我不愿什么，——
只愿我怡然睡去，
睡在神秘的匣儿里
放在地球的深处：
一切自然的，
青草，野花，小荷……
都覆罩着我；
蜂，蝶，蜻蜓……
也来听我的鼾声。
那时——
她也来到我的上面：
轻轻地，看——
缓缓地，歌——

她的泪珠儿,

一颗颗的把我上面的泥土浸透了;

浸到我身上来,

更使得我得了一服甜蜜的睡眠剂一样。

(选自《创造季刊》1922年3月第1卷第1期)

一朵玫瑰

毛怡庵

昨天她们游花园,

他赠她一朵玫瑰:

她便藏在书里,

印在心上。

夜来下了雨,

把园里的花,都打在泥里;

暮春很得意的;

却不知跑脱了一枝玫瑰。

(选自《创造季刊》1922年3月第1卷第1期)

秋夜小诗

毛怡庵

秋夜向我说:

"花底下的月亮,

要清冷些；
月亮底下的花，
要鲜艳些。"

（选自《创造季刊》1922 年 3 月第 1 卷第 1 期）

江　边

王怡庵

池上的草已经半绿了，
我们检草多的地方坐下——
都披着和煦的阳光，
静静的望着白云变化。

风把沙土扬起，
模糊了沿江的远景：
江水起了微波，
微波上现了许多曲折的帆影。

泊船里的小姑娘，
唱着没字的儿歌；
他放了她的木人儿，
去看那水边的一群白鹅。

（选自《创造季刊》1923 年 7 月第 2 卷第 1 期）

初　春

王怡庵

很细的小珠儿，
都披在半青半绿的草上。
微风飘来了一阵细雨，
还夹着些梅花的清香。

很和蔼的春水，
留恋着一瓣梅花——
花儿在水里乱转，
把春水笑得不住的癫狂。

（选自《创造季刊》1923年7月第2卷第1期）

想

王怡庵

在我的门前，
有一湾清水——
时时发出钬钬铮铮的声音
水上一条竹桥，
桥边一万根垂柳。
绿色的草夹着小花，
铺满了竹桥的两边。
清香随着微风，

时时送到我的室里；
我便想到我同她去采野花的时候。
在我的门前，
有一湾流水——
夜半泛出灿烂的银花，
水畔一只小艇，
艇边一片绿芦。
黄白相间的彩云，
铺满了深蓝色的天际。
云外半轮皎月，
青光映入我的屋里；
我便想到我同她将要分别的时候。

二三，七，廿九。

（选自《创造日汇刊》1923年）

在落霞里

王怡庵

在落霞里
一阵很清脆的蝉声，
水面的凉风，
吹起我们的衣衫。
我们静静的立着——

在落霞里
一阵很懒懒的蝉声，

水面的波纹,
泛出了银光灿烂。
我们静静的坐着——

(选自《创造日汇刊》1923年)

琴　声

王怡庵

我在深秋的黑夜里,
从一条清寂的路上闲游——
由路旁的楼里,
送来了幽扬的琴韵,
调和着女性的歌声
曼……轻……
清……轻……
直把我送过了街头,
安慰我回家去睡眠了;
在我的梦儿里,
还觉着——
幽扬的琴韵
柔曼的歌声。
一九二一,十,二四,

(选自《浅草》1923年3月第1卷第1期)

重 阳

王怡庵

一阵阵的寒风,

这遍山的树叶,都沙沙的落到地;

还有在树上的,颜色都淡黄了。

树边长着许多野菊花,

有时也透出些自然的香味。

细雨飘萧从云里洒到山上来——

山畔的芭蕉,

被他们打出了许多声音;

地下的野菜花,

也摇摇不定。

十,十一。

(选自《浅草》1923年3月第1卷第1期)

写 生

王怡庵

池水浅平,

荡漾着花影。

春风吹散了彩云,

空剩着蔚蓝的天色,

与碧游相映。

我携着画具,

来到池畔写生。
倚着小树,
流恋着清景。
微风送来些睡眠,
误了我的写生。

(选自《浅草》1923 年 3 月第 1 卷第 1 期)

林如稷5首

狂 奔

林如稷

凄凄的淫雨,
朔朔的暴风,
——这叫狂奔的鸟儿,
——走向何处去呢?

来吧!投落的来!
持笼的呼着——
在这里,在这深暗的灰色里,
有你的安乐的眠巢!

狂奔的小鸟,徬徨迷途的小鸟,
可惜你的力太薄了!
宇宙未有归宿的生命啊,
终不能冲出这深灰色的坟墓!

你愿葬在何处,便向何处狂奔吧;
慈母的怀中——

象牙之床，珊瑚之宫，
正倚间而盼望失却的迷途的小鸟啦！

一九二一，二，二七，作于津浦车中。

(选自《浅草》1923年3月第1卷第1期)

明 星

林如稷

我欲归去，
哪儿是我家？
——在前途吧！
　漫漫而幽远的
疲乏我的脚力。
我去——
向着明星的前路。

　　低吟，
舞蹈；
唱着生命之歌，
伴着天使沐浴！

一九二二，一，十三，上海。

(选自《浅草》1923年3月第1卷第1期)

龙华桃林下

林如稷

我没有得到那着羽衣的天使

递给我一束相恋的颁赐
只是在桃花林里，
也偷唱起情歌来了。
　　*　　*　　*
顾盼而怅望的——
金灿的小友，我终羡妒你了，
使我得如你穿梭的翱翔，
也要使伊报我以朝颜的一笑！
一九二二，四，二。

（选自《浅草》1923年3月第1卷第1期）

长江舟中

林如稷

疏点的，闪烁的星群，
掩不尽的山影内漏出。

沄沄曲曲的江水，
琴声般的幽奏。
蓝波的恐怖之海，
徘徊而不见银盘。

密雨似替我滴了——
滴了冰般的别泪。

深灰色园罩的深灰的乱弦；

声声诱惑迷途者的归去。

一九二二，七，十三，同和轮船上。

(选自《浅草》1923 年 3 月第 1 卷第 1 期)

戚 啼

林如稷

清华园的道中，独步上
灰色漫漫的前途；
黄昏已袭击短期的旅客，
颤栗幽远的微光，摇曳而飘火。

已到了，到了但丁神曲里所示的地狱，
深灰色包劫着我的四围，
疏疏内的震声簌簌，
行去，独行徬徨而咽泣！

惨恻的悲弦，波荡的哀鸣；
十找影之化身，
惑念着而欲疑问：
死之谷的怖惊！

葬去，向死之谷
为它所劫而葬去！——
秋虫的戚啼

似诱惑的,诱惑的神力!

一九二二,十二,十五,北京。

（选自《浅草》1923 年 3 月第 1 卷第 1 期）

邓均吾(默声)16 首

燕 子

邓均吾

燕子——
别了一年的小朋友——
双双的坐在杨柳枝头,
呢呢喃喃的对语:

去年的青春,
今又归来了。
桃花虽已开谢,
柳絮又要飞了。
春是我们的先驱,
我们是春的伴侣。

斜阳红涨了的天,
芳草绿铺了的地,
一任我们翱翔,
一任我们游戏。

"自然"是我们的慈母，
　　　我们是自然的宠儿。

他们的对话终了，
鼓着轻巧的翅儿，
掠过野塘的水面，
向着那望不断的天边，
悠然而逝。

（选自《创造季刊》1922年8月第1卷第2期）

太阳的告别

邓均吾

靠近小楼窗前，
握着卷海涅诗篇，
领略那心声的幽远，
哦，一轮橙红的落日
正挂在屋角西檐。
流送她临别的眼波
好像在向我赠言：
"我要到地球那边，
恐怕我的爱人们，
已经望穿两眼。
朋友呀！我们明天再见。"

（选自《创造季刊》1922年8月第1卷第2期）

泪之雨

邓均吾

泪为情焰蒸腾，
化作濛濛轻雾；
雾又集而为云，
化作深宵春雨。

溉那憔悴的花，
溉那衰黄的草。
花草怒茁萌芽，
长使青春不老。

涨为滴沥清泉，
解那劳人烦渴；
润那娇鸟喉咙，
奏出天籁平和。

泪啊，泪啊，流罢，
莫向心头暗咽，
有朝泪雨滂沱，
遍洗世界大千！

（选自《创造季刊》1922年8月第1卷第2期）

哭

邓均吾

悲泣时的人生，
是何等的纯洁哟！
全灵魂的污点
给汪汪的泪泉洗净了！

小孩的哭声
胜似天使之歌，
小孩的眼泪
甜于葡萄之酒。
理智的囚奴们哟，
你们值得嗔怒他么？

（选自《创造季刊》1922年8月第1卷第2期）

问 春

邓均吾

春之神啊，
告诉我：你家在哪儿？
——在金星么？
——在火星么？
或者你以宇宙为家，
年年浪迹天涯？

春之神啊,
告诉我:你为甚忽忽地来,
又匆匆归去?
可是为这腥秽的地球,
留不住你的芳躅?
可是为别的星球,
尚有可怜的"被创造者"
你须一一存顾?

(选自《创造季刊》1922年8月第1卷第2期)

破晓的情绪

邓均吾

夜幕初开,
太阳的睡眼
犹自惺忪着在;
隐隐的巾声
渐似朝潮涌起,
夹杂着一段鸡声
惊破了晓初的沉寂。
杂沓迷离的短梦,
刚辞了漫漫的长夜,
又加入攘攘的白日。
我俯忱尽思,
"什么是人生的意义?"

(选自《创造季刊》1922年8月第1卷第2期)

夜 雨

邓均吾

你听!
潇潇洒洒,
淅淅落落,
多么和平,幽静的乐音?
炎蒸的世界;
顷刻冰凉;
焦燥的人心,
陡然安静。
劳苦负重担的弟兄哟,
安睡吧,
莫孤负"自然"的神恩!

(选自《创造季刊》1922年8月第1卷第2期)

秋

邓均吾

秋风,你似无情,
却是多情!
你从海外飞来,
扫尽衰黄的树叶
如一群败北之军。
你使功成者身退,

你使潜伏期的萌芽

准备着明岁的新生。

秋风,你衔的使命

可是为显现造物者的权能?

一切有生之俦

被着青春的彩衣,

沉迷在浮华的梦境。

你来了,为他们揭去彩衣

为他们吹消梦境

教他们觉察宇宙的真形!

(选自《创造季刊》1923 年 7 月第 2 卷第 1 期)

长 昼

邓均吾

懒人的长昼,

如焚的烈日当头。

道旁的两行枫树

静悄悄的站着

好像渴盼着甘霖的解救!

嘶嘶的蝉声

带着十分焦燥的音调,

飘漾在这无聊的时候。

倦了的人力车夫

倚着车儿打盹,

黑瘦的颊上，
挟着尘土的汗珠
不住地滚滚交流。
懒人的白昼，
如焚的烈日当头！

（选自《创造季刊》1923年7月第2卷第1期）

幻　灭

邓均吾

我曾乘着个"幻想"的汽球，
翱翔在广邈的天空。
我看见我们的大地，
披一件虹色的云衣，
正绕着日轮飞动。
群星的花园弥漫了天使的欢歌，
银河的流水也合奏着仙乐溶溶。

无情的盲风毁坏了我的汽球，
把我吹堕在"现实"世界。
一切的美在我的面前消亡；
一切的恶不断地如潮澎湃；
一切的回思——从前的好梦——
啊，只有使我惊恸！

白骨森森的幽箐中，

目光炯炯的鸱枭
一声声地在那里叫嚎。
好像一切——命运的囚奴——
都作了它嘲笑的资料！
哦，鸱枭！鸱枭！
在这广大的屠场里托足的群生
谁能免得你的嘲笑？
就是你也有自嘲的一朝！

（选自《创造季刊》1923 年 7 月第 2 卷第 1 期）

读耶稣传

邓均吾

"狐狸有穴，
飞鸟有巢……"
——血泪中迸出的呼声
我真不忍重读了！

你张着慈母般的双臂
欲将全人类来拥抱。
可是，他们是亚伯拉罕的子孙，
你不过是异端，左道。

你涕泣而求的良心，
已被他们敝屣了。
你在十字架上的祈求
怕只有上帝知道！

可怜你伟大的牺牲
只成了他们说教的资料；
他们心中筑着撒但的王宫，
口里却称着你名祈祷！

(选自《创造季刊》1923年7月第2卷第1期)

流 星

邓均吾

我何等艳羡你，
皎皎的流星！
纵然是一刹那间
你便化为烈焰而消陨，
你总是这般地美丽晶莹！
你是诗人的灵感；
你是圣哲的精英。
你在这永恒的宇宙中，
是幻灭而亦永存！

我何等艳羡你，
皎皎的流星！
在碧玉般的圜空中
你划了一道璀璨的银痕——
哦，那是你艺术的象征？

(选自《浅草》1923年3月第1卷第1期，署名默声)

我梦想着

邓均吾

我梦想着,

我将永远地梦想着——

人类的交亲

如海洋的拥抱,

人类的猜疑,

如春冰的融消。

大地只是一家

禽兽是我们的儿曹;

狮虎同绵羊嬉游

瓦雀与鹰鹯共巢。

我作一个自愿的行歌者,

无明无夜地高唱着创造者的颂歌,

向着 Olympus 的高峰祈祷。

我梦想着,

我将永远如是的梦想着!

(选自《浅草》1923 年 7 月第 1 卷第 2 期,署名默声)

遗失的星

邓均吾

粼粼的波状的浮云

衬托着亘古长存的银艇。

上有个羽衣如雪的仙人
挥洒爱情的明星。

明星散布在天宇之中，
永恒地作银辉的微雨；
遥送他们神秘的眼波，
照耀着爱人们的幽叙。

有一颗被遗弃的星儿，
失却了天宇中的地位。
他曳着淡碧的绡衣，
向着遥空长坠。

可怜他不坠入海中，
让汪洋作了坟墓。
又不化为烈焰，
在太空立时销去。

他坠到个僵化的星球，
是处是忧愁的窟穴。
更有不幸的群生，
在生命的掌中磨折。

他化作个小小的萤儿，
凄凉地闪着微光自照。
他要在这莽莽的他乡，
寻一个栖止的香巢。

珍珠似的白露沾遍小草，
秋虫儿都唱着自挽的哀歌，
他仍是无力的浪游，
伴着他——自己影儿一个。

他被无情的秋风吹送，
吹落在一所小巧的窗棂。
他嗅着兰麝般的芬芳，
并听见幽婉的叹声。

他见一个憔悴的女郎，
斜坐在窗前啜泣。
他禁不住自问自言：
"女郎啊是何人欺负于你！"

他决意投入窗棂，
贡献他忠诚的慰藉，
他愿给她一点光明
作她永远的伴侣。

女郎见了萤儿，
清泪似珍珠投落，
舒开她柔荑的纤手，
将牠拊在如雪的胸窝。

在命运的支配中，
女郎竟作了死神的肉食。

可怜这弱小的萤儿,
终作了她最后的伴侣!

他们俩同葬在沙漠之中,
沙漠中从此有了 Oasis
是人们生命的泉源,
是他们伤心的眼泪!

(选自《浅草》1923年7月第1卷第2期,署名默声)

中秋——呈如稷,因此为别

邓均吾

可爱的万古千秋今夕,
这几片漂萍聚首!
我们相对无言,
却正是纵谈的时候。
划破层云的皎月哟
不是你我坦露的心头?

朋友你可识参商二星?
他们是别离的征象,
也许是两片漂萍,
被狂风吹在天上!
今夕过了的明照,
不会同他们一般惆怅?

试向危栏俯首,
迷离的灯火如画。
你听,那梦一般的笙歌,
在伴着生命之潮怒吼。
茫茫如夜的海洋中,
我们这几片漂萍何有?

朋友,但去莫有踌躇,
一任风涛将你吹荡,
且从寂寞艰虞之中,
勉作人生的观赏,
或许有破颜的一朝,
在我们生命的途上。
1923年9月25日

(选自《浅草》1925年2月第1卷第4期)

酒

邓均吾

朋友,多谢您这盏醍醐
虽不过戋戋的微物,
但其中浓酽的温情,
已使我的血流沸腾!

朋友,多谢您这盏醍醐,
使我自百忧中解逃。

我在酒中照照容颜，
酒神在那儿向我微笑。

(选自《浅草》1925年2月第1卷第4期，署名默声)

胡倾白 1 首

浣花溪的女郎

胡倾白

浣花溪中的流水,带着缠绵的忧怨,慢慢地静静地流过我家的屋前,经东边而又蜿蜒的流到了白花潭。
溪畔的杨柳,碧釉釉地散漫在明媚的春光里;
浮荡的杨花,悽悽地切切地逐浪在浅滩的急流之处。
回想我的人生的孤另,是怎样的无定的飘零啊!
飘零得等于溪中的杨花一样了。

弥漫的暗香,一阵一阵的扑面的飞来;
清脆的鸟声,舒畅着阳春的调子;
软绒绒的草,地毡似的铺在平畴的田野里。
这是青春的使命,现在又表现到人间了。

谁家的牧羊者啊!娇懒懒的睡在这里?
啊!原来是伏在我梦中;使我想念的人了。
羞啊!羞啊!羞涨红了的脸,如同海水涌上海滨一样;
潮来了,转眼间就要平静的;

羞涨红了的脸，这并不是什么，却是青春的心里的一个魔鬼的作祟罢了！

我无须说他是怎样的为人，只是我想到他失掉了的绵羊，
联想到他的绵羊的忠实，
我就越见的感激他的和蔼而悲哀了。
在每次我抚摩着他的头发，随着我的手，显出他的热诚的恳挚，在我怀抱里。

啊！我的情人——牧羊者——我把我昨夜梦里的事告诉你罢。
我如能和你相会，那是多么快乐的呀！
因为我的爹妈用可憎恶而鄙视的眼睛，
当我和你见面的时候，总是要逼迫得我们分离的。

在这一次我们爹妈也不曾看着；
但是我在我的梦里，你也在我的梦里，
梦里的欢会，固然是有一番的快乐；然而我是失望，失望我的单调的不幸。
你的歌声，使我忘却了人间的一切；知否？我赠给你的是什么？将醒时的最后的一吻罢！
你的情话，再再都使我甜蜜，及到我从梦里归来，我的口中还是异样的甜蜜啊：可怜的浣花溪的女郎！欢会的情景竟在一个梦里。

踽踽到黄昏的时候，他的羊儿已经失了踪了，或者是被人捉去了。
谁做了这种事，天也不能宽恕他的；因为做出这种事，就掀起绝大的风波了。
只是他的主人怒气的将他放逐了，说是他荒唐昏昧而误事；
从今后牧羊者不敢在这方留连了。

可怜的牧羊者！为了主人权威，使他忍弃了他的恋人，
到如今梦的欢会也不曾经过一次啊！

一九二三，二，三。

(选自《浅草》1923年3月第1卷第1期)

马静沉 2 首

夜步黄浦

马静沉

更没有什么，
在这茫茫的，永流不息的黑河的两岸，——
除了明灭起伏的鬼火
一群一群地聚在那儿闪烁。
在我无聊或者疲倦的时候，
我也独自在那里散步；
但是，我呵，得着了我所不要寻的，
却寻不着我所要得的呵，
我悲哀，我饮泣，终于痛哭了，
"我无论如何都寻不着我所要得的了么？"
一九二二，九，十四，上海。

（选自《浅草》1923 年 3 月第 1 卷第 1 期）

深 夜

马静沉

深夜的街衢，静得如同古道一般；

但为什么我的心反更沸得凶猛了呢?

*

我轻快地走过一个人影都没有的狭巷时

卧在檐下的黑花狗向我狂吠了。

*

这算什么呢!——

远远而寂静的街衢,终被我一步一步地走完,

在温暖的室中已躺着一个疲倦的我了。

  一九二三,一,二十,上海。

     (选自《浅草》1923 年 3 月第 1 卷第 1 期)

陈竹影 3 首

月　光

陈竹影

月光已上了最高的墙头，
金色的落霞已在天边浮着，
这是黄昏又将要到了。
我心中悲哀
我不知道为什么要那样懦弱地请求：
"光阴啊，你不能为我稍住么？"
一九二三，一，六，上海。

（选自《浅草》1923 年 3 月第 1 卷第 1 期）

雪是霏霏地下了

陈竹影

雪是霏霏地下了，
只是我心中的悲哀
一丝也抑遏不住，

我也愿飘到人家的庭院中
溶化在人们的足底，
使我的悲哀也同样地溶化去。

白了，
一切屋顶都盖成银瓦了。
我知道母亲此时一定是在念她不听话的孩子呢。

（选自《浅草》1923 年 3 月第 1 卷第 1 期）

冬

陈竹影

天是青苍色的，
但也点缀了几片白云。
空气带着冬日的和暖飘进了窗户，
我的心中感觉到一种说不出的快慰。
红的，绿的——绿如草色的绸子，
飘摇在远远的露台上，
我疑是天边的彩霞。
——好一片潜默的春底气象啊！

（选自《浅草》1923 年 3 月第 1 卷第 1 期）

《半月》诗群

季元 2 首

敲门的声音

季　元

(1)

砰！砰砰！

开门！

听：怎么没有人答应？

难道还在睡觉吗？

不是的……我想定不是的。

可怜我们很小的呼声、

他们恐怕还没听着？

(2)

砰！砰砰！

开门……这是甚么？

呀！才是一把铁锁、

咳！这竟是一把狠秘密的铁锁！

(3)

我们从很远的路、辛辛苦苦到了这里、

不料却被这门把前途仍然遮起；

我们应该高呼、

把困着的人唤醒、

因为我们深信这门不能永久关闭；

铁锁我们打破、

门让他们自启、

来！我们大家再喊：

（4）

砰！砰砰！

开门！

呀！这上面仿佛还有几个字？

待我来念"女子教育"！

甚么"女子监狱"？

不是、你听错了、但是……哈哈！

听！里面不是微微有些人声么？

不错……是的、

那么再来；

砰！砰砰！

开门！

（选自《半月》1920年9月第3号）

爱——憎

季　元

我不想爱，爱偏来恋住我；

我不愿憎，憎偏来缠住我。

我爱不许我爱，

我憎不许我憎；

我不想爱，偏要我爱，

我不愿憎，偏要我憎；

爱呀！憎呀！你俩都是神，都是万能、但是，

有时我想住爱，却发出憎来了；

有时我愿住憎，却生出爱来了。

爱呀！你能够发出憎来，或许我憎么？

憎呀！你能够生出爱来，或许我爱么？

你俩秉着支配的权力，在我身子的内里到自由极了、——任意互相包含，发生，往来……

只可怜，我安静的灵魂，坦白的心地、

受尽了无限的烦恼和束缚；

哎呦！这些苦痛都是你俩赐给我的么？

（选自《半月》1920 年 12 月第 9 号）

望云1首

静夜之汽笛

望 云

（一）

铛！铛铛！
报时钟打了十一响，
这时候四围都已静了。
人呢？早到黑酣乡，
只剩得清光，
她含笑在天上；
更有个孤另另的我对着这清光，
甚么都不想。
多谢呀！静寂的夜啊！
你替了人类把万恶遮起，
你给了我片时清凉。

（二）

呜！呜呜！
一声汽笛尖又长；
冲破了无限的自然，

更换给我一个怎么的感想；

(三)

听！听听！

这动心的笛声；

早告诉我们有人还在造枪炮

看呀！

青年们赤手的奋斗。

劳么？这才是为了人道。

但他们不住的污辱：

那兽性的血光，

只愿把人类的建设来屠烧。

咳！夜啊！夜啊！

任凭你怎样的深沉、

你总把人间造恶的心肠沉不了。

(四)

悲啊！悲啊！

我明白了。

甚么叫人道的光？

这世界决定容不了。

片刻间这悲苦的残念，

把我的清朗的神经，

烧遍了三万道。

(选自《半月》1920年9月第4号)

拾遗 8 首

残花一瓣

拾 遗

书中得去年芙蓉花一瓣,已憔悴万分;因特作此以志吾思。

(一)

若要说春花有痕?

但是我却不记忆。

若要说春光无痕?

为甚么今朝我又看见你?

看见你:使我很欢喜。

那时庭院、那时景色、渐渐又想起!

哦芙蓉!你可还记得吗?

那时亦郤有很多的伴侣。

(二)

门外的柳絮飞着、

盆中的兰花开着、

花砖上的虎耳草蹲着:

蔷薇的花、垂丝海棠的花。

都在这春风中笑着

嚶！嚶嚶！蝉儿叫了！

人呢？不知不觉的恋着、

更一毫也不想甚么。

（三）

秋风来了、

他们与你分手了、

你也与他们告别了、

只剩得百无聊赖的庭院、

更伴着一个静悄悄的我、

喳！喳喳！这是风声、这是残叶落：

但是你却深躲着、把我书借来当了你的安乐窝。

直到我如今开卷、还把那过去的春光给与我。

咳！我借问人间：

春光有痕么？春光无痕么？

（选自《半月》1920年10月第5号）

战利品

拾 遗

曾见安素先生所藏太西名画中有一幅名"战利品"、用意结构均极佳。曾试以置之诗中安素当不我笑也。

（一）

在破晓的时候、

那半空中不断的风声、

紧摇着小河岸上的芦草。

一声——两声、

呼！呼呼！是一片甚么声音！

是枪声么？呻吟么？马蹄声么？

听！是么？！哭声！

（二）

咄！畜生！没路了、等我来看看：

一个板拙的声浪、打破了清寂的河岸

喘！喘做一团！

嘶！嘶成一片！

但是雾太浓了；我们甚么都还看不见。

（三）

淡黄色太阳、明镜样的小河；却照着那么样的影儿两个；

一个又黄又黑的朋友、脸上代着失眠的模样、

穿了套尘灰的短衣裤、歪带着一顶半破的军帽。

深一步、浅一步、他正在觅渡。

他手中的那又长又瘦的战马、却又驮着件甚么？啊！是一个长布袋么？但是又装的甚么？

只听他说道："哦！晕过去了这是昨夜莫有睡着的原故……可惜、我还叫不出她的名字、但这决不是永久的事、将来总会……"他说着他便微微的一笑、在他一笑的中间、露出了色欲的可怕的颜色。

（选自《半月》1920 年 11 月第 8 号）

索债人

拾 遗

在那么样低矮的屋子下面，

北风正唱和着她的哭声一大片。
她哭的白发散了！
她的泪还不肯干！
于是那四围静冷的空气，
都暗暗的波动了一种的轻颤。
颤！……颤！……颤！……
唉！怎么却奏起了这单调的哀弦？

锅呢？打破了。
桌呢？被人拢在檐下了。
她知道现在不能抵抗了。
她知道再没有享受的权利了。
瞧呵！她那样的哭着。
白发哭的散了！
泪呢？也还流着不肯干！

但是那边：
抄着手，
努着目，
含着怒的青年；
唉！这不是完全胜利的表现么？
这不是索债人仅有的表现么？

索债人去了！
锅呢？桌呢？也一齐同她告别了。
呵！这是她应该的破产。
瞧呵！她哭的白发散了！

她的泪仍还流着不肯干！

呵！这就是她的所有权。

唉！这平凡真实的印象呵！

你努力的表现着甚么样的人间！

（选自《半月》1921年1月第11号）

冬夜的一个老人

拾　遗

老人！困苦的老人！

你担着"生活"的重担，

你的呼声是怎样的悲惨！

你的"衣食"在哪里呢？

你的"家庭"在哪里呢？

你的"欢乐"是甚么呢？

老人！困苦的老人！

我们为甚么打不破"私产"？

为甚么忍叫你把"生活"努力担？

风呵！雪呵！还是不住的飞么？

甚么都已静了，

偏把这叫卖的声音遮不断。

这是人间甚么声音！

老人！困苦的老人！

你叫的我血都快沸了。

（选自《半月》1921年1月第11号）

我们认得！

拾 遗

（一）

我们认得、

这是我们的建筑；

这我们群众必要的建筑；

起来！起来！起来！

努力呵！努力

（二）

打破！打破！

可以打破、必要打破：

打破包办的建筑、

让我们努力我们的工作。

屠杀者呵！

不许把我们光线遮着。

（三）

这是光明路上的第一步吗？

有希望吗？无希望呢？

呵！"一切实现、"

这是应该感谢"正义"。

万能的"实现"呵！

（四）

古人说："该撒的东西还给该撒"、

这是一个大教训：

这话一些不假。

少数的群众呵！

拿来！还给我们多数的群众罢。

（选自《半月》1921 年 1 月第 11 号）

最后的追悼大会

拾　遗

她同伴答道：

"那是古诗上所说的'一将成功、万骨灰'了、这话古典文学家告诉我的：那个人、便是古代喜杀的'英雄'"

"唉！"

"唉！"

她们叹着气过去了。

忽然又走过来许多小孩子同妇女、指着她们所看见的石像、问她同伴道：

"那里为甚么许多人、脸上现出苦像呢？"

"那是一切的死亡者。"

"可怕！快领我走罢，这真是魔鬼。"

说着她们便也过去了。

这会开了一月、一直到全人类都看见后、然后才宣布闭会。

后来教育会知道了、还打电全球、宣告他们的谬误；说他们——指发起这会的历史学家，不应该设这样的模型——因为那时已没有法庭所以打电宣布——破坏现今人类的美感呢？

呵！这是怎样一个"最后的惟一的追悼会"啊！

（选自《半月》1921 年 1 月第 13 号）

让我们的心炸了罢

拾 遗

让我们的心炸了罢！
让我们的心炸了罢！
　　我们已经够了，
　　这非人的惨剧是不愿再演了；
　　我们已经够了，
　　这痛苦的人生是不堪再尝了；

泪呵！我们的情人！
　　难道忍心使你枯的见骨么？
生呵！我们的情人！
　　难道忍心使你断的如线么？
　　但是谁能知道！谁容知道
这便是他人的好意！一个特殊的赠品。

我要在群众的"汗"中享乐，
　　于是他便享乐了，
　　但他也给了群众"死"的代价。
我要在群众的"泪"中享乐；
　　于是他便享乐了；
　　但他也给了群众"死"的代价。
我要在群众的"血"中享乐；
　　于是他便享乐了；
　　但他也给了群众"死"的代价。

兄弟们看呵！

看这冷怪物——新世纪中的政府；

他这样大胆的来向我们宣示说：

　　唉！……

　　牺牲了我们实爱的生，

　　却换来我们无情的死；

　　全人类的弱者呵！

来！用我们极自由的意志；

　　把这强梁的世界，

让我们的心炸了罢！

（选自《半月》1921年5月第19号）

人间的呼声

拾 遗

一

烈响的琴弦，

遮着了她的半面；

手不住的弹，

口不住的唤，

手不住的摩挲，

眼不住的流盼；

更伴着醉人的高歌，

狂人的嘶喊；

才凑成这样的淫声一片。

什么是她的自由？
什么是她的爱恋？
她只有这流不完的泪和汗。

生活的酒，灌醉了她的青春；
生活的药，迷乱了她的女性；
这正是众人对于她的盼望，
他反抗不了社会的万能。

泪呵！
汗呵！
你的代价是什么？
你的死灰燃了么？
咳！烈响的琴弦呵——
你弹的是么声音呵！

二

甚么叫"功劳"？
甚么叫"勇敢"？
临死时还不是呻吟的那般凄惨。

他的责任尽了，
他的血快流干；
他的命也只有了一线。
他只是喘，
他只是颤，
他只管低弱的哀喊：

呵！叫的这样难堪。

朋友！可怜的朋友！
这便是你特殊的自由，
这便是你特殊的利权。

九十七度的热烧沸了全身，
〇下九度的冷浸透了铁石的心肝，
于是他不能想什么；
他也不想要什么了，
他只盼望一个酣美的安眠。

朋友！可怜的朋友！
我对你十分的悲哀，
十分的抱歉，
十分的慰安。

你那里知道什么叫"功劳"，
你那里知道什么叫"勇敢"，
不过他们要叫你杀人；
你也说不出为甚么应该争战？
你杀人也杀多了，
你命依旧难保全。
咳！你算是一个"生活"支配了"灵魂"的好汉，听呵！这不仅是你悲极了的哀鸣，这竟是你临死的呼冤。

三

没有颜色么？

生活装扮了你。
没有声技么？
生活完成了你。
咳！这么样的快乐人间，
谁知道享乐了他人的"血泪"泉源。

甚么是"色艺"呢？
甚么是"歌喉"呢？
朋友！你试仔细听听，
这难道不是那"饿人"的呼声。

咳！孩子们，
亲爱的孩子们，
悲哀堕落的孩子们；
被生活牺牲了的孩子们。
我应该为你们流血，
洗清了你们蒙被的污浊；
涌现了你们个性的高洁；
听呵！这便是弱者的歌声么？

(选自《半月》新年增刊)

竹影1首

秋 雨

竹 影

霏霏的秋雨，一天，两天，三天——
　　都是淅淅沥沥的下！
你有什么苦心，还没有诉完么？
　　盆中的玉簪；篱边的海棠；
　　受你的滋养，都开了美丽的花！
　　树上的枯枝，由黄色中，也发出活泼泼的嫩芽！
　　平原上的草，也变了新绿的叶！
我们应当谢你，为我们造成这好看的景色！
就是那污浊浊的街，也被你洗得坦白白的了；
　　你怎么仍然还要下？
哦！你想把众人的心也洗得坦白白的吗？

（选自《半月》1920年12月第9号）

惠人1首

缝工

惠 人

好好的一匹料子，

怎的被他剪坏？

但是经过不久的时间，

缝成一件衣裳——又狠美丽——又很时派。

到如今是件有用的物件，

不是从前无用的可比了。

哦！无用的自然消灭，有用的自然存在。

要有建设，先有破坏。

不要因为建设就欢喜，破坏就不快。

这是社会的公理，自然的淘汰。

哦！无用的消灭，有用的存在。

要有建设，先有破坏。

（选自《半月》1921年1月第12号）

若仙 9 首

冬日的暮色

若　仙

墙外的几树梅花单剩了无数的枯枝。
花呢？还未含苞么？
叶儿！早已落完了么？
此时太阳已看不见了！
只剩着天边的一带粉红颜色，
这便是冬日的余辉么？

风也没有！云也没有！
鸟语和人声也都没有！
只有那描不出的淡淡微光，充塞了天际！
这便是冬日的暮色么？
呀！微光当中还藏着一颗很明亮的星儿！
我却唤不出他的名儿！

回过头来，猛瞧着竹稍之上还有个星儿！
啊！你几时瞒着我跑来到半空中了？

西边是太阳的余光么？

东边是月儿的新光么？

这漫天的淡淡微光又是怎样地？

唉！我的新诗还没有成，

那天边的红光已变做了深蓝颜色！

星儿！亮晶晶地射着！

月儿！笑迷迷地恋着！

星儿！月儿！人儿！

怎么我们都不言不语？

（选自《半月》1921年1月第13号）

三十自寿

若　仙

这是三十年的我么？

这是三十年的人间么？

怎样是离别呜咽？

怎样是团圆之欢？

尢非：办儿出苦剧！奏儿声哀曲！

那曾敢：嚎啕痛哭，慷慨悲歌！

斩不断的恩！怨！

逃不了的荣！辱！

便欲歌，向谁歌？便欲哭，向谁哭？

瞧回来的热泪，已经透了我的心窝！

这便是是三十年的人间！

这便是三十年的我!

(选自《半月》1921年1月第13号)

无聊的一个冬夜

若 仙

窗儿外起了一片的响声!

这是地上的枯叶跳舞么?

这是竹稍儿在和掌么?

黑沉沉的冬夜、他们哪里敢这门般地欢喜!

呵!是冬夜的风声!

还夹着:街巷中的更锣声!

城外农民御匪的枪声!

远远地一阵犬声!

停一刻:

枯叶儿不跳舞了!

竹稍儿不和掌了!

什么声音都已寂静!

我正要熄灭了灯,打算去睡;

那凄凉的夜雨却又不住的哭起来!

惊走了我的睡神。

我把灯儿望着,

我把泪儿含着,

哭不出声,叹不出气!

这是何等苦闷?何等境地?

拿什么话来安慰我自己?

拿什么话来告诉那夜雨？

想我十年往事，

那一桩对得住我自己？

那一桩对得住人间世？

那一桩又对得住与我同甘苦，共患难的可爱人儿？唉！费尽了我的思量，还是得不着半句儿答案！

我生活的前程，又当走那条路么？

叫我和谁去商量？叫我怎样地决定？

用尽了我的心，只能够含着泪儿，点着孤灯，

就是那多情的夜雨，也只能够在窗儿外陪着我哭！

（选自《半月》1921年3月第15号）

初春望梅花开放

若　仙

去年的今天——

满园中的梅花早已开放；他的颜色何等鲜艳！

花园中无数的小鸟也开着音乐会不停地歌唱！

今年的梅花！你们怎么又不是那样？

难道这一阵一阵吹的还不是春风吗？

难道落了十几天的细雨还没有浸透了你们的榭根么？

朋友们！都时时地向我探问你们的消息——

我每早起来，也向你们说了许多声的 Good MORNING！

难道你今年不肯开花么？

你为着这阴气沉沉，昏暗无光的天气，不肯发笑么？

你为着这杀气腾腾，惨淡无光的社会，不肯开花么？

梅花呀！教我怎样猜得透你的心意？
可怜那许多的小鸟总不住声地唤你！
你忍心辜负我们的希望么？
也不要辜负了那一年一度的春风
梅花呀！……

（选自《半月》1921年4月第17号）

初春早起

若　仙

老鸦不住的叫！
斑鸠不停的唤！
杨柳稍头孤立着一个喜鹊儿好像是正在寻他的侣伴！
一双双的小雀儿都飞向着那梅花林里穿！
你们唱的是什么曲儿？能有逆般地好听！

呵！满树甜香鲜美的梅花都一齐开了！
嫩绿的新柳芽儿没有遇着晨风，她也懒动了！
墙脚边的雨树山茶花，她也偷偷地开了！
茶花你是怕羞么？
怎么要借着那绿叶儿遮着你的半面？
垂丝海棠都发了满树的嫩芽！
几树桃花也生了满枝的小苞！

天已早明了！那雄鸡还远远地唱着！
天上也没有一些儿云影，只是那可爱的春光一片！

这是谁给与我的幸福？

我家的农奴，他早已在那旁种菜；

唉！他何等的辛勤！我不该这样的闲散！

（选自《半月》1921年4月第17号）

病中杂感

若　仙

宿此孤村、怎堪得病！

不能安眠，已经有几夜了！

病了！果然病了！

我不停地呻吟、再没有一个人儿前来相问！

唉！宿此孤村、谁来相问？

夜晚躺着、白昼也躺着！

夜晚呻吟、白昼也呻吟！

这夏日长如年、病中的生活怎样度？

看书么？头痛欲裂！

写字么？手酸无力！

做什么？一些儿也不能做什么！

想什么？一些儿也不敢想什么！

吃什么？除了茶和牛奶

一些儿也不能吃什么！

只是盼着今晚能够安眠、

明朝的病躯或可轻省一半，

唉！又是一夜的呻吟、病更重了！

躺在睡椅上；

闭着我的眼、静着我的心、忍耐着呻吟。

不看什么！不听什么！

不问什么！不想什么！

纵有天大的事、我也不爱管、我也不能管！

真个一病不起、便就死了！也是平常事；

我病到如此、也无力恐惧、何必恐惧！

可怜这惨酷的人间世、你病！你死！

谁个又有真心前来安慰你？痛哭你？

那：哭父母、哭儿女、哭夫妻、……

有一多半都是玩的假把戏！

世间的人呵！我告诉你：

我更比你们还冷酷——

我纵病死、也不想你们来理。

噫！窗外的雨、你哭什么？

我们伤悲、何必堕泪！

唉！……

　　　一九一二·五·十七。病稍好作于小溪

（选自《半月》1921年6月第22号）

回想夔门江上的月夜

若　仙

月色笼罩出满江的微波！

岸边的灯光杂入了天上的星火！

曾记得这是夔门江上的夜景呵！

舟中人尽都睡了、未免太辜负了这美景良宵！

震华！她独伴着我赏月、

我俩并坐在船楼的槛边。

你看那艳滟石恰在我们前面！

好像是羡慕着我们的浓情。

偷看着我们的笑容、

不肯去眠！

江心中远远地流来了一只小船、顺着〇〇不停地循环。

管弦的声响惊破了这寂静地夜天！

震华！她便回过脸来把我望着、

月光中越显出她的如花笑颜、

这岂是梦幻？

那：

月儿！月儿！

灯光儿！管弦儿！

碧波中的金光儿！远山间的浓荫儿！

真凑成了万般的美！

天然的美景、是特地为我俩安排么？

欢乐的良宵、是特地为我俩延长么？

唉！夔门夜月或许重看！

可怜赏月的伴侣、早已入了黄泉！

她、……

回想少年美满、更添了百倍愁惨！

说甚么儿女浓情！

徒劳我夜夜梦魂绕遍了白帝城边三万转！

唉……竟成梦幻！

只好任凭他江上明月独照年年！

(选自《半月》新年增刊)

秋 月

若 仙

三两个朋友、
在这朦胧地月儿下行走、
举头便望着满天的蓝云乱飞。
顷刻间、他就看不见了！
但他的光却还暗地里映着！
瞧呵！那仍是飞奔的浮云呵！

停一刻、吹来了一阵微风。
月儿！他重新露出真面目来。
我们都举起头向着他。
他的颜色皎洁可爱、莫有半点儿的羞态。
他今夜团圆、好像表示美满的情怀！
唉！料想这人间的事、总不像这般地美满！

朋友散了！
夜也深了！
我回到家里、
刚举起头来、又瞧着他！
这多情的月儿，他引起了我无限的愁思。
他仍然静悄悄地照着我、好像努力表示他静的天才！
我仍然静悄悄的对着他，不知要怎样才好？

（选自《半月》新年增刊）

悼 情

若 仙

黄浦江干，宝隆医院：
这不是我十年前卧病的地方么？
寒风浸骨、窗外雨声、
这不是我夜半凄凉的情况么？
骨瘦如柴，面色似鬼。
这不是我当年的形状么？

镇日里坐在我病榻旁边的一位女郎，
她是谁呢？她是谁呢？
她为谁来呢？
她表示了她恋爱的真诚，
她敛着了我将散的灵魂。
呵！这便是她的宠爱么！
到而今，她的形骸该何在？
只有我脑海中贮满了的悲哀！

(选自《半月》新年增刊)

幻我 1 首

追悼会中所见

幻 我

（一）

万头攒动、

人声鼎沸、

行者摩肩、

立者并足。

看啊！

金碧辉煌的会场、

千百盏血红的电光、

和那一瞬昙花的烟火、

是什么？

是千万人牺牲的、代价么？

是战争的结果么？

唉！人道的恶魔！

（二）

巍巍的军乐亭、

奏的是"破阵之谱"。

这旁：

布的是"战胜的缩○"。

阵亡的无数灵魂呀！

含着惨笑说：

"我们已经觉悟了！

甚么追悼优恤……

都是军阀陷害平民的诡计！

流血的惨状，

这便是战争的供词。

可怜的弟兄们啊！

莫再糊涂了！"

（三）

一伙跛的、盲的、残废的人，

他们的全身，

倚靠着两条木棍儿，

都走进这闹热的会场了！

发出了微微的叹息，

他们说：

"我原是健全清洁的平民，

羡慕虚荣，

才去当兵。

谁料那无情的子弹，

飞来不认人！

打穿了腿，

瞎了眼睛，

母亲老了！

儿子还小！

倒不如一枪打死,
还落得有人追悼!
现在啊!
真是生不如死。"

(选自《半月》1921年2月第14号)

厚盦1首

晓

厚 盦

浓雾抱着树林密密地,
屋上的霜还赤裸裸地卧着,
远远的现出彩霞一片;
院子里还是静悄悄的。

太阳,她!含着羞容,蒙着面纱,懒懒的走了出来;微微的晨风吹着,
窗外的竹儿,点着头,与她行礼。
树上的老鸦,笼中的雄鸡,齐唱着可爱的歌声,你们是赞美晨光么?

太阳高兴了!
扯了面纱,敛着羞容狂笑;
浓雾也被她醉死了!
屋上的霜滴着泪珠儿不肯停!

人间的悲苦声音,依然人起来了!
那天然可爱的歌声,也就听不着了!

(选自《半月》1921年3月第16号)

希宋 3 首

冲 动

希 宋

婉转的歌声,
震荡了我的耳鼓;
应和了我的心曲。
可怕的颜色,
蒙蔽了我的慧眼;
放纵了我的意志。
且塞闭了耳目,静定了心志,
才知我本来不是这样地。
喜怒的知觉,
悲乐的表示,
谁说是我的支使?
不是我支使的么?
我却受谁的支使?!

(选自《半月》1921 年 4 月第 18 号)

便如此么？

希 宋

沉寂的夜天，心中只剩了我；

这是镜中的我，意想的我？

便自己也难识破。

半明半暗的灯光，你能证明么？

如夜的人间，我待从何处着足？

羞呵！拼去了半生血泪，也难得些微代价；

"人生"他仿佛厌弃了我，

便如此么？

我还要含着泪且伴着愁惨的面容说：

"人生纵然舍了我，我终久要等着了代价的时候呵！"

（选自《半月》1921年5月第20号）

动

希 宋

绿油油的草儿，消着几点露珠，在微风中跳舞；灰白的小鸟，笑立在枝上，发出了嘤嘤的歌唱；

更衬出蓝蔚的天空，白云荡漾；

我独坐阶下，更没有半点思想；

对着这活泼的景儿，只是我太笨拙了！

（选自《半月》1921年6月第21号）

张道村 3 首

痛苦的呻吟

张道村

微笑底灯光，
憨痴痴向着我，
有什么意儿呀！
但我给你些……。
你不领略我的情，反闪一闪的做出暗淡底模样，羞么？
你若无情呢，为什么要映出我的影儿？

鸱鸮已在墙上发狂了！
你的火焰儿，越法的大了！
我只是寂寥无声的对着你；
你不愿我么？！
我的发也熛了！
肉皮儿也觉着痛了！
泪也似乎告罄了！
你呢？……
我总不能离开你！

一九二一，三，二二，夜

一片痛苦声，荡入我的耳里：

人生在自然底界中，都是无情的；所以情的代价，只有血和泪！血和泪啊！你能永远拥护这无情底灯光么？

（玉轩附志）

（选自《半月》1921年4月第18号）

寻 梦

张道村

杳杳茫茫不是幻境么？

明明地见着听着，为甚么总寻不着？

醉了么？我未喝酒！

醉了，也该会你了！

你偏不给我些影儿，不谅我底苦痛，

叫我又怎么样！

你把我的灵儿摄去了，你把我的心儿拿去罢

听哪：淅沥沥的不是雨声么？

啊！错了！怎会有雨？这么亮的月亮！

是树叶声么？何处又有叶咧？一片空旷！

是我的心琴在颤动么？我的心也碎了！

是我的血泪在潮荡么？

可怜他已石烂海枯天老地荒！

——究竟是什么呀

环绕着我的，能解答我么？

（选自《半月》1921年5月第20号）

地安门的一夜

张道村

新月爬上自然的柳,
柳拂着我的脸;这是她自然的表示。
远远的汽车,还未走来,
她车前的灯火,已晃着我的眼。
汽车过后,风吹纪座:——
把新月也弄晕了!
柳也不敢不摇摇的动了!
我的影儿,也不知吹向哪儿去了!

(选自《半月》1921 年 7 月第 23 号)

玉轩 2 首

她为甚么不见

玉 轩

当看我在醉中念她的时候,
　　我的心只是狂跳!
红云上了我的脸,
　　我的眼儿也朦胧了;
　　我口里低低的唱着她为甚么不见?
月儿上阶了,晚暑全消了;
　　只阵阵花香,扑入我的鼻观!
那栀子啊,茉莉啊,虽是淡淡的样儿,
　　却是十分的纯洁;
　　正如像她素来的情感!
我可爱的,儿啊;她为甚么不见?
病酒不起,这是我第一次的娇懒!
然而我的眼前,只见她玉步珊珊;气息如兰;
　　用极柔软的语儿安慰我:劝我努力加飧!
我又何尝不知她爱我,对着我"强啼为欢"!
但是我睁开眼儿寻觅,只见我的影儿,她为甚么不见?

我的手儿，轻拂着她的鬓发；

　　她含嗔的对着我，使我的心儿怀颤！

我觉得大千世界里，不应该有一个我；

　　只应该把我的泪，留一颗儿也够了！

但是我的灵魂儿，何曾得一点慰安！

一声喔喔的鸡，把我唤醒，原来这是我梦中呓言；

　　万籁无声，这样冷清我何尝惯！

我欲再寻她说话，她为甚么不见？

　　一九二一，三，三一，夜于渝城

（选自《半月》1921年5月第19号）

慰落花

玉　轩

我清晨起来，斜倚在小阑干上；

　　那霏霏的细雨，已洒了我满衣；

好似我的啼痕儿；

　　但是我犹然不忍去；

我只呆呆的望着她。

你看她！

　　香魂欲断，娇软无语；

　　碎成片片的芳心，也掷在这皱着眉头的池子里；

你曾经对我说：——

　　"风姨是最慈祥的，

　　她为着我，施了许多露雨：

使我娇小的身躯，生长在这和惠的春天里；
　　这是我永久最感激的事；"
我也曾劝戒过你，
　　但是那时我不能知你；
　　然而我又不能知会演出这样的悲剧：

护花的铃儿已坏，葬花的人儿未来；
　　你纵死了，谁又知你"遗恨千载"？
但是——
　　也无须"媚语乞怜"，再向东风拜；
你应该知道是万恶的世界；
　　　你况是恶浊卑污人心坏。
我劝你放纵心胸，暂把愁头开；
且自慰自解；
　　　一些儿也不用伤怀；

燕儿虽无声，花落已沾尘；
这一夜无聊的雨，却惹起我许多恐怖——孤寂的心情；
何堪再听你廿番风信，好梦如尘；
　　你只须记着那"随风飘荡，摇落无定"：
　　和你那最痛苦的呻吟声；

（选自《半月》1921年5月第20号）

次山1首

一个月夜

次　山

月亮儿！你还是亮晶晶地。
你还记得那年今夜？
在一个高山顶上、
有四围的松树排列、
你把你的光照着我们在那里并肩而立。

我当时曾说：你多半是羡慕？
所以才把你的光明照着我们双笑。
并且你命令着那一对影儿，跟着我们慢慢的踱。

到今夜、我和她、依然是并肩而立；
一样的缓步、
一样的笑语、
一样的亲密。
但是她呢，你何曾相识！

月亮儿！你休怪是不曾相识。

你不识，算什么。

我也是邂逅相逢，便如胶漆！

（选自《半月》1921年6月第21号）

希松1首

真难偿么？

希 松

我早曾被他毒害，
到如今，我的心琴，将破碎了！
志向，毅力，本是虚语。
看呵！有力的神——人生——高蹲着，命令了他的役使；
哪还顾我心志的销磨，能力的死，
便愿我么？我早又怀疑着；
什么是独立？哪里是自由？
总是脱不了的束缚。
安知我不是服从了他？看来是奉行我的命令。
他是微弱的跪下了，又安知不是我的错觉？
无疑么？这神——人生——早囚杀了一切的我。血泪汗呵！为"思想"
而流，为"自我"而流；怕终是作他的伥，为"人生"流了！
受支配的暴虐，这正是流来的代价。
强权何曾暂减，可怜的群众，白为他牺牲！
"自然"是他么？快又要来支配人了！

这是罪恶，是永久循环的罪恶，
要除罪恶呢？这此生难偿了，
真难偿么？销沉了我，便见了什么罪恶？

（选自《半月》1921 年 7 月第 23 号）

诚言1首

雨后工人的话

诚 言

飒飒的冷风
濛濛的细雨,
　　无情的吹个不住!
"天呀!为甚么不怜惜我们变牛马的苦工?"
　黑云那里去了?
红日一轮当空。
"无情的雨啊!雨啊!怎么不见你先前的凶?
我可爱的太阳哦!愿你常放光明在大千世界中!
朋友!朋友!
努力做工!努力做工!
　不到极乐地、做他个老死穷通。"

(选自《半月》新年增刊)

戢初1首

乍 见

戢 初

久不见了你、
从未将你记忆起。
突然遇着、
我还我、你还你、
怎惹旁人笑说:
"他！她两人碰着一堆了！
嘻！嘻！嘻！"
登时你靥儿红了、
我心儿惊了、
不知怎样对付旁人的好。
呵！
这是他们的少见多怪……

（选自《半月》新年增刊）

先忧 1 首

哀私生子

先 忧

有天早晨：走文庙街过、看见它旁边有一个打死了的私生子、许多人围着在看又在骂、当时便触动我一种感想。

你也是女人生的、
你也是有同样的肉体。
我常记得夫妇生了子：
都是全家庆贺、满堂欢喜。
怎么你会弄得来没人要你？
未必你缺了一只耳、少了一个鼻、
却并不是那样——
啊！我明白了；
不过是因为你的父母、没有经过那习惯的仪式。
没有办过新郎新娘的丑戏；
仅仅不过一点形式上的差别、
一点时间的关系。
却是你切莫怨恨生你的父母；
你要晓得、他们还是万不得已。

这也是由于万恶的社会、不容许有你。

唉！私生子、我可怜你！

所有的私生子！我都可怜你！

所有私生子的父母啊！你们要晓得：

纯洁的真爱情、

在这万恶的社会、怎么能容许！

怎么能容许！

（选自《半月》新年增刊）

《星期日》诗群

不平（穆济波）1首

我和你

不平（穆济波）

一个碧绿的菜园、纵横着几沟流水。
我挥着一把锄儿、你提着一个篮儿、并肩儿一行一行的走去。
　我一锄一锄的掘开了土、
　你一株一株的布下了子。
　一会儿你也挥着锄、我也布下子、并肩儿仍照着一行一行的走去。

　看！看！
　那满棚的瓜儿、满架的豆儿、还有那满篱的牵牛花儿、都一齐笑着！
好似都含着无量的爱情、都含着无穷的乐意。
　但这样自然的环境里、笑嘻嘻的只有个我和你！

　一个明洁的小房、纵横着几张书案。
　我摊着一部经济人间的书、你描着一幅表现自然的图。
　我细细的读着想、想着读。
　你也静静的对着描、描着画。
　一会儿你也摊着书、我也对着图、商量着！讨论着！

倦了！倦了！
那曼吟的歌声！悠扬的琴声、还有那拍着板的步声、一齐奏着！
调和那纯洁的精神！祷祝那平安的幸福！
但这样自由的空气里、笑嘻嘻的只有个我和你！

菜园的外面呢？
小房的旁边呢？
呵！他们是怎么？
这黑暗暗的愁城、免不了我和你去！

(选自《星期日》1920年1月社会问题号第2张)

弗陵 2 首

法

弗　陵

极腐败的家庭、也有什么家法。
极野蛮的国家、也有什么国法。
其实这些玩意儿、都是用来做摆设、
哄小孩子啦！
小孩子渐渐大了！哄他不着了、
他要打破家法、改造国法、
任你是怎么弄法，你还是把他无法。

（选自《星期日》1920 年 1 月社会问题号第 1 张）

爱

弗　陵

我不知道为甚么要该爱你！
我不晓得要怎样才是爱你！
我只是喜喜欢欢地爱你！

你不爱我、
　　我却爱你。
　　　你便恨我、
　　　　我仍然爱你。

因为我离不开你、
　　所以我要爱你。
　　　只要世界上一天有你、
　　　　我总得一天要爱你。
　　　　　便是世界上已经没我、
　　　　　　我仍然爱你。

无奈我十分爱你的心、
　　我只是说不出。

　　　　　　　　（选自《星期日》1920年1月社会问题号第1张）

少1首

鹦鹉

少

鹦鹉！汝自小我便养汝、育汝、教汝、饲汝。
栖汝在美丽的、雕笼、丰汝的毛羽。
视汝若掌上的明珠、
爱汝若怀中婴儿。
使汝不受严霜烈日的威、狂风骤雨的苦。
这也许是我待汝的恩义处！
应当要"酣歌恒舞"、供我的欢娱。
汝何事想着你的家乡、离开尔主。
汝连一些儿"感恩戴德"的意也尢！
汝且说这是不是你的大错。

主人！你错了！
你莫将这一切、认做你的苦绩！功劳！
你可知我本是天地间自由飞鸟。
透绿的森林、是我的香巢、有我的同袍。
这牢笼啊！这铁链啊！

不知道包裹着苦愁多少！

那明媚的斜阳！软甜的青草！自然的神啊！

眼睁睁、向着我嘻笑！

长看天一色晓云高。

啊！啊！我不能忍了！

问何处是我的光明大道呀！

（选自《星期日》1920年1月社会问题号第2张）

诗　论

叶伯和

诗歌集·序

叶伯和

我只是农村里的孩子呵!我的祖父虽然要算成都的大地主,却还守着"半耕半读"的家风。隔城二十里许,是我们的田庄,有一院中国式金漆细工,加上雕刻的宅子;背后是一个大森林;前面绕着一道小河,堤上栽着许多柏树,柳树,两岸都是些稻田。我在这里看他们:春天栽秧子;秋天收谷子;是经过了十多年的。

我的母亲是很慈惠的人,也很注重儿女的教育,从六岁起,便教我读书,咿咿哑哑的,哼了几年,就把十三经都读完了。为什么要读他呢?我也不知道,所以读起来毫无趣味,但是只有诗经我还爱读,因为读起来很好听的。

到了十二岁后,乡里有了匪乱,我们就迁在城内住家,那时正是科举时代的末日虽然废了"八股文""试帖诗":却还要考试"策""论""经义"。我的父亲,是个经学家,当然要我看些什么皇清经解十三经注疏……我也莫名其妙的,照例做去,也好,刚才用了半年多的功夫,就把"秀才"哄到手了。一些至亲好友,都说我是什么"神童"将来一定要像我的伯伯(号汝谐)点翰林的。

其实我已经觉悟到这种生涯,不该我永久做的。并且那时久离了我清洁的乡村；陷入这繁华的城市；以我活泼的性情，过这种机械的生活，真是不愉快到极点了！我想：寻个什么法子，稍稍安慰我自己一下呢？哦！有了，只好去取些古诗来读。——如《古诗源》《古诗选》《古歌谣》和那些陶李杜白……的集子，都读完过的，但是只管爱读，还不敢下笔写。

成都叶氏向来是得了琴学中蜀派的正传的。族中有位号介福的老辈，从前造过一百张琴；刻过几部琴谱。族中能弹琴的很多，我从小薰染，也懂得一些琴谱，学得几操《陋室铭》《醉渔流水》……后来风琴输入成都，也乱按得几个调子，就立定主意，要到外国去学音乐，

但是那时成都都已经开办高等学校了，家里的人，都不愿意我出门，要我进这学校。我也没法，只好进去看看，唉！那时候的学校，我也不忍说了！住了两年，虽然学一点学科，却送给我一身的大病。

民国纪元前五年，我得了家庭的允许，同着十二岁的二弟，到东京去留学从此井底的蛙儿，才大开了眼界，饱领那峨眉的清秀；巫峡的雄厚；扬子江的曲折；太平洋的广阔：从早到晚，在我眼前的，都是些名山，巨川，大海，汪洋，我的脑子里，实在是把"诗兴"藏不住了！也就情不自禁的，大着胆子，写了好些出来。

我到东京我的父亲本来是要我学法律的，我却自己主张学音乐，一面我又想研究西洋诗歌，夜间便读了些英语，渐渐的也就能读外国诗了。我初学做诗，喜欢学李太白，后来我读到 Poe 的集子，他中间有几首言情的，我很爱读，好像写得来比《长干行》《长相思》……还更真实些，缠绵些，那时我想用中国的旧体诗，照他那样的写，一句也写不出。后来因为学唱歌，多读了点西洋诗，越想创造一种诗体，好翻译他。但是自己总还有点疑问："不用文言，白话可不可以拿来做诗呢"？

到了民国三年，我在成都高等师范教音乐。坊间的唱歌集，都不能用，我学的呢？又是西洋文的，高等师范生是要预备教中小学校的，用原文固然不对，若是用些典故结晶体的诗来教，小孩子怎么懂得呢？我

自己便做了些白描的歌，拿来试一试，居然也受了大家的欢迎。

又到胡适之先生创造的白话诗体传来，我就极端赞成，才把三十年前做孩子的事情和二弟……那几首诗，写了出来，这些诗意，都是数年前就有了的，却因旧诗的格律，把人限制住了，不能表现出来，诗体解放后，才得了这畅所欲言的结果的。

接着我的诗稿，一天一天就多了，我才把他集起来，分作两类：没有制谱的，和不能唱的在一起，暂且把他叫做"诗"。有了谱的，可以唱的在一起，叫做"歌"。那时我连朋友都没有给他看，还说印集子吗？并且我主张一个人的著作，不要发表太早了，我爱读白居易的："新篇日日成，不是爱声名；旧句时时改，无妨悦性情"。他这几句话，很合了我的心，所以我的诗稿也是常常在增加，在更改的，因此也更不愿急于附印了。

今年成都高等师范发行校报，把我的稿子发表了几首。接着《星期日周报》，也登载了几首。就有些朋友，问我要诗稿；同学中说要看看的也很多。才勉强把他印出来，权代钞胥之劳。望各位先生替我指正，并没有想要"藏之名山传之万世"的意思。

（选自1920年华东印刷所《诗歌集》）

诗歌集·再序

叶伯和

黄仲苏君译 Tagore 诗集的时候，他说："……看了我所译的诗，引起了研究原诗的兴趣，那就使我'喜出望外'了……"

我读了他的译诗，果然引动了这个念头；就托朋友替我买了两种，现正从事译读，觉得我自己做的诗，比从前不同些了；究竟是进步，还是退化？我不自知。但 Tagore 是诗人而兼音乐家的，他的诗中，含有一种乐曲的趣味，我很愿意学他；并且我又想把我学做的，介绍给同志批评；因为我印诗集的时候，也是含得有仲苏那种意思："或者因为读我的诗集，便引起了研究新诗的念头，那就使我喜出望外了！"

果然第一期出版后，就有许多人和我表同情的，现在交给我看，要和我研究的，将近百人；他们的诗，很有些比我的诗还好，不过字句间略加更换，本期先发表十余首，其余的随后继续登载。

我的诗固然是还没有做好；但是能够引起他们这样热心来研究，那么！也算收了一点效果。所以又把第二期印出来，望各位诗人替我切实的批评，能够多引起些人来研究，那更使我"感激不尽"了！

还有一层意思：我的诗集第一期出版后，有些人他并不在内容上批评，他只说：你也可以印出一部诗集吗"？殊不知 Bitts 说"……我们并不是说只有声望素著的人，才有'创造能'。无论何人，在那一件小事上，找着好方法去做，他就是社会进步的贡献者，人类的明星，有时也引导人做一种活动，他就得称为'创造人'。……"

我十年以来，已经把我在海外贩回来的"西洋音乐"，贡献给国人了；最近又想把我数年研究的新文艺，贡献出来，对于社会进步，有无关系，几年后再让别人评论罢？

（选自 1920 年华东印刷所《诗歌集》）

穆济波

诗歌集·序

穆济波

诗与小说，都是描写自然与人生的。但是我有一个比譬：小说好似影片；（图画的）诗却是一种音调。（音乐的）小说的美是静的，横的；诗的美是动的，直的。小说用客观的方法，印了自然与人生的一段断片，依然还给客观方面；诗却完全立足在主观上，对于万有，唯一的发挥他的有情的谐唱。小说的基础在知识，感情的分量轻；诗全重在感情，有时竟超出一切人间知识的模范。我们要写出好小说，便要将身化照胆镜，影片箱，预备一轴一轴给他们印下。如果要写出好诗，这个"自然音调"的涵养功夫，非亲切透到不可。所以流泉的音，啼鸟的声，松风，竹浪，……一切庄子所谓："激者，鳴者，叱者，叫者，……"天籟，地籟，都是诗人最好的修养方法。像这样的叫了出来，便是他最大的责任。但是这样天然的音乐，在城市中的人最难觅着；真诗人不能置身在自然音乐的"大浸"里，便当绝对的置身在人为的音乐的声浪中，如像鱼离不开水一样。

许多有名的诗人，都是音乐家，这是一种必然的现象，——我想是音乐家而非诗人的人，他心中也必是充满了调和的，音节的，诗歌的，只是没有发动的东西，所以没有叫出来，——真正的诗人，他胸中充满了的情调，有时对于"无声之音，"也有极谐和愉快的情感，（如陶之无弦琴）这不是他对于音乐的玩赏，已经进而超到神妙的境地去了吗？我上面所说的这一大片意思，我想凡是对于诗有趣味的人，都必定要表同情的。

叶伯和先生十年来都以音乐见重，教授这科不知经了若干学校，若干生徒了；现在极端提倡新诗，首先印成许多小册子，给人批评，——我很佩服他这样的行为，在现刻的成都实在不可多得；但是有许多人或者有："叶先生不过是一个音乐家，他何以忽然又讲到新诗呢"？这一种疑问，其实他不知道要是"音乐家"，才大半是有"诗人"的资格哩！

我是喜欢研究新诗的人，自来对于诗也是非常有趣味的；我很想与叶先生结个邻，当着那夕阳西下，晚烟纵横；或月明如水，凉风披襟的时候；静听那"Piano""Violin"合奏的妙音，或是悠扬的笛声，幽咽的琴声，那时我早化作一个蝶儿，醉梦迷离的倩他们的声浪，扶着我到那超"人间世"的"无何有之乡"去了。唉！这样的幸福，我果能有吗？盼望叶先生答复我！

（选自 1920 年华东印刷所《诗歌集》）

曾孝谷

诗歌集·序

曾孝谷

"诗"在我国"文学"里，并不是莫有价值的东西；但是一朝一代，作诗的虽不少，大名家却莫有几个；可见这件事，不是容易成功的。况且现今的新体诗，是用我们旧有的字，写我们现代的事实，偏不许落旧套；除了运用新思想，还能占优胜吗？

这句话又说回来了：做旧诗倘莫有新思想，仍讲究些风韵气格，还不是空话吗？所以胡适之的《尝试集》新旧体都不偏废，可以证明"异流同源"了。

叶伯和先生刊行《诗歌集》何尝不是这个意思。叶先生说："学文学的人，不懂音乐，美术，必写不出好诗；学音乐美术的人，不懂文学，必成了乐工，画匠，雕匠……"可见这三件事，关系很密切。

成都习"音乐""美术"的人，却不多见。因为我学过美术，须我为他一序：一来见得同是一家人，须要互助，才得发达。再则音乐美术，若在今日提倡，简直与创造无异。但是人只患不做，不患不能，现在就认为创造也好，尝试也好，只要不断的提倡，大功告成，不过转瞬的事。不信请看第二期的《诗歌集》就知道我们不是徒说空话的了。

（选自 1920 年华东印刷所《诗歌集》）

张蓬洲

《落花》小序

张蓬洲

自从有人提倡"打破旧诗""创设新诗"以后。附和的人,犹如风起浪涌一般!在试办的期内,居然成功的好的创作,就已不少!专集既有几种。散见于报纸和杂志上的,更是拥挤十分!大家为甚么这样努力呢?是好育从新奇吗?决定不是:因为大家都受着"旧诗"形成上的拘束。凡是一字一句,都要墨守死人的陈法。不能够将真正的精神畅所欲言的写出来;一譬如一个犯罪的人。项上带着锁,肩上披着枷,脚下拖着链,镇日在牢狱惠坐着。他的生活,必是寂寞和枯涩了!一朝遇着赦免,他无有不高兴而立时跳出狱门的;——所以大家听了解放的福音,都竞争着来做现代的诗人,于是中国黑冥的诗坛里,就发出一缕缕的晨光!诗人都从睡乡里起来了。一吸得新鲜的空气,大家就努力的运动!所以成绩有那样的好。对于新诗的前途,不能不抱乐观了;我个人于"旧诗"虽未下过十分深刻的研究。但受他的流毒,却也不浅!幸得如今有了改造的机会。我便立刻由"旧诗军"里投降过来。充一个"新诗军"的"冲锋队"的兵。出马的一首新诗,就是落花。揭载在《四川国民新闻第七号增刊》,算是我战胜的纪念品。所以我就把他拿来做我这本集子的名字,表示我的成功成绩罢了。

十一·十一·二·夜九钟·
蓬洲写于凤阳丸上:
船在扬子江中。

(选自《落花》,版本不详)

刘代明

《波澜》序

刘代明

我的朋友张蓬洲君。他是我几年的好友了；他和我第一次的见面。便是在研究"诗歌"而相熟识的！现在他的"诗"已是有很伟大的进步了！听他说他要把他的"诗"集拢来印成集子。定名《波澜》；这便是我眼见他已成功！倒觉得我不能不出来说几句话的；

蓬洲君是青年作家。所以他的作品中，常常含有活泼泼的生趣！然而他也是悲观派的人。就不免带着几分烦闷的色彩。但是他每首诗的背景的暗示，是非常有价值的！他每见社会的不平事。一经印入他的脑筋里。他便凭着灵敏的天才！会去发现一种相当的衬托物来做成他主张的诗。他常对我说："做诗的暗示，要攻击一种不良事业，才是有价值的！但是仅可以不必把不良事业直述出来，免得人们看过后，不会发生甚么题外的感想。那便莫有研究的余地了；因为要攻击一种不良事业，不仅是'诗'这种文艺才可以直接攻击的。其他的文艺，也是可以直接攻击的。所以既要做一种间接攻击不良事业的诗，那吗就非寻一种相当的衬托物来描写，使人们见了这种描写的衬托物的诗，便会联想到不良的事业。岂不是较有研究的兴趣吗？并且诗的意义与艺术，已经又包含在内了！总括起来说。一要对于不良事业，有种痛快的攻击；二要范围于诗之意义与艺术内；所以有人说：'做诗贵在言外寻意。'这句话确是对的！"这些话是在民国九年的时候对我说的，也就可见他那时对于新诗的主张了：

他说的话，并不是空谈！我记得有一次他和我在阅报室看报。上面有一段本埠新闻说：

"某街某姓的妻子，素相和睦，日前忽同某私逃。席卷所有，竟置前夫幼子于不顾…………

……………………………………………………………………

…………"

他看过后，便对我说："现在这种事多了！这些未受教育的妇女，多半都被兽欲性所包围！而常常做出这些不道德的事来。"谈了好一会！我们俩都倦了！便约着到草堂去消遣。一出南门，便缘着小路走着。那时已是秋末的天气。枯老的树枝！再也不能与鲜艳的娇花同在。嫩弱的叶儿！也不能尽一点扶持的职务；弄得一路上都有落花的踪迹！突然叮当的铃声！在我们后面振动。我们知道是马来了。赶紧让开！果然是十几匹骏马跑过去了。可怜的落花！竟踏得如泥土一样；我们到草堂的茶社内坐着。他便抽出铅笔抹画了好一会！当时我倒未注意。过一向《四川国民新闻第七号增刊》出版。我拿了一份来看。上面已经登出他的大作《落花诗》来了。我读过后，据正面看来，确是写的当日的实景。但是在反面观察，已经暗示出对于不道德的妇女进了一种忠告了！因此我就知道蓬洲君的天才与艺术。都是非常丰富的！

他去年到上海南京去游历回来。他做的诗，已经袭然成帙了！其中好的很多。近于堆砌的亦有几首。但是我想诗本是一时兴发而做的，决不是因为要想做得多而做的。所以他虽是有几首近于堆砌！但是至少已经含有他当时的兴趣，也不能求全责备了。

我除这几句话而外也不说多了！广漠的读者社会，都是具有眼光的。就让严正的批评家出来替他说话罢。

刘代明·一九二三·二·十·成都·

(选自1923年版《波澜》)

康白情

《草儿在前集》三版修正序

康白情

《草儿在前集》的改版，是初版出世后五六个月内就草定的。随后读书太忙，却把这事忘了。三四个月以前，偶见某报有把这部集子八折出售的广告，以为市场不佳，决定售完存书，即行绝版。不意最近得朋友的信，说是等不及我的修正稿，早已用原稿再版了。我虽感谢出版的读者，却不能不对再版的读者抱歉。

修正稿删去初版的新诗二十几首，加入出国后所作没经发表过的若干首；分为四卷。旧诗另刊《河上集》，以端体制。附录《新诗短论》也删去了。余诗字句上略有修改。初版里偶有错讹，一律更正。去留的标准，什七八依著者临时的好恶，什二三依读者非我而当的批评。

去年冬，平伯从上海寄示《西还集书后》一篇，以为序视书的体裁而有，诗歌不宜有序，实觉先得我心。所以初版内的俞序也删去了。

自己过去的陈迹，本来毫不介意，所以不大注意人家的批评。但批评有时恰当，也很足以令人明白过去，鼓舞现在，指导将来。非我而当的，已在修正版里遵办了，似不烦道。非我而不当与是我而不当的，言之无益。只有是我而当的，觉得不妨摘要录出，以答爱好雅意，以奋读者精神。除感谢各家批评的指导外，谨摘录是我而当的诸家评语如次：

蕙声玫声沙华评:"海阔天空的胸怀,亲和爱好的心肠,我们可以在他的诗里尽量的感到。"(见《学灯》)

潘力山评:"就你诗集全体论,旧诗已经做到水平线上了,但很少出色的地方。或者旧诗已经做了几千年,看厌烦了,无论何人做不出色来,也未可知。新诗各首有各首的趣味。我尤爱读的是《庐山纪游三十七首》。这三十七首诗,真见你的本领;从头到尾,好像一篇文章;中间描写得很细腻,而结构又非常雄浑;好似古人《东征》《西征》的长赋,又没有他们那样沉闷。在白话诗中,像这样的著作,我才见头一回呢。其次《日光纪游十一首》,也是这一类的著作。"

刘英士评:"《庐山纪游》有传的价值,其雄壮处或胜《归来大和魂》,只是在西湖做的未免太逊色了。"

李俊漳评:"《草儿在前集》是写的。"

叶伯和评:"诗是用文字来描写情绪中的意境的。但有些人偏重刻绘;有些人偏重音律。你的诗似乎可分出三个日期。第一期如《送客黄浦》,《暮登泰山西望》等首,是两面兼顾的,而稍带词曲的音调。后来乃专重写生的诗笔和自然的音节。如《江南》,《从连山关到祁家堡》等首,便要算第二期。此期内的诗多用排偶句子,足以使人感受整齐的美,但微觉有律诗中板滞之嫌。第三期当从《太平洋飓风》起。此诗的气魄,虽不能说后绝来者,真是前空古人了。"

梁实秋评:"写景是《草儿在前集》作者所最擅长,天才所独到。……

"《日观峰看浴日》一首,描写的工夫,可谓尽致了……但是这首诗本来是容易做得出色,因为登泰山看浴日,本是一幅极雄丽奇诡的景致,非寻常的一山半水可比。惟以景越新奇,描写起来便容易捉着一个深刻的印象,更容易兴起高超的意境。……所以只就《日观峰看浴日》一首,我们或者还看不出《草儿在前集》写景诗的超迈。试看描写天安门前人人经验的景象的《晚晴》。……越是平常的景致,越要写得不平常，才能令读者看得上眼。即如天安门前的景象，是北京市民司空见惯的了，也是作者常常经验到的了，所以难写得好。而《晚晴》这首却是恰到好处——以红色作了通篇的骨子，由红日联想到红脸红手红帽子红影子红墙红楼，直令读者感觉到一片红光耀眼！如看一幅敷满红色的水彩画一般！在一片红光里反衬着蓝玉黄瓦绿瓦金烟，就更合乎画家所讲求的色彩的节奏了。写景能如此，不愧设色的妙手了！"

又评："……《送客黄浦》一首，可推绝唱。意境既超，文情并茂……"

又评："《草儿在前集》隐寓着人道主义的意味。"

又评："《草儿在前集》作者游到庐山所发的感想，如设学校，安发电机，开矿，培植森林等等，都是些教育家实业家政府官吏的事……。想来作者是受了科学洗礼，处处讲求实用，处处讲求经济，以致于对着明山媚水重岚叠翠，不取尽量享受自然的美，而抱着功利主义，想去征服自然！"（见《清华文学社丛书》）

胡适评："白情在他的诗里曾有两处宣告他的创作的精神。他说：

凡经我做过的都是对的。

他又说：

我要做就是对的；

凡经我做过的都是对的。

随做我的对的；

随丢我的对的。

我们读他的诗，也应该用这种眼光。'随做我的对的'是自由；'随丢我的对的'是进步。"

又评："白情的《草儿在前集》在中国文学史上的最大贡献，在于他的纪游诗。中国旧诗最不适宜做纪游诗，故纪游诗好的极少。白情这部诗集里，纪游诗差不多占去十分之七八的篇幅。这是用新诗体来纪游的第一次大试验，这个试验可算是大成功了。"

又评:"占《草儿在前集》八十四页的《庐山纪游》三十七首,自然是中国诗史上一件很伟大的作物了。这三十七首诗须是一气读下去,读完了再分开来看,方才可以看出他们的层次条理。这里面有行程的记述,有景色的描写,有长篇的谈话;但全篇只是一大篇《庐山纪游》。自十六至二十三,纪五老峰的探险,写的最有精采,使我们不曾到过庐山的人,心里怦怦的想去做那种有趣味的事。"(见《读书杂志》)

最后,作诗原属游艺。偶然著诗自娱,偶然初版,偶然修正,偶然辍笔,都不过随兴所之,无关宏旨。此后批评,凡在文艺鉴赏范围之内,无论是否,一律欢迎。但诗宣性情,触物感兴,就是著者自己也未必能尽究指归。见仁见智,全看读者。拘拘作答,似乎不必。这是要请读者见谅的。

一九二三年七月十五日,

康洪章序于旧金山侨次。

(选自1924年《草儿在前集》)

新诗底我见(有引)

康白情

我早就有个野心要系统的著一篇"诗底研究。"后来看范围太大了,只得想缩小一层,著一篇"新诗底研究"。这还是半年以前底事。及到《少年中国》预备出"诗学研究号",我就着手预备著这篇文章,把我所能够找得到底参考书都找起来了。但书越参考得多,越觉得自己怀疑,越不敢下手,以致至今没有成就。就今日想来,这个题目还是太大了,不能不更缩小一层。这一篇《新诗底我见》就是一缩再缩底结果,仅以写出来发我对于新诗底直觉的。

这时候我正在繁忙的上海整日价的奔走,实在不能作文;不过为了或种的需要，勉强草成这篇，只能当他一个"例解"或者一个"总目"，等到稍有余暇，才把他实验的，思辨的，批评的，修改的，细密的重著出来。只是这些虽是我底直觉，却是自以为都有科学的根据，或者得于朋友间相互质难底结果。去年我过南京底一夜，为了"新诗是贵族的"底一个判断，我和六个朋友，舌战了三点多钟，毕竟两不相让，我在主义上承认了他们的，他们在真理上承认了我的。这种的辩论很有价值。我很愿对于新诗有兴趣底朋友些，对于我底直觉有怀疑底地方严格的批评，庶几到底求得一个是处，更能发现许多的新义，使我能于重著这篇底时候格外精详，或者尽改今日底论点，那更是真理之幸了！

一个科学家，他并不在以娴于科学史，科学通论，和科学方法论等等见称，而贵能具体的发见几个科学上底事实或真理。文学家也是这样：不仅在能批评，而在能创造。有些鄙薄批评的，说，做文学家不成功就去做批评家，甚而至于说，批评底书是教书匠看的，虽属偏激之论，也足见空论不足尚了。即如这篇所要说的都是些"甚么是甚么"，"为甚么"或"怎么样"，仅足以给我们一些抽象的观念，而不能直接助我们产生真正的作品；能直接助我们的，还是要"甚么"。所以我以为与其研究关于作品底空论，宁肯观摩古今真正的作品，而与其观摩别人底作品，又宁肯自己去创造。新诗底精神端在创造。我愿世间文学的天才，努力探寻宇宙底奥蕴，创造成些新诗，努力修养，创造自己成一个新诗人！

"要煮清茶，
须亲到山头去找源泉去。"

一

劈头一个问题，诗究竟是甚么？

怀疑是不中用的。这不妨姑且独断的说：在文学上，把情绪的、想像的意境，音乐的、刻绘的写出来，这种的作品就叫做诗。

那么都是诗了，怎么又有新诗呢？

新诗所以别于旧诗而言，旧诗大体遵格律，拘音韵，讲雕琢，尚典雅。新诗反之，自由成章而没有一定的格律，切自然的音节而不必拘音韵，贵质朴而不讲雕琢，以白话入行而不尚典雅。新诗破除一切桎梏人性底陈套，只求其无悖诗底精神罢了。

那么诗和散文没有分别了？

不然，有诗的散文；也有散文的诗。诗和散文，本没有甚么形式的分别，不过主情为诗底特质，音节也是表现于诗里的多。诗大概起原于游戏冲动，而散文却大概起原于实用冲动。两个底起原稍异，因而作品里所寓底感情不同，因而其所流露底节奏也有差别，因而人一见就可以辨其为散文为诗。若更要追寻为甚么？便只好诉诸直觉了。

宇宙间底事事物物，无一样不是我们底诗料。他们都活鲜鲜的等着，专备诗人底运用。巧匠把断瓦残砖盖成一所华屋，拙匠把采橡丹楹弄来没有了颜色，其操持都在匠心和匠手。物如的世界元是蠢的；经过心底锻炼，才觉得有些美；更淘去较粗的美，而把更精的充量的表出来，就是艺术。以热烈的感情浸润宇宙间底事事物物而令其理想化，再把这些心象具体化了而谱之于只有心能领受底音乐，正是新诗底本色呵。

"我想世界上只有光，

只有花，

只有爱！"

二

旧诗底好的，或者音调铿锵，或者对仗工整，或者词华秾丽，或者字眼儿精巧，在全美底一面，也自有其不可否认底价值，为甚么要有新诗呢？我想为了种种的逼迫，这实在是必然的倾势：

（一）社会上经济的组织不完善，人不聊生，于是对于旧的制度文物，一切怀疑，而各色新的主义应运而生，就诗坛也不能不受其潮流底撼动：一面因惯过繁赜的生活，脑质疲劳，经营物质的生活之余，更无暇用心于纤巧的事，自然见着烦琐的东西就觉得十分烦腻，想根本改造他；他一面却因思虑过多而致脑力衰弱，转成深思底病，又觉得肤浅的作品，不能满足我们享乐底欲望，谨严的格律，简单的形式，不能装入我们深远的思想，那么只好另开境界了。你看《变风》《变雅》作于周室之衰；辞赋作于战国乱离底时候；五言盛于汉底末世；七言成于五胡乱华之后；如词如曲，都正当宋元忧患底际会生成。这些都是因经济的关系而起内的反应，可以引证的。

（二）庚子拳变以后，从枪炮以至学术思想，逐渐输入中国，中国人逐渐有了科学的脑筋，于是在诗里也不免要想得一些具体的观念；旧诗拘于形式，不能应我们底要求，只得革命。

（三）法兰西大革命后，自然主义的文学勃兴，而诗坛也有一个大解放。明治维新后，日本底诗坛起了大扰动，直由新格律而进为"自由诗"，由华词而进为白话。近几年这种法兰西风和日本风传入英格兰和美利加这两处又起了诗国底大革命。大抵麦饭遇着酒娘少有个不发酵的。

辛亥革命后，中国人底思想上去了一层束缚，染了一点自由，觉得一时代底工具只敷一时代底应用旧诗要破产了。同时日本英格兰美利加底"自由诗"输入中国而中国底留洋学生也不免有些受了他们底感化。看惯了满头珠翠，忽然遇着一身缟素的衣裳，吃惯了浓甜肥腻，忽然得到了几片清苦的菜根，这是怎么样的惊喜！由惊喜而摹仿；由摹仿而创造。去年有许多的新诗，又已回输过日本去了。

（四）物穷则变。诗由三百篇而辞赋，而乐府，而五言，而七言，而词，而曲，都是循着一定的程径，由体裁底束缚而变为自由的。到了曲，辞句已经用白话了，体裁已经很自由了，不作散文的诗，更叫以怎么变去呢？

（五）从历史上看来，人群思想底进化，是从法古而至于法今，从师人而至于师己，从地方的而至于世界的。新诗以当代人用当代语，以自然的音节废沿袭的格律，以质朴的文词写人性而不为一地底故实所拘，是在进化底轨道上走的。——进化非人力所能挡得住的。

有了这些逼迫而知道新诗底成就是绝不可免的。为了文学底进化，我们不可不为新诗努力。新诗底美，深藏在官快的美底第二层。我们要舍得丢掉那些铿锵的音调，工整的对仗，秾丽的词华，精巧的字眼儿，庶几真正的新诗可得而创造了。

"暴徒是破坏底娘；

进化是破坏底儿。

要得生儿，

除非自己做娘去！"

三

但是，新诗底要素是写甚么，也不可不再为商量。普通做诗。照前面说过的，是把情绪的，想像的意境，音乐的，刻绘的写出来。所写的是内容；写的是形式。新诗既有别于旧诗，我们尽好更具体的给他们一个分别罢。

就形式说，有音乐的和刻绘的两个作用。音乐的是音节；刻绘的是写法。

（一）旧诗里音乐的表见，专靠音韵平仄清浊等满足感官底东西。因为格律底束缚，心官于是无由发展；心官愈不发展；愈只在格律上用工夫，浸假而仅能满足感官；竟嗅不出诗底气味了。于是新诗排除格律，只要自然的音节。

情发于声，因情的作用起了感兴，而其声自成文采。看感兴底深浅而定文采底丰歉。这种的文采就是自然的音节。我们底感兴到了极深底时候，所发自然的音节也极谐和，其轻重缓急抑扬顿挫无不中乎自然的律吕。不要说诗，我们但读文学家底散文，其音节底和谐，不但可以悦耳，并足以悦心，使我们同他起同一的感兴。又不要说散文，我们但听演说家底演说，其音节底和谐。也不但可以悦耳，并足以悦心，使我们同他起同一的感兴。这都是情动于中而形于言，莫知其然而然的。无韵的韵比有韵的韵还要动人。若是必要藉人为的格律来调节声音而后才成文采，就足见他底情没发，他底感兴没起，那么他底诗也就可以不必作了。感情底内动，必是曲折起伏，继续不断的。他有自然的法则，所以发而为声成自然的节奏；他底进行有自然的步骤，所以其声底经过也有自然的谐和。音呀，韵呀，平仄呀，清浊呀，有一端在里面，都可以使作品愈增其美，不过总须听其自然，让妙手偶然得之罢了。

诗要写，不要做；因为做足以伤自然的美。不要打扮而要弊整理；因为整理足以助自然的美。做的是失之太过，不整理的是失之不及。新诗本不尚音，但整理一两个音就可以增自然的美，就不妨整理整理他。新诗本不尚韵，但整理一两个韵就可以增自然的美，又不妨整理整理他。新诗本不尚平仄清浊，但整理一两个平仄清浊就可以增自然的美，也不妨整理整理他。"罗衣何飘飘，轻裾随风旋！"没有平仄；但我们觉得他底调子十分高爽。因为他有清浊。"江南好采莲。莲叶何田田！鱼戏莲叶间。鱼戏莲叶东。鱼戏莲叶西。鱼戏莲叶南。鱼戏莲叶北。"没有格律；但我们觉得他底调子十分清俊。因为他不显韵而有韵，不显格而有格，随口呵出得自然的谐和。"滴滴琴泉。听听他滴的是甚么调子？"既没有韵，也没有清浊；但我们觉得他底调子十分响亮，而且有些神奇。因为他有平仄而兼有音——就是双声和叠韵。总之，新诗里有音节底整理，总以读来爽口，听来爽耳为标准；若到真妙处，更可以比官快更近一层。太戈尔底《园丁集》里说，"你那样软笑低吟，不是我底耳，只有我底心能听"。要到只有心能听，那更不用说有了自然的音节，就四围都无处不是韵了。

（二）刻绘的作用，在把我底感兴，完全度与读的人。我底感兴所以这样深，是由于对于对象得了一个具体的印象；读的人是否能和我起同一的感兴，就看我是否能把我所得对于对象底具体的印象具体的写出来。我们写声就要如听其声；写色就要如见其色；写香若味若触若温若冷就要如感受其香若味若触若温若冷。我们把心底花蕊开在一个具体的印象上，以这个印象去勾引他底心；他得到这个东西，便内动的构成一个，引起他自己底官快；跟着他再由官快进而为神怡，得到美底享乐，而他底感兴起了。这个似乎说，诗是为人而作的；其实不然。就功利说，这种的写法都是为了读的人，而就动机说，只不过是迫于艺术冲动而为自己表见。我底诗一脱稿，我自己也就成了读的人了。能引起我底感兴底再生，就能引起别人底感兴底共鸣。你看"小胡同口，放着一副菜担，——满担是青的红的萝卜，白的菜，紫的茄子；卖菜的人立着慢慢的叫卖"。我们读了就如看见的一样。"忽地里扑喇喇一响，一个野雁飞去水塘。仿佛像大车音波，漫漫的工——东——当。"我们读了就如听见的一样。这就是具体的写法就是刻绘的作用。——这本是文学里应具的通德，不过旧诗限于格律，不能写得到家；如今新诗和散文携手，自然更能写得到家了。

就内容说，有情绪的和想像的两种意境。

（一）诗是主情的文学。没有情绪不能作诗；有而不丰也不能作好。勿论紧张或迟缓，兴奋或沉抑，而我们底感情上只有快不快。由是勿论我们底情绪为欢乐为悲哀，都可以引起我们底美底感兴，而催我们作诗，——甚且愈悲哀，在诗人底味上觉得愈美。诗人不必是神经质的；但当其诗兴大发，不可不具神经质底作用。诗人看世界都是有生气的；因为要有生气才有死气，要有美和丑底对比才生快不快底感情。我们看一个砚池：看他和即墨黑公管城毛公会稽楮先生相与为友，镇日都遇的很清洁的生活；他在案上静着，自然幽雅的和他们傍着；动的时候，便互助的成就许多有益的事。我们在这里，觉得十分羡慕他，不管他有不有诗意，但至少总起了一点好玩儿的感兴。又看他静便静着；动便动着；机械的忙着而不知道为的甚么；成就许多有益的事而于他自己无与；就和些朋友一块儿生活着，也只是不得不然，随便应酬罢了。我们在这里，又觉得十分可怜他，不管他有不有诗意，但至少又总起了一点无聊的感兴。原来宇宙只是一个真，不管人间底美不美。但人间要把他看作美或看作不美，他却没有法子拒绝的。情绪是主观的，而引起或寄托情绪的是客观的。我们要对于宇宙绝对的有同情，再让他绝对的同情于我，浓厚的情绪就不愁不有了。

（二）有浓厚的情绪而没有丰富的想像去安排他，毕竟也不中用。我们要让死气的世界都带了生气，都着了情底彩色，非想像不为功。要把所要的材料，加以剪裁，使其适合尺度，也非想像不为功。要把所得的材料，加以调整，构成所要□东西，更非想像不为功。想像抽这一个印象底这一节，又抽那一个印象底那一部，构成一个新意境，构成一个诗的世界。

还有几样东西，不是言语所能说得明白的，也提个影子。第一，新诗在诗里本是要图形式底解放的，那么就甚么体裁也不能拘，而尚自由的体裁。次则遣词要质朴而命意要含蓄。《红楼梦》所以令人百读不厌呢，因为他底命意都不是裸然显露的。含蓄并不是要隐晦；明瞭并不是不能含蓄。甚么"温柔敦厚"哪，是属于作家个人的修养和社会底风教，和这个无关；不过使言有尽而意无穷，令读的人一唱而三叹，是艺术上可以做得到的。不然，一看就尽，味同嚼蜡，简直宁可不作了。再次则神秘固不是诗里必须的东西，但因其中乎人类底天性，也可以兴起一种美感，所以有时因想像而涉于神秘，也正不必排去的。最后就是风格要高雅。怎么样才是高雅？这是很难说的，而且也非纯靠艺术所能达到的。我在这里，只好要求新诗人自己努力于人格底完成罢了。

"四围底人籁都寂了。

只有妳缠绵的孤月

尽照着那碧澄澄的风波

碰着船毗里绷埌的响。

我知道人底素心，

水底素心,
月底素心——一样。
我愿水送客行,
月伴我们归去!"

四

新诗底大旨大概是这样了。我对于他还有几条意见,也不妨拉杂写出来:

(一)新诗在诗里,既所以图形式底解放,那么旧诗里所有的陈腐规矩,都要一律打破。最戕贼人性的是格律,那么首先要打破的就是格律。新诗并不就是指白话诗:白居易底诗老妪可诵,宋儒好以白话入诗,宋元人底词曲也大体是白话,但我们不能承认他们是新诗。新诗也并不就是指散文的诗:《论语》纪子路遇荷蓧丈人底事;陶潜底《桃花源诗记》和屈原宋玉苏轼他们底几篇赋,都可以说是散文的诗,但我们也不能承认他们是新诗。对于文学,在"当代人用代语"底原则里,我主张做诗的散文和散文的诗:就是说作散文要讲音节,要用作诗底手段;作诗要用白话,又要用散文的语风。至于诗体列成行子不列成行子,是没有甚么关系的。

每每的诗里必要用韵;就好用韵来敷衍,以致诗味淡泊,不堪咀嚼;新诗重在精神,不必拘韵,就偶然用韵以增美底价值,也要不失自然。

修辞的工夫虽不可少,但绝不可流于过饰;葩藻之词盛,自然言志之功隐了。所以我们底诗,要在质朴,真挚,清洁里讨生活,不要在典丽,矫饰,秾艳里讨生活。但不过饰呀,并不是说可以蓬头跣足。西子花钿宫装,固有损她底自然的美;要使她蒙一块下灶布见客,人又不能不掩鼻而过之了。

还有,文法也是一个偶像。本来中国文里,没有成文的文法;就使有文法;只要在词能达意底范围里,也不宜过拘。在散文里要顾忌文法；我已觉得怪腻烦的；作诗又要奉戴一个偶像，更嫌没有自由了。而且零乱也是一个美底元素。我们只求其美，何必从律？杜甫底"红稻啄余鹦鹉粒，碧梧栖老凤凰枝"，这种的倒装句法，本为修辞家所许可的，不能以通不通去责他。所以我在诗坛，要高唱"打破文法底偶像！"

（二）新诗和旧诗，是从形式上分别的，一种形式可以装勿论甚么种精神。所以新诗不必要装一种新主义，以至勿论一种甚么主义。即如白话文，就是一个形式的东西，可以拿来作鼓吹无政府主义底传单，也就可以拿去作黄袍加身的劝进表。新诗也是这样：可以嘲咏风月，也就可以宣扬风教，可以夸耀烟云，也就可以讽切政体；可以写"男的女的都在水田里"，也就可以写"鸳鸯瓦冷，翡翠衾寒"。就说平民的文学罢，一种是实写平民的生活，一种是使平民都能了解。"腰镰刈葵藿，倚杖牧鸡豚"，可算是实写平民的生活了；而我们不能当他作新诗。"不来湖中红藕，不认风前乌臼；留取一丝情，系在白门疏柳。回首！回首！看是谁将心负！"可算使平民都能了解了；而我们也不能当他作新诗。反之，把东西洋旧时讴歌君王，夸耀武士底篇章，用新诗底形式译出来，我们却不能不承认他是新诗。可见诗了诗，主义了主义——新诗固不必和甚么新主义一致了。

进一步说。就是在文学上底甚么主义，新诗也不必有的。和古典的不相容，不用说了；旧诗甚么浪漫的哪，自然的哪，象征的哪，也不是一个新诗人自己该管底事。我们做诗，尽管照我们自己所最好的做去，不必拘于一格。至于我们底作品究竟该属于那一格，留与后来的文学史家作分类底材料好了！

这些，勿论怎么样，总是知识上底事；感情上我却怎么样呢？我觉得"我"就是宇宙底真宰。我想完成"小我"以完成"大我"。我觉得做人是我们底事业，发挥人性是做人所必具底条件。我想从兽性和神性底中间，找出人性来。我觉得劳动是我们底天职，田野是我们底花园，劳动家是我们底好朋友。我想和些好朋友，走到花园里，去找诗的生活去。

（三）新诗的精神端在创造。因袭的，摹仿的，便失掉他底本色了。做一首诗就要让这一首诗有独具的人格。如果以前有了这么一种诗情，以后的就可以不必再作了；因为两美并立，便两败俱伤，何必多此一举呢？而况事实上并不能两美并立呢？

（四）诗和词底分别，也只在乎形式而不在乎精神。所谓"词士轻偷，诗人忠厚"，只关一时代底风化，不能推以为诗和词底分别的。词和曲底分别也是这样。新诗既可以创造，"新词""新曲"又有甚么不可以创造呢？所以有不讲格律，而其体裁风格和词曲太相近的，我便想要武断他为"新词"或"新曲。"

我所以要分出"新词"和"新曲"，是怕把新词底体裁风格混卑了。

我以为就是一种形式的东西，也各有其独具的精神。如诗如词如曲以至新诗"新词"和"新曲"，都该各有领域，不容相混。要做旧诗，就要严守格律。填词就要倚声；作曲就要按谱。我们依格律作一首白话诗，只能叫他做非古典主义的古诗或律诗，不叫他做新诗一样，我们用白话作的诗或曲也只能叫他做非古典主义的词或曲，不能叫他做"新词"或"新曲"。甚且就勿论用文言或白话作一种讲格律底东西，如果错了些须规矩，就不能还说他是那一样东西。例如填一阕"烛影摇红"我们改了他几个平仄节奏，就不能还说他是"烛影摇红"，最好是给他另起一个名字。因为我们自己底东西要保有个性，就不能不尊重别人的个性呵。

（五）新诗也可以唱的。因为只要有一串声音，就可以唱的。这个话不用我注释，朱熹答陈体仁底信里说："来教谓，'诗本为乐而作，故今学者必以声求之；则知其不苟作矣'。此论善矣。然愚意有不能无疑者。盖以虞书考之，则诗之作，本为言志而已：方其诗也，未有歌也；及其歌也，未有乐也；以声依永，以律和声。则乐乃为诗而作，非诗为乐而作也。"那么新诗可以唱，就勿庸置疑了。

我很愿能为新诗制成些乐谱。但一种乐谱，只许套一首新诗，而一首新诗却可以有几个乐谱。——

（六）诗是主情的文学；诗人就是宇宙底情人。那么要作诗，就不可以不善养情。

但是感情和知识每每是不能并容的。我们底知识够了，我们底感情就薄了；又怎么样办呢？我想只好让感情和知识各向偏方面发展，而不取其调和。就是说：在科学上要痛用知识，而不掺入感情；在诗上要痛抒感情，而不必顾忌知识，——我还说，在事业上要痛持意志，而不可为感情知识所动摇呢。

科学给我们说：花是生殖植物底器官；恋爱是兽类性欲的冲动；就人间种种精神上底动作，也不过是为生活底要求罢了。这么一来，诗人就根本破产了！我们在这里，只好佯作不知，任我们底冲动去做；冲动到了那里，我们就做到那里。就使知识明明给我们说，世界底前途没有希望，我们至少也还要存个悲观；因为就是悲观，也还有些悲哀的情绪，也就还可以有为。要是因知识到家之故而生超苦乐观，那简直可以说是有了佛性；有了佛性，恐怕就会要没有人性了！正要知其不可而为之，才有人生底趣味呵！

（七）诗起原于自己表见底艺术冲动。当其自己表见底时候，有实用底意义和价值；及其既成，便觉得有精神的美，而生一种神秘的快乐，又有快乐底意义和价值。所以诗是"为人生底艺术"和"为艺术底艺术"调和而成的。但有偏主前一说的说，诗不问工拙，唯其志。又有偏主后一说的说，诗不问善恶，唯其美。实际，没有志不能作诗，既成诗就终归是言中有物的；而没有美便不成其为诗了。不过诗底风格，系乎作家底人格。即如朱熹说，"齐梁间人诗，读之使人四肢皆懒慢不收拾。"人间固有以四肢皆懒慢不收拾为美的；能使人这样，就是他们底艺术；只是风格太卑了。我们说诗，处处都要他于世道有补，固未免"头巾气"太重，然而在自己表见之内而不能以最高尚的人格表见于最高雅的风格里，也是诗人底羞了！

唉！不谙"高山流水"之韵的呢，"打骨牌"就工了。不乐缟衣綦衿之雅的呢，绿衣黄裳就美了。为了人生，我们怎么可以不唱诗底高调呢？

（八）"平民的诗"，是理想，是主义；而"诗是贵族的"，却是事实，是真理。怎么说呢？艺术冲动底起，必得当人生底静观底时候。我们正役心于人生底奋斗，必不能作诗。即如说伏羲以佃以渔，做网罟之歌，恐怕也是要晒网底时候才能作的。大多数，大多数的人是终日奋斗的。我们不能使大多数的人作诗，足证诗底起原是贵族的了。又，审美观念底起，也必得当人生底静观底时候。我们正役心于人生底奋斗，必不能作艺术底鉴赏。即如西湖底"船家"，我们要同他谈湖光怎么样潋滟，山色怎么样空濛，他一定是含糊答应的。大多数，大多数的人是终日奋斗的。我们不能使大多数的人都得诗底享乐，足证诗底效用又是贵族的了。而从历史上观察，社会是进化的；但诗也是进化的。大多数的人文化程度增高，少数人底文化程度更增高了。我们没有法子齐自然底不平等，那么据过去算将来，又有十之八九是贵族的了。

惟其诗是贵族的所以从诗底历史上看，他有种种形式的变迁，而究其实一面是解放一面却是束缚，一面是容易作，一面却是不容易作好。你看从三百篇以至词曲，作品底数量叠有增加，而其重量和数量底比例率恐怕只有减少，就可以知道了。

惟其诗是贵族的，所以诗尽可以偏重主观，触物比类，宣其性情，言词上务求明瞭，只尽力之所能及而不必强求人解——见仁见智，不是作的人所宜问的。

勿论怎么样，感情终归是不可以理解的。真理虽是这样，我们却仍旧不能不于诗上实写大多数的人底生活，仍旧不能不要使大多数的人都能了解，以慰藉我们底感情。所以诗尽管是贵族的，我们还是尽管要作平民的诗。夜深了！夜深了！我们总渴盼明天快天亮哟！

"我们叫了出来，

我们就要做去。"

五

好，要说到新诗底创造了。不过这是没有挨方子的，只好略述我自己底经验。

新诗底创造，第一步就是要选意。在诗人底眼里，宇宙就是一首大诗。所以诗意是随时有的，只等我们选其味儿浓厚的写出来罢了。我们说选意，却不是有意的去选而是无意的去选。就是说，有了深刻的感兴，又迫于艺术冲动，不得已而后作；如果有几分得已，觉得也可以不作，那便是这个诗意不好，竟可以爽性割爱；或者觉得弃之可惜，而笔又不愿意写，那便是我们底诗兴不浓，也竟可以爽性割爱。

一个新诗人要怎么样修养呢？

（一）"问渠那得清如许？为有源头活水来。"不是说要清源才有清流么？我尝说："苏轼底文章以理胜，韩愈底文章以气胜；而他们俩的都能出奇制胜，奔放自如。但初读苏轼的，觉得他底文笔很好；而继读韩愈的之后，才觉得他的一落千丈了。这就是他底人格底高尚不及韩愈。"推到诗坛要得高雅的作品，先要诗人有高尚的理想，优美的情绪；要先要他有高尚的人格；要得他有高尚的人格，先就不可不让他作人格底修养。

人格是个性的，我们完成我们底个性，使他尽量从偏方面发展，就是完成我们底人格。如李白底飘逸，杜甫底沉郁，高岑底悲壮，孟郊底刻苦，都各有所偏；偏到尽头，就是他们底人格底真价。如有主张要有中和之气的，就要极端的偏于中和；中和到尽头，也就是他底人格底真价。人格底修养没有甚么，只是要发展一个绝对的个性罢了。

（二）作诗本来靠天才，但知识不充，就天才也有时而尽。所以又要有知识底修养。杜甫说，"读书破万卷，下笔如有神！"这就是他亲笔的供状，就是知识底修养底第一个条件。但读书并不是说止于诗学一类底书，更须及于美学，修辞学，社会学种种，而自然科学也须加以涉猎。他底第二个条件就是观察。观察有两种作用：一种是证明书本的知识；一种是撷取经验的知识。观察有两个对象：一个是自然，要穷究宇宙底奥蕴；一个是社会，要透见人性底真相。

（三）学问叫我们能知；艺术叫我们能做。所以又要有艺术底修养。这个可以得两种方法。直接的方法，在乎实习；只须我们常做，自然我们作诗底艺术日比一日的好起来了。间接的方法，在乎从旁面取观摩之资。美在诗里底形式的表见，属于空间的是词句，是体裁；属于时间的是音节，是风格。而可资以为观摩的，又可以得两件事。第一是多读有价值的作品：不但中国的要读，就外国的也要读，不但要读诗，并且要读美的散文；并且读底时候，要看上眼，听上耳，读上口。第二是多习几种美术：图画可以使我们底诗里有色；音乐可以使我们底诗里音节和谐；雕刻造型种种美术可以使我们作诗曲尽刻绘的作用之妙；只是习底时候，也要看上眼，听上耳，做上手。

（四）诗是主情的文学，我已再三说到了。没有浓厚的情绪，甚么诗也作不好的。所以，最后，还要有感情底修养。关于这个，有三件事可以做的，第一是在自然中活动。作诗要靠感兴；而感兴就是诗人底心灵和自然底神秘互相接触时，感应而成的。所以要令他常常生感兴，就不能不常常接触自然。我底畏友宗白华说："直接观察自然现象底过程，感觉自然底呼吸，窥测自然底神秘，听自然底音调，观自然底图画。风声，水声，松声，涛声，都是调声底乐谱，花草底精神，水月底颜色，都是诗意诗境底范本。"他底话要是不错，那么自然又不仅是催诗的妙药，并且是诗料底制造厂了！第二是在社会中活动。感情里最重要的元素是同情；而其最重要的，更是对于人间底同情。同情是物理上底共鸣作用，是要互相接触才能生的。而同情底深浅，又和互相接触底次数成正比例。秀才对于八股文有浓厚的同情；因为他底比邻只是八股文。尼姑对于人生没有同情；因为她见着人生就跑，所以愈跑就愈远了。我们要对于人间有同情，除非在社会中活动。我们要和社会相感应而生浓厚的感兴，因以描写人生底断片，阐明人生底意义，指导人生底行为，庶几可以使诗人无愧为为人生底艺术。第三是常作艺术底鉴赏。因为不过美底生活，不能免掉人生底干燥。如音乐，如图画，如文学，种种艺术，非常事鉴赏，不足以高尚我们底思想，优美我们底感情。

总之，勿论一件甚么事，都不是偶然可以做到的。惟愿我们以最经济的方法，努力做去罢了。

"多挖几锄，

多收成几颗。"

一九二〇年三月二十五日，在上海。

（选自《少年中国》1920年3月第1卷第9期）

李思纯

会员通讯(致宗白华)

李思纯

白华兄：月刊近来的文学色采，浓重极了，"诗学研究号"出了两册，内容是人人共见的此外田汉君的文艺丛著，和你与田郭两君合著的"哥德研究，"也要出版，这样新鲜活泼"艺术的少年中国"，真要引起全国极浓郁的兴味诗学研究号中，体大思精的著作，要算诗人与劳动问题，其余也都可观。白情的一篇，可算"美的白话文"，虽是议论批评体的一篇 Prose，其中却大有诗意，我是爱读得了不得。新诗的创造，不过最近两年内的事；但突飞猛进的程度，却是一日千里，近来的作品，虽不能说怎样好，却比一年前"半旧体"的新诗，精神面貌，都大大不同。我最爱读的，是太玄白情和郭沫若君的，太玄是深思的人，他的诗洗净了从前旧诗的精神面貌，他用细密的观察，自然的诗笔，去写出"自然"与"象征"的诗，最近我往巴黎会见他，看见他的近作"一件事"，描写的是闹市中的一条狗，和月刊第九期登出的"黄蜂儿"，都是 Symbolism 的作品，我觉得要算我看见的新诗中最好的了。白情有诗人的天才，他的驰骋奔放，心花怒开，使人读了非常爽快。他是胆大的，纵感情的，他尤工于景物的描绘，"桑园道中"，"暮登泰山"，"江南"等诗，虽有时借用旧诗的词藻，但他的活鲜鲜的赤裸裸的神气相骨，却不是格律谨严的旧诗中所能有的。沫若君的，又是别一种了。他的诗，有伟大沉黑的神秘思想，我称他为"德国式的神秘主义"，他的"凤凰涅槃"，命意和艺术，都威严伟大极了。他的"天狗"一首，仿佛是一种不可思议的"宇宙力"，意志的 energy 的表象。他的作品，有"哲学诗"的采色，不可以 mysticism 轻视了他。他们三位的作品，不过是我个人最爱读的，他们三位之外，自然还有许多良好成绩。总之，新诗的创造，确实有一日千里的进步了。原来诗的革命，也不是最近的事，二十年前的谭嗣同黄公度便早有此思想，但他们因为时代的缘故，究竟莫有打破旧体格，创造新体格的胆力勇气。就中谭嗣同是最大胆的了，他的诗，如"纲仑惨以喀斯德，法会盛于巴力门"，能使旧式作者，吐舌惊讶。他的诗集，自题为"三十岁前旧学第二种"，可见他确实有创造的思想。其次便是梁任公的"以旧风格，含新意境"的改革思想了。不幸这"不澈底"的改革思想，也渐渐沉寂了。二十年来，只听见险怪酸涩的江西派，和淫哇浅薄的南社体，纵横一世代表了老年的"北京遗老派"和中年少年的"上海流氓派"的思想，即是直接代表了"复辟""抢钱""饮食男女"的各方面思想。可怜二十年前改革的动机哪里去了。文字和思想的革命，狠不容易造成了现在的一线生机，我们岂可以不努力么？我对于新诗的意见，除了劝国内作诗的人，留意诗人的修养外，其次便是输入"范本"，多译和多读欧美诗人模范的名作我的意思，以为国的的文艺界，如诗歌小说戏剧等类能创造作品固是极好，否则宁肯多译模范的作品，作艺术的训练和养成也好。

国内近日"宗教说"狠发达，这也是文化运动中间一个特殊的现象。一年前痛诋宗教的人，现在也翻然大谈宗教起来，大约捕风捉影，听了"詹姆士也不反对宗教"，"罗素也赞成新宗教"的几句话，便改弦易辙起来。我不是对人立论，也不是对宗教立论，不过觉得智识界的指导人，若自己毫无定见，毫无一贯主张，轻于反对，也轻于赞同，弄来前后矛盾。又何怪一般社会，茫茫然无所适从呢？你主编的学灯栏里面有"佛学丛著"一种，我知道你是印度哲学的研究者，绝不是佛教的信徒。我半年前，过印度锡兰岛哥仑布市的时候，上岸见了一处佛寺，做了一首旧诗道，"布金无坏殿，说法废遗经，大教犹尘劫，浮沤况众生，寥天沙屿小，圆塔海潮明，白马西来客，凄凄向晚情"写与你看了，你可要笑我也是佛教信徒么？

我在此地，与慕韩朝夕相处，太玄幼春劼人都不时见，每与慕韩出去丛林野水边散步，便想听听你的玄言妙理，只可惜你不在此地。润玙时珍已在巴黎会面了，他们此刻，居住在德国的 Frankfort。是诗人哥德 Geothe 曾游之地。

我的学问，毫无进步，盼望你有暇时，常常写信，告诉读者的心得与我们。慕韩附候。

弟李思纯，六月十二日，法国蒙达尔尼。

（选自《少年中国》1920 年 9 月第 2 卷第 3 期）

诗体革新之形式及我的意见

李思纯

我对于新诗的创造问题，自来莫有敢轻易批评主张。现今关于新诗的文字除了胡适之先生外，少年中国也出了两本"诗学研究号"，都是研究这新诗的创造问题。我个人的意见，以为诗体革新的理由，无论何人，也不能非议。但对于现今的所谓新诗，艺术的方面，尽有使我怀疑之点。质言之，我对于现在的新诗，狠有不满足的地方，怀疑他已有代替旧诗的能力。这是我很望国内新文家的努力了。至于近年来国人的讨论，除胡适之先生略及于形式方面外，其他的讨论，都偏重于诗的作用价值，及诗人的修养。尽有人主张着眼艺术方面，却于诗的形式，大概存而不论。我认为诗的形式，是一个重要问题。因为他与诗的艺术，有甚深的关系。所以略述我对于形式上的意见。我知道国人方倡诗体解放的时候，我偏拘拘论及形式问题，必有人笑我为"卑之无甚高论"。但现今的新文家，如果有以创造新体，代替旧体的决心，那么，诗的形式方面，也不可太为忽视罢。

一九二十年九月十九日，于巴黎卢森堡园侧旅舍中。

（一）诗的艺术与诗的形式

诗的本体，不外是两方面。一面是属于思想的，所谓文学的内容。一面是属于艺术的，所谓文学的外象。内容的方面，是诗的精神。外象的方面，是诗的形式。宗白华君的新诗略谈说的："诗的定义，可以说是用一种美的文字，——音乐的绘画的文字——表写人类情绪中的意境。"又说："这能表写的适当的文字，就是诗的形。那所表写的情绪，就是诗的质。"他这说法，是我所赞同的。从这样看来，这诗的形，诗的外象，即是所谓"形式问题"。艺术的作用，完全属于形式的方面，外象的方面。而不属于质的方面，内容的方面。这是一定的道理，无可疑诘的了。

我们不满意旧诗的地方，完全属于形的方面呢？还是质的方面呢？我以为在旧诗那样固定的形式之下，还能自由运用，以极精巧的艺术，做到了无不能达之意境。那样艺术的美妙可惊，我们只有佩服。反言之，在我们现在这样自由的诗体，无格律的束缚，尽可以纵笔所之，而反做不出更好的诗来，真可以羞愧而死了。美的意念本无一定。有整齐的美，匀称的美。也有参差的美，零乱的美。旧诗的形式，是整齐的美，匀称的美。旧词旧曲的形式，是参差的美，零乱的美。这是人人知道的。新诗创造的形式，是以整齐匀称为美呢？还是以参差零乱为美呢？这是创造新体的人，不能不留意于下笔之先的。不可以"诗体解放无有定形"的笼统话，便敷衍过去。

如有人说："新诗的创造。注重在主义与思想。其美在内容而不在外象。质言之：便是重精神不重形式。"这话便大错了。精神与形式，不过一物的两方面，并非截然可分的二物。断莫有不重精神而形式能肖的。也莫有不重形式而精神能完的。中国一知半解的美术家说："中国画重精神，轻形式。外国画重形式，轻精神。"又说："中国画神似，外国画形似。"这都是理解不充的话。要知道中国画的随意涂抹，点画人物，神固然似，形又何常不似。外国画的临抚实物，按比绳尺，形固然似，神又何常不似。形神二者，岂是能判分为二的么？更如拟古派的画，刻意点线，究心轮廓，形既酷肖，神亦完足。印象派的画，捉一秒半秒钟光线印象，随意涂抹不循规距，或涂赭朱于人面，或旋垩白于牛头，神既酷肖，形亦不能谓不肖。可见形神两方，互相切合，一有所缺，两具不完。然则新诗的创造，岂仅能以精神胜于旧诗自豪。换言之，若艺术方面的形式上远逊旧诗。那么，精神方面，何能离形式而独完呢。

讲到图画，我们不仅称赏他画风的优美，画意的超脱。我们还得研究他光的明暗，色的浓淡，用笔的轻重疾徐。甚至画纸或绢布的粗细厚薄这种种的说法便是图画的形式了。讲到雕刻，我们不仅称赏他意态的自然，趣味的浑成。我们还得研究他肢体的尺度，筋肉的舒弛，甚至石质或铜质的美恶。这种种的说法，便是雕刻的形式了。讲到音乐，我们不仅称赏他精神的超妙，趣味的隽永。我们还得研究他音节的谐和，演奏的熟练，甚至器乐的良窳，这种种的说法，便是音乐的形式了。至于文学，何独不然。新诗创造的事，形式的艺术，与艺术的形式，确是其中一个问题。我们不希望诗体的改革，永远为幼稚粗浅单调的新诗。而希望他进步成为深博美妙复杂的新诗。此意大约为国人所同首肯罢。

（二）中国诗的形式与欧美诗的形式

无论何国的诗歌，大概起于民谣（Ballad）及抒情诗，（Lyric）此是中国与欧洲所同的。三百篇的国风，完全为当时的民谣及抒情诗。因古代语言的简短，所以成为普遍的四言体。（三百篇中虽有不仅四言的，不过偶然的例外）至汉魏而五言成体，间有七言。至唐宋而七言之体大备。宋元词曲长句至于十言或十余言。推其原因，无非根据语言之自然。语言简古，诗句不得不短。语言复杂，诗句不得不长。其中虽偶有创为三言及六言体的，因三言过于简短，不近语言之自然。六言颇近三言的"复合句"。所以两种都不能发达。中国诗体之所以必有若干"言"，正如欧美诗体之必有若干 Sallable。两者都根据于文字本身而成的。中国用单音的文字，一字为一音，所以必制定若干言，使每句的音节相等而谐和。欧美用合音的文字，一字为数音，音的长短不等，所以必制定若干 Sallable，使每句的音节相等而谐和。中国的五言诗，每句五个字，即是每句五个节音。欧洲的十二言诗，（Alexandrine）每句十二个 Sallable，即是每句十二个节音。这都是根据于文字本身的组织，为求音节的谐和，而天然造成的规范。

律诗所以别于古诗，便是平仄的形式。平仄的作用，也是为求音节的更谐和，而天然造成的规范。并莫有谁人，能具这样伟大力量，强定平仄，而能使全国从风的。我们看南北朝与初唐的诗，便可恍然于律体的蜕化。"木兰辞"为南北朝人的作品，全篇用儿女的口吻，自然的文句。但中间忽然参杂"朔气传金析，寒光照铁衣，将军百战死，壮士十年归"的四句。辞藻的锻炼，音律的谐和，俨然唐人律句。这便可以考见律体创兴的端倪了。此外邱迟的"风沉山尚响，雨歇云犹积"。江总的"相期红粉色，飞向紫烟中"。都以六朝人而暗合唐人的平仄音律。这可见为求音节的更加谐和，根据于语言之自然，与音节之自然，不知不觉，便造成了律体。鼓吹诗体改革的人，痛恨于律体之束缚。甚至有诋为矫揉造作，不近自然的。不知道当时律体之所以成，正是根据于语言与音节之自然，而更求谐和的原因哩。

词曲的创兴，是为求近语言之自然，而更进一步，为谐和的长短句。论者深不满意于词曲之为调所缚。不知调是根据于乐律，词曲为中国的"戏剧诗"，（Dramatio poem）与音律的关系很大。他的调，或则宏壮，或则凄丽，或则苦涩，各极其致。作者原可自由选调。至于曲，则作者更可增加逗字，移宫换羽，改变头尾，也是极自由的。所以词曲的作用，似乎束缚。其实是不过叫人活动于法律之中便了。

欧洲诗的发源，起于民谣。（Ballad）到了近世，大约概括的可区分为律文诗（Verse）及散文诗（Prose-poem）两种。律文诗的格律谨严，正不亚于我国的旧体。古代完全为律文诗，散文诗乃系起于近代。古代的律文诗，就形式上区别，大约为民谣，（Ballad）律文诗，（Verse）无定韵律文诗，（Blank-verse）抒情歌，（Ode）讽刺体诗，（Satire）十四行诗，（Sonnet）十二言诗（Alexandrine）各种。民谣与抒情歌，似是一物。但抒情歌比较有艺术的修饰，不似民谣的纯粹根据自然。无定韵律文诗，以莎士比亚为最多。讽刺体诗，别成一体，以英国十七世纪的德累登（John Dryden-1631—1700）为大家。十四行诗，是短诗之一种。大约分诗体为四段，前两段每段四行，后两段每段三行，合为十四行体。莎士比亚弥尔敦（John milton-1608—1674）大家的集中，也有许多美丽的十四行体。其作用略似中国诗中的绝句体。十二言诗为典雅的古体。每一行中，一定包括十二个 Sallable，是极为整齐的。现今还有不少的作者。律文诗的大概如此。其中的规律体裁，非常严密。Blank-Verse 一种，有人译作无韵诗，其实不过是无定韵罢了。

此外便是非律文的诗了。大别是两种：一种为散文诗，（Prose-poem）一种为自由句。（Vers libre）散文诗是以散文的形式，去表写诗中的情绪意境。自由句起源法国，不为音律所拘束。这两种都是近代欧洲所创兴的。中国的新诗运动，不消说是以散文诗自由句为正宗。但欧洲现在的诗人，仍是律文散文并行的时候。我们的新诗，是否还有创为律文的必要呢？这也是当研究的问题。

诗的音节形式，如果仍是诗体中的重要原质，那么我们便得谈谈欧美诗的形式。欧美古代律文诗的规律，极为复杂。便在现刻，除了散文诗与自由句外，诗中的音节格律，仍是细密。约举如下面的几种：（一）

节音，(Sallable)其意义等于中国诗之所谓"言"。每句里有一定的节音，使诗体的音节谐和。(二)叶韵，(Rhyme)通常是指的句末用韵。句末用韵，能使音节加倍铿锵，这是中外所同的。(三)叶律，(Metre)是每句中的音节整理，使其谐和。(四)骈句，(Couplet)是复体的两种同式句法，排比一起。(五)分段，(Stanza)是每篇长诗的画分小段。如像英国十五世纪的苏格兰王詹姆士第一，(James the first-1994—1437)所著的"国王的书册"(King's guhair)一诗，其中即包含一百九十七个 Stanzas。(六)首韵，(Alliteration)是每句的第一个字(Letter)必须要用同样的。这种规律，现在的诗，却莫有了。英国古代撒克逊律文诗，(Saxon Verse)却极重首韵的。(七)止音，(Pause)是每一节段，在诵读停止时的断音。(八)抑音，(Cadence)是每段末尾，在诵读时降下的低音。(九)格调，(Style)是诗人的气体。在英国有所谓"斯宾塞格"(Style of spencer)"弥尔敦格"(Style of milton)"阿西曼格"(Style of Cossiman)种种。正如中国李杜苏黄各有他的特殊的格律。欧美律文诗的规律，大概如此。我们创造新诗的朋友，虽不必全效他那古代束缚的定形，但为诗的外形的艺术上起见，却有研究的价值哩。

欧洲诗就形式上区分，大约如此。但在性质上区分，又可列为三大派别。第一是史诗，又名纪事诗。(Epic poem)在英国以弥尔敦为代表。中国如杜甫的"诸将""北征""哀江头""洗兵马"诸篇，便有纪事诗的意味。第二是乐诗。又名戏剧诗。(Dramatio poem)在英国以莎士比亚为代表。中国如汉魏的乐府，周柳姜张的词，关马郑白的曲，明人的院本传奇，都有戏剧诗的意味。第三是抒情诗。(Lyric poem)以古代民谣及罗曼主义者的著作为代表。中国如"子夜歌""长相思"及词曲之一部分，都有抒情诗的意味。现在的新诗，完全否认文字音韵上的"平仄清浊""一字一音"为不成问题，显然是莫有与音乐谐合的趋向。所以我们可以说，他的性质，限于 Epic 与 Lyric，却不注意于 Dramatio。他的音节，只是自然的音节，不是乐律体的音节。若如康白情君说的：新诗也可以制谱入乐。这话却要请音乐专门家来解答了。

（三）诗体革新之历史及现在的成绩

中国自与欧美交通以来，自政治以至社会，无不震撼变动。其中尤以学术思想上的变化为最烈。几千年的旧文学，岂能应今日的需要与利用。诗体的革命，原是一定不易的。革新的动机，始于清代末年。谭嗣同黄遵宪的著作，便以驱使欧语，创造新名，鼓吹思想为事。谭嗣同尤以诗界革命自豪。见自题诗集，为"三十岁前旧学第几种"，便可见他的文学革新的意见。可惜他为时代所限，且又早死，莫有见改革的功效。他的朋友梁任公却在"饮冰室诗话"上面，批评谭嗣同改革过激。他说："诗体的革命，只在以旧风格，含新意思为止境。"这种不敢打破旧体的改革，只是时代思想不成熟的原因。至于实行改革的时机，自然是以胡适之先生为"晨鸡一鸣"了。胡适之先生的改革我们还可以看出他的变化之痕迹来。他原想以文言创新体。进一步而以白话来做旧式的歌行及词曲。再进一步而打破旧形式，作自由句。但有时仍运用词曲的风格形式，并且句末用韵。最后才从事于无韵的自由句。他的尝试的 Programme，是很明白可见的。

他这种尝试，究竟成功或失败，他此刻或已得了解答，或还未得解答，无从知道。但国内从事于新诗创造的人，却是风起云涌。新诗的作品，也日见其多。其中粗疏浅薄的幼稚作品，摹仿雷同的单调作品，自然不少。却是确有成绩可见，显示一种能代替旧诗的力量的作品，也竟能发现了少许。二三年来，从报纸杂志上披露的看来，就我所能记忆，并且个人的意见，认为确是一种成绩的。如沈尹默君的"三弦"，周作人君的"小河"，周无君的"黄蜂儿"，康白情君的"登泰山""干燥""疑问"，郭沫若君的"凤凰涅槃""天狗"诸篇，都是良好的作品，此刻的新诗，自然还有许多缺点。是否已有代替旧诗的能力，自然还是疑问。但是他确实的成绩不坏，确实可为中国的诗坛之一，是无可致疑的。胡适之先生的尝试事业，我不能知他意中的成功与失败。但在我个人的意中，却认为有成功的希望了。

我对于现在新诗的不满，大约如下：——

（一）太单调了。文字的作用，原以复杂为美。一二年来的新诗，写景的多，叙事的少。实写社会事象，只及于贫富阶级的片面，而未尝措意于其他各方面的繁复事象。精密观察自然的作品还莫有。表现哲学的意境的诗也莫有。神秘的象征的作品，固然太少，便是罗曼的作品，也不多见。质言之，新诗的创造，还免不了单调两个字。

（二）太幼稚了。形式上的幼稚，很是新诗的缺点。述感的一方面，所有"你啊，我啊，心啊，意啊"，那样直率无味的字句。写景的一方面，所有"红的，蓝的，白的，黄的，青的，翠的"，那种幼稚拙劣可笑的描写，都是可以证明新诗形式的幼稚，艺术的缺乏。以这样幼稚的形式，缺乏的艺术，何能使新诗的建设成功。所以肩负创造责任的新诗人，于艺术的训练上，还得注意。否则怀挟着极有价值的情绪意境，却不能以适当的方式，表写出来，岂不可惜了么！

（二）太漠视音节了。新诗的音节，固然可以不必像旧诗那样铿锵，但自然的音节帮助他的适当之美的音节，却不可不要的。更具体说，他与散文（Prose）的区别，可以说十之八九，是属于音节方面。并且单音节（Monosallable）的中国文字，音节的关系较重。为诗体外形的美起见，也不可过于漠视音节的。中国一般社会的俗歌俚谣，本无微妙之意境，深长之趣味。不过因为音节的合于歌唱，所以也就"不胫而走"，显示出支配社会的大力量。我们于这一点上，还得深思。若说是社会的欢迎与否，不关重要，那么，我们也不过与"咿杜尊韩"的旧式作者一样，闭了门自家赏玩顽意儿罢了。

以上三条，便是我所不满之点。但都是属于艺术上的缺点，而不属于根本上的缺点。都是形式上的不足，不是精神上的不足。"草昧初辟""大辂椎轮"的新诗，形式上的不足，与艺术方面的缺点是意中应有之事，不足为病的。这是我所盼望于新文家今后的努力了。

（四）今后之要务

谈了以上的许多意见，对于今后的新诗创造问题，我们便也知所当务了。除开精神的内容的修养的方面不说，只谈艺术及外象的问题，依我个人的意见。便有以下的两大端：——

（一）多译欧诗输入范本。论到中国的文艺界，无论诗歌小说戏剧，我们自然竭力趋向创作的一条路。我的意思，以为创作固是要紧，但创作的天才，还是要经历一番艺术的训练，才能更加帮助他的创作能力。所以一面凭天才的创作，一面输入范本，以供创作者的参考及训练，也是最要的一件事。在诗体未革新以前，古代的诗歌，便是艺术训练的范本，诗体既已革新，一般作者，既鄙弃旧式的作品，又未读欧美的诗歌。既无范本的供给，自然缺乏艺术的训练。所以新体创作的基础，便非常薄弱。莫要说天才不必需范本，因为艺术训练之必需范本，是一定不易的事。巴黎的卢森堡博物馆，每日许多的画师，挟着用具进去，对着那壁上的名画，一笔一笔的临摹起来。每临一幅，动辄经月。难道这班临摹的画师，不能信笔所之，自由挥洒么？他们必定要做这样的工夫，无非一种艺术的训练罢了。文学也是艺术之一，训练的工夫，又如何可以忽视呢？从这样看来，多译欧诗，输入范本，竟是一定不易的方法。可怜的中国人，莎士比亚弥尔敦许俄哥德闹了二十年，至今还莫有看见他们著作的完全译本哩！

（二）融化旧诗及词曲之艺术。旧诗及词曲的艺术，是很有可称的。所以融化此种艺术，以创造新诗，也可免了许多幼稚直拙的病。胡适之康白情两位的新诗，都有融化旧诗、以创造新体的趋向，这是明瞭可见的。胡适之的"新婚杂诗""一颗星儿"都融化得有词曲的音节。康白情的"从连山关至祁家寨"一首，开首两句道："这里的山花，比银还要白些。这里的山色，比黛还要浓些。"写景非常美妙。觉得比较王士禛称赏的"谷城山好青如黛,滕县花开白似银",趣味还更浓厚。这便是融化旧诗的作用了。

我对于新诗的形式问题,所见大约如此。总括言之,国人如不安于现今单调粗拙幼稚的新诗,以为不满足。为欲进步为深博美妙复杂的新诗。那么,于我说的形式及艺术上种种问题,总得留意一下。至于诗歌的作用价值,诗人的人格修养,论者已多,也不用我再说了。

此文主旨,过求切近事实,苦于不能为高远之论。我知道披露以后,必有人深致不满。但我自信热心于新诗的创造问题,且确信诗体革新的必要。又不安于现在的所谓新诗,而以为满足。期望过切,所以也言之过激。并且我也确信,无论何人,不敢说今日的新诗,已是至美尽善,无可改进。我更确信,无论何人,不敢说新诗的不重艺术。那么,此文或者也可以供国内新文家的一览罢。恧生附志。

(选自《少年中国》1920年12月第2卷第6期)

周　无

诗的将来

周　无

我们看见诗字，就形式上，便联想及有格律有定韵的中国和欧洲的古诗；就作用方面也是联想到甚么写景，抒情，纪功，颂圣。便是在想像中，在事实上，也不得不如此。因此都以为诗的能事是尽于此了。

近代小说和戏剧进步很猛，无论对于自然人生，觉得他的写照和指责，都比诗圆满比诗逼真。诗的短处都是他们所长。诗的长处小说和戏剧也有时能将他替代出来。因此诗的领域，不免有一番变化。

因此便有人以为诗的实体和作用既是那样；诗的领域的变迁又是如此，不免对于诗的将来怀疑起来这果然是个问题，由这种怀疑有两种反动：一、是还是死守旧法在古人壁垒中去讨新生活——以为在旧法以外，便出不了小说和戏剧的范围。二、索性不管诗，自己问小说和戏剧中间做去，以为诗的精神和用处都在小说戏剧里面——两种虽然是消极积极方面不同但是由这两条路去想像诗的将来，都很觉是个疑问。这篇文字便是想来解答这个疑问，和说明诗的将来。于此我们要先讨论两个问题：

一、诗要没有时间的关系，是否能进化，不进化是否仍能存在

二、诗的短处虽是小说戏剧所长，诗的长处是否便就此消灭

我们要说明诗的将来，必得先解答这两个问题，要不然诗的动态和静态不能分明的。

第一我们要说明时间关系，须先说一说诗的实体和艺术

实体　诗的实体是甚么？即是我们想用艺术表现的问题意象或是事实。这便是为甚么要作诗的原因。也便是作诗的结果。我们拿事实来说。如像中国古诗。他所涵的两种实体：一、是主观的抒情。他以他个人为本位；竭尽他的理解，畅发他的感情，来说明他精神或实际生活的状况。从达观出世一直到叹老嗟卑。二、是客观的写实。是将他自己搁在一边；或隐在后面。来写画一件事一个物件，或是一些人。但是这两种便是诗的实体了吗？我们批评起来，这不过是过去的中国诗的实体。他有他的弱点：第一是坏在个人本位。第二是写实趋重笼统简浑，不尚分析和刻画的精神。所以弄得有了前人，便没有后人；有了第一句便没有第二句。他们总想拿一两句话去包罗那无尽藏的自然，教人去会意—如像中国绝少生物生活的实写诗——所以不会重今自然尊古。这时间关系，当然不能成立。所以可以说中国诗的实体，是多半逃出时间关系以外。在主观的；现在的穷通得失叹老嗟卑和数百年千年前的一样。在客观的，也是以学步凸人为重。所以中国诗人是在那里做那逃出时间关系的功夫。他们的诗的实体，虽然不能不承认他是实体但是这实体的进步很是微细这中间也有原因：因为实体的造成，并非单纯，也非独立的。实在是一种遗传，思想，和实际生活的一种产物。所以他的进化，是和别的有联锁的关系。

艺术　艺术是表现诗的实体的一种方法。是要有一种安顿；经一番的损益用一种的修饰，使诗的实体格外的圆足明瞭。但是事实上也有不然的，并且还每每和诗的实体价值，是互为消长。比如我们感受了一首好诗的实体的时候，只觉得实体的活泼毕真。反之，我们领受不到他的实体，或是竟自没有实体的诗，我们每每觉得满纸满眼都是艺术也便如像一个女子；他由他的高尚的美情，和修养，知识，表现出来他的女性

的美的时候，我们敬爱他！虽有一二装饰，都不大觉得或者反觉很适宜，反之，又有一个他一切都缺乏，却修饰得很利害那吗，我们对他只是看见洋货铺的洋货；脂粉店的脂粉，和绸缎铺的绫罗绸缎，要说没有看见人，是很可以说的。所以可见艺术不是诗，是诗的实体表现的一种帮助。他们消长的关系，每每相反。

实体与艺术，既然是这样，我们可以说诗的时间关系了。且将他分著两层：

一、诗的主观方面的时间关系。诗的主观解剖起来便是知识，情感，和理解。但是知识，情感，理解，因为遗传，环境，冲突，教育的关系，常常是向着进化方面进发。——虽也有在特种情形之下，现出异态的，但非常例，——其实简直和一个人的发展长成一般，虽也有扶助的进行的雨露受不到的时候，但是他根本上的知识，理解，感情，因为生理和生活的关系，如脑细胞的发育，及其他种种困难的奋斗，依然是使他进化的。比如一个未曾受过教育的人，他比起受过教育的自然不足，但是比起自己过去的幼小时代，自然还是进步。这主观的本体既然常常是进化的，自然他所要求的也应该依着他进化。所以诗的根本上是进化的，是有时间的关系。背了这个自然规律便应该淘汰。比如在知识上，前人所歌叹为神奇的，到现在已不值一钱。理解上前人所视为不可思议不可解的，现在因为种种的发见和扶助，已经视为平常。又如情感的表现，近人也因知识和理解的烘托，恋爱和修养的进化，也呈出不同的颜色。

二、客观方面的时间关系　诗的客观方面，虽然分了自然和人生的两种。但是就从自然说来，也没有不因时间关系进化的。自然本身的进化，我们或者一时领略不到。但我们因主观进化的原因，由我们看出来的自然，也是进化的。别的且不说。比如先有一个人；用笼统的脑筋，来写夕阳河水。给他一阵的歌颂赞赏。随后又有人来，对着河水夕阳赋诗。因为有了前人的一番歌叹，他必定又再进一步，细细的实写他。以图免去前人的范围。于是夕阳河水，到他手里，另换了一个面目。到了第三个，他想到以前已有那两种。于是他便根据这两种，不再去拾人牙慧，另驱思想入了一条新路。于是他写出来的，又不相同。我们拿来合起看：对于第一种，因为他在做河水和夕阳的诗，我们不过因此便联想到了夕阳河水。第二，我们因为他切刻画入微，便使我们如像置身其中一样，另外的变了一番面目，第三种，我们看了因为他更进一层，所以很是令我们神往；觉得这河水夕阳中间，另外还有许多问题。因为他们的三种写照，便令我们变了三种认识。可见自然在诗人的笔下，不但变动，而且变动的方向是进化的。至于人生，那更不用说了。思想习惯时时变迁，比起自然更是显著。诗人对着人生发言，大约可分两种：一、于他观感所及的人生表象，切实加以批评，引起众人的注意，以便来改良或研究他。二、是引证人生过去的迹象，来刺说现在。这二种呢，都有明瞭确切的时间关系，开口便可表现出来。比如以前的荒驿，候馆。现在不过是车站，码头，旅社，诗人来用这些字面。若是以荒驿候馆来配上纸窗更漏，自然很合宜，但是这时间的关系，叫人立刻便认出是过去。若用车站码头配上汽笛机声，自然就是现在了，过去现在从客观的论来也并没有绝对的好坏。不过这自然的时间关系，总不要去违背他。

这客观方面，人生一层，更是重要。因为他自身的变动，和对于我们的关系，都是比起自然更大。在现在的中国更是紧要。中国自从三百首以后，因为专制政体渐渐的完备；帝王越尊，平民越卑，越是不敢批评。除了皇帝亲自提倡的庙堂柏梁不算以外；一般的诗人，都将诗的作用，由风雅写社会人生普遍现象，轻轻的移到了个人身上。将他作为陶情养性的一件卫生术。因此诗便渐渐的变了消遣的，赏玩的，自饰的，少数人的。那多数的平民，不但他不与诗生关系，那诗也不与他生关系，所以以后的诗人，对于人生的指责和批评，全没有尽他们的天职。千年以来，成了相互不进化的现象。

像上面所说，我们知道诗的时间关系，便是诗的进化标准。我们又可以说：

一、诗的进化和诗的实体进化中间是有一定的尺度。——那实体进化如何方能满意？须得如何努力？那是科学和哲学的事。

二、诗的进程，是时时变迁或改善的。

三、诗是由少数的进为多数的，赏玩的进为工具的，主观的进为客观的。

上面三条，可算是他是诗的动态和动的法则，所以第一个疑问。我们可以完全解答：

诗要没有时间关系；时间关系要不是进化的，诗便是根本不能存在。反过来说。

诗是绝对的有时间关系，时间关系是绝对的进化。诗是绝对的存在的。

那第二个，便是诗的领域变迁，和变迁的状况问题。即是诗和小说戏剧的关系；和范围的变动。本来他们同在一个大范围内，各个的小范围的彩色，和作用，相同的地方又很多。现在他们的趋势，又似乎是挤在一条路上，区别起来本不容易。但是我们可以说他们的进程，是有联锁的关系。是有同样的扩张。是要达到同样的繁荣地位。

戏剧简直是截取人生现象一部，作成有意识的复演。他领域扩张的方向，是向着人生。是在人生里面侵略的。小说呢，人生现象的记录，也占他一大部。这一部分的扩张，却是侵略戏剧的领域。他实写和指责人生，使人于其中想思，或是感触的结果。浸浸要和戏剧一样，诗呢，他自从摆脱了音律，形式以来，他的发展，是向散文里面侵略。一面保存他的实体，——音律形式以上的，音律形式并非诗。——一面却渗用了散文的技术。他们三种的发展，一个追一个，但是各有各的独具的实体。是永久不为人所侵略的。小说和戏剧的根本不同地方，我们且不用说。专说这诗和小说。

以前有音律形式的区别，叫人一看便知。现在因为变迁和改进的关系，到每每令人对于他们的界线生疑惑。其实这都偏重形式的关系，仔细分来，也很显然。

一、诗是主情的，是想像的，是偏于主观的。因主情，故不重形式。因是想像，故不病凌虚，因偏于主观故不期于及他的效果。小说虽亦属于主情，但是仅仅主情不能成立。必得纳情感于意识主见的中间，使他成一种混合的结果。小说的想像，不过是组织，和关联的地方的一种扶助品。至于小说，全是客观方面偏重。

二、诗有节韵，——与旧诗的音律不同，下面详说。——小说没有。上面两项都是大大的区别。所以小说只是发展，他绝不会作纯粹主情的，想像的，主观的，他又不会变成有节韵的。诗也是在他主要范围以内发展，绝不会变成记录的说理的。虽然也混合些理解和主见，但他仍旧偏重在主情想像主观方面。

至于韵节也是他特有要素。只有进化改善，没有根本去除去的。比如散文诗，骤看起来是没有节凑和音韵。其实他是散文诗，并非散文，他诗的要素，除了主情想像主观以外，还有幽渺自然的节韵的。须知律声是辅助节韵，节韵是用来引起美情。是音律—和声律节韵言—为美情，并非美情为音律。甚么叫音律，全以能否引起美情为断。但是音律又不能独立，必付着于实体。美情的发生，即是音律实体相加之和。即是音律必以增长实体，扶助实体，为原则使实体不能实现，固不算音律。即实体的实现因音律而减色，这种音律也不应存在的，要问现一般诗里音律的价值；这可以叫作诗的人自己说他起初的所有意思，经过音律的一番组织之后，究竟还剩下几分。我想成分虽然不同，恐怕也只有减少的。所以前此的诗中间，一句里的律，一句末的韵，都可以算是等于妇女的缠足和束腰。所谓散文，是和律文对待说的。诗是和文对待说的。虽然他的形式是散文，因为有了节韵，所以依然是诗。至于说到音节，也是随着诗体进化又是随着人的美情进化。并非一成不变的繁音促节。我且略说一说。

人对于音乐的感受力，不是人人一样。简直是人人不同。而音韵不待习惯和练习便能使人知道的；能叫人领受的，必定是简单短促浅露，因此音乐的本身价值，与听者领受的成分，每每适成反比。这是说纯粹听觉，受了音乐的秩序的触动，便起了同样的反应。这种反应力。是由练习得来的。至于他立于扶助地位的；听觉以外，还要借一种认识力的、也是一样。就是说虽然不是纯粹的音乐；具了音乐的性质的，他的影响和法则，也应该一样。至于节韵，全是音乐的一部分。他的有无，我们简直不能说。我们有无的观念，和成分多少的判断，全是一种主观认识作用。——节韵组织疏隐绵远的，骤听起来多半不能领会，和没有节韵，几没有区别。——自然界各种发音；如鸟啼水流，我们容易辨认的以外。其他独立的，或是混合的种种声音，没有不具节韵的，我们却很难了解。因为音的原则，是要继续的。——久暂虽没有一定，但不是突发的声。——这继续不断的中间，自然有一种组织和法则。组织和法则，便有节有韵。这是造作的音韵，和自然的音韵不同，也是我们认识的能力有异。比如我国的琴操中《阳关三叠》和《陋室铭》，是将人造的谱入琴中，自然有显明的节和韵。并且还有律。其他如写自然单纯的声音如《流水》，《春山听杜鹃》之类，也可听出节韵来。不过比人造的平远浑阔些。至于写自然的混合声音，如《潇湘水云》《风雷引》。写人的情感幽思；如《桃源忆古人》之类。留心听去，何常有音节。下细玩味，又何常无节韵。并且惟有第三种在琴操中，占的地位最高。因为他无节韵的节韵，人领略到后，所生的美情，格外的深远。

　　散文诗，他所摆脱的是他自有的节韵以外又加上的人造的音律。这种音律；是浅露的，是不自然的，不能帮助他实体的表见，反使实体表见受他梏桎的影响。现在因为实体进化的关系，是不能不和他分离的了。但是散文诗的节韵是甚么呢。

　　一、是他组织中应有的一个自然结果。

　　二、是作者审音力和触认力的一种自然表现。

　　有了这一句，何以有那一句？那一句中间的字何以要那样的安排？

这都是作者当时经过一番商量的结果。他是用安不安,美不美,为标准来判断的。这些判断的结果,便发生节韵出来。有人问何以这种音节不齐整,不铿锵?原来他并不预备"付之歌儿"。也不须要"红牙按拍"的。有人问这种节韵何以教人看不大出呢?这却是尝过了浓郁的厚味,味觉衰退的原故。

就上面所说。诗的静态和动态,已经是略略明白。现在我们可以来说诗的将来了。分起来是;

一、诗有独具的本体,这种本体是自然人生和个人的情意的一种结合。因为科学的关系,人对于自然的认识进步。因为思想道德学术的关系使人生实际的进步,都是渐渐的改变了诗的面目,所以今后的诗,变动虽大,进步也大。他的进步,便是学艺,思想,情感,爱恋,种种进步的结晶。

二、20世纪以前的科学,哲学,文学,美术思想,都是为学径的奋斗。各个都得有美满精严的结果。但是二十世纪的趋向,是就这各个结果中,去取出一新的结果。二十世纪的诗,也是一样。应该取各派之长,为综合的创造。

三、人看着人的天地,大小配剂都狠合宜。但是鸟兽,和昆虫他们的天地呢?人又何尝知道。故所以二十世纪,同时努力人的生活,同时开创物的生活。这是诗的将来一条新路。

四、人类活了几万年,别的进步,都还可观,惟有两性的爱,真是可怜,到了二十世纪,方才说到解放,解放后是应该怎么样呢,都还莫有消息,甚么叫恋爱,也还要待解释。所以诗的责任是很重的了。今后的诗不是为两性的爱作留声机,是为两性的爱作叫明鸡。

五、儿童的心理,是无上的美,并且还含有种种的问题。过去的诗人,都将他忽略,便有也不过将他放在客体。这是将来的诗的一种重要发展。

(选自《少年中国》1920年2月第1卷第8号)

吴芳吉

提倡诗的自然文学

吴芳吉

自从我在《新群》做诗,便有好些同乡同业,来进忠告:1. 说我的诗,只算非古典主义的旧诗,不是白话文学的新诗;2. 说我的诗,有违背新文化的条例,赶急改良,莫作新文化的妨害。哈哈!这真是小题大做的了。新文化有他自身的价值,无论如何,永远不会磨灭。我不过区区一人的力量,何足为新文化的妨害?要是新文化的内容,只限于几句白话诗,如此也叫文化,又未免太不值钱。至于我的诗稿不过随兴所之,求之心安,原未想到为白话文学,抑为文话文学作的。要说他是旧诗也可,是新诗也可,纵说他是鸟语虫鸣,或不算是诗也可,六经之外,也还有书;白话诗外,难道就没有诗么?

近来国中谈诗的人,一天多似一天,这是文学界上的好现象。不过以做诗的人谈诗,终究在嫌疑之地。我们做出的诗,尽可让人去谈,得失是非,不必置词,只是各自明白罢了。所以我这一篇,首先将我抛置局外,决不引用自家的诗来作论证。因为引用自家的诗,就不免瞎吹牛皮。还有一层,文学建立的基础,不贵于得些空论,而贵于有些作品。作品便是文学保险的东西。现在的诗人,只是天天放论,而不努力去作。于文学之安全上看来,未见能够保险,所望大家努力才是!

这篇题目为"诗的自然文学",故内容所说,都是关于诗的。我以为今后文学上之趋势,在散文方面,只有小说,在韵文方面,只有诗;可算是纯正的文学,得以永久成立。如戏曲重在演不重在文,不能算为纯正的东西。即如韵文中之词,之曲,之歌,无论有律与否,必有或被混合,或被取消,而统属于诗的旗帜底下之日。故此篇所论的诗,也将词曲歌谣都包在内。

要说自然文学的意思,先要晓得现在文学之派别。现在文学有三派五系:

新派的二系:一,主张废除汉文者。一,主张改用白话者。

旧派的二系:一,主张保存国粹者;一,主张抱朴守真者。

中间派的一系:主张调和新旧者。

此三派言论代表机关,在新派可算《新青年》,在旧派可算《国故》,在中派可算《东方杂志》。不过我所说的代表,是指代表他们的主张,不是说代表他们的艺术。讲到艺术,三者都无可言。犹如南北战事,虽是摇旗呐喊,闹个不休,实则枪弹之腐败,钱粮之缺乏,两造均是一样。

平心而论,新派文学之能战胜,不是他的神通广大,乃由旧派文学之自身堕落。以言乎诗,自台湾人邱仓海著《岭云海日楼诗》后,中国旧文学界已无诗可言。剩下的人,如两湖所产的樊某、易某等,每日把几个小旦的卵脬舐来舐去,与上海许多日报,天天讲些怎样结婚,怎样剪发,始终在一点"春宫的文化运动"上说,是一样的无聊。其比较高出的,如沿海所生的陈某、郑某等,对于旧诗也没有发挥丝毫特色。第一、他们都生在沿湖沿海一带,试问他们所做的诗,有真能代表下江之民性否?有专事描画下江之风土否?有妙于传述下江的生活否?第二、他们都生在清朝与民国之交。试问他们所做的诗,有能对于清朝畅言其个人之忠爱否?有能对于民国发为平正的讽劝否?有能对于现状痛陈吾民之疾苦否?这些旧派文学的诗人们,只可说"他们辜负了中国的旧诗，不是中国的旧诗辜负他们。"他们只算是中国诗的不孝男，罪孽深重，不自殄灭；而祸延祖考，眼见其寿终正寝去了！

当此旧派文学势如摧枯拉朽不倒自倒之际，适逢西洋的文学传入，感其文言合一之便，于是白话文学投机而起。一霎时，全国响应，南北席捲。那奄奄一息的旧文学，靠着几支残兵病马，自然不当其锋，除了望风逃走，没有他法。所以新派文学，并不利害，只由旧派文学衰弱太甚。譬如一个病夫，身体虚亏已极，虽是婉婉春风，便可把他吹倒。所以那旧派可怜的失败，合该是运气。那新派侥幸的成功，也合该是运气。

我的日记上有《民国八年之言论界》一篇，有几句评论，摘出一节来大家请教：

"文化运动"一语，说来说去，其意越不明瞭。至于今日，则所谓文化运动之意，只限于杂志报章一途，恍如惟办杂志报章者，为文化运动，其余都配不上。而杂志报章中间，又惟能做白话者，乃为文化运动，其余也配不上，……故今之文化运动，由全体说来，只可算有运动而无文化。由部分说来，只可算一回"白话运动罢了"。

但是那些白话文学家，偏要互相标榜，以为他是先觉先知；对于白话是不能加以非议。他高兴把"的"字改为"底"字，众人怕他，就不能不改。他高兴在"他"之外，又添个"她"字，众人怕他，也不能不添。甚至表示地名人名的墨线，他高兴放在左边，也就不能不照样的做。还有甚么"白话文学的鼻祖"许多称号，同那"中华民国的妈妈"的称号，一样的蠢态可掬。我的友朋曹志武君说得好：

"人民的觉悟，是自然而然的，譬如鸡叫，只要时候一到，家家的鸡都会叫唤起来。若谓谁家的鸡先叫，谁家的鸡便有功劳，岂不是笑话么？"

所以今日白话文学之发生，只算受西洋文学的影响；而白话文学之战胜，只算由旧派文学之衰落。并不是谁人兴的，也不是他有甚么本领。至于中间一派，要想调和新旧，则更无意味。因为不新不旧之间，没有一定的权衡。而此一派的艺术，更无丝毫表示；虽欲申说，奈无根据的东西？

闲话少叙，今回折入正文，说诗的自然文学了。

我对于诗的本身，无论如何说来说去，只要他是：1. 达意，2. 顺口，3. 悦目，4. 赏心的作品便是一首正大光明的诗。所以诗的本身，只是个诗，并不见有文话白话的分别。——因为无论文话白话，能做得这四样功夫的，其结果都是一样。——我们既都知道诗由感情来的，那么；感情是怎样的发动，诗就是怎样的产出。我们的感情既没有文话感情与白话感情；我们的诗，要是按着感情来的，又焉有那些鬼话？若是说文话白话之分不在按着感情，乃由文字意义之有明，有晦，有直，有曲，有新，有旧，有生，有死，比较来的，那么，我们要问同是一样文字，何以用来有如此区别？我们便可知道，凡是文字意义之晦，之曲，之旧，之死，不外，1. 由于好用古典。2. 由于违背习惯。3. 由于故意矜奇。4. 由于随便敷衍。这样文字，我们当然不取。但是那些不用古典，不违习惯，不故意矜奇，不随便敷衍的，无论他如何去做，对于消极一面，不犯此四病；积极一面，又能实践达意，顺口，悦目，赏心的工夫，便不能不说他是诗。

感情当绝对的自由，则表示感情的诗，当然绝对自由。表情的方法既不能人人相同，做诗的格调自必个个有异，表情方法之不能尽同，是势所必至；做诗格调之必定有异，亦理所当然。诗既无文话白话之分，是彼此均属一家；诗纵有文话白话之分，亦不妨各行其是。以文字说，我要用英文做诗，法文做诗，拉丁文做诗，希腊文做诗，总之任随我的能力。以文体说，我要用近体做诗，古体做诗，乐府体做诗，西洋体做诗，总之任随我的嗜好。须知诗的佳处，不在文字与文体之分别，乃在其内容的精采。若严格而论，凡文字文体所能传能载的，无非事物之轮廓，其真正妙味，除由各人心领神会之外，无法形容得出。所以古今许多佳诗，不在其文字文体之美，还要离开文字文体乃能真见其美。我对于现在的白话诗，以为他受的西洋的影响；可说他在诗史上添了一个西洋体，而不能说西洋诗体之外便没有诗。

人为宇宙所限，人的寿命既不能与无穷的时间相终始；人的体魄，又不能将无涯的空间去占满；是人之在宇宙，不过以管窥天，仅见其一微点，而不能遍其全体。要是遍见全体，除将东西古今人人所见得的集合起来，不能知道。诗世界的观察也是如此。一个诗人在诗世界上开辟的地方，总算有限的很。若要遍开诗世界上之大地方，亦必群策群力；不妨分道进行而殊途同归。这才是诗人广大的胸襟，这才是诗人真正的互助。这各自分道而行的文学，便是自然的文学。

所以自然的文学，是任人自家去做的，是承认人类有绝对之自由的。是不装腔作势，定要立个门面的。是以个人为文学上单位的，是打破那些蔑视别人的人格，只顾其私党之声势的。

好比一个政治：那三派五系中，主张废除汉文而以他国文字代替的，犹如北方亲日派之卖国政府，究竟势有不能。主张改用白话的，犹如马克思的国家社会主义；大权在上，专断一切；然合于现代的思潮，所以大出风头。主张国粹保存的，犹如张勋之复辟，死灰却不能燃。主张抱朴守真的，如清朝的退位遗老，到也潇洒自得。主张新旧调和的，恰像南北群盗之政治；一面大家对垒，一面又共同分赃；不和不战，莫名其妙。至于自然文学的情状，则似个人的无政府主义。是不相信要靠政治的。

现在做西洋诗体的人，还持两个最有力的理论：

1. 以为西洋诗体，可免无病而呻之弊。这一句话，倒有两面说法；须知中国的第一流诗，都没有无病而呻的。凡是无病而呻的诗，多半是红男绿女，或自暴自弃的话。这种作品，原不配入诗格。所以无病而呻四字，不能为中国诗的罪状。要讲中国的诗，不能不上溯于北方作品代表之《国风》及南方作品代表之《楚辞》。在那中间，可以找出若干无病而呻的诗么？西洋诗体，既免无病而呻，乃作西洋诗体的人，首先犯此毛病。试看《新青年》《新潮》《少年中国》各月刊上，这种忸忸怩怩的诗，不知其有好多；要是举例，可不胜举。难道无病而呻的毛病，一入西洋诗体，便"逾淮为枳"么？再有一层矛盾的说法，"无病而呻"一语，并不是个丑话。因为诗人便是情人，情人的生活，都是在想像中。无病而呻，原是诗人的天性。我只恨中国自古的诗人，不能无病而呻，及误用无病而呻之意。只要呻得恰当，还要欢迎他呻。所以我对于现刻西洋诗体的无病而呻，并不怪他。不过他们又要呻，又不承认是呻，又呻来不好，这就可怪了。

2. 以为西洋诗体，是随便写出的，不是做出的。这句话，也是半面的道理。人的感情不发则已，要发为诗，就不免有故意做作之嫌。因为无论如何随便，总不能胡乱下笔。若是胡乱下笔，不但诗不能成，连字也不能写。那么，既有几分的经营，与那镇日的推敲比较，不过五十步与百步之差。现在的新诗，大概是些猫儿狗儿的话，或者可以随便写出。我想猫儿狗儿，究非新诗的极境；要得新诗进步，恐怕还是要做。你看亨利长卿 Henry Longfellow 无韵的纪事诗，如 Evangeline, Hiawatha, 各大篇；你看洛伯彭士 Robert Burns 土语的抒情诗，如 John Anderson myJo, Of a' the Airts……各小品，是随意写出的么？作诗好比绘画，画出的景致总要随便，乃合于自然的模样；但画时的工夫不可随便，因为随便就画不好。作诗又好比唱戏，唱戏的人物总要随便，乃合于自然的口吻；但唱时的工夫不可随便，因为随便就唱不好。诗的音韵格调，做出之后，自然要令人觉具是随便做的；但做诗的工夫，却是随便不了。

3. 还有一层，我到要替西洋诗体的朋友转进忠告的。诗之新不新，在于意思与境界两样。现在西洋诗体的作品，仅有意思新的；而境界新的，却是寥寥。只有一个叫"玄庐"所做《海边游泳》的小诗，登在昨年国庆日的《星期评论》，可为西洋诗体新境界中的代表作品。西洋诗之妙处，多半受"海"之赐，可惜中国几千年的诗人，没有一个享此幸福。我想起来填补其缺，偏又生在那群山万壑之蜀中！你们做西洋诗体的人，有些走过几国，见了许多奇事；诗的境界，不为不宽。你们不能将那些新境界多多描写，使中国的诗产，富裕起来；这却是你们辜负西洋诗体之罪。我望你们眼光掉换一步，各自描写你们的新境界，那么，西洋诗体，乃有进步可言。否则纸糊灯笼点破，恐怕人间不屑讲了。

话支离了，打回本题。简单说一句：我所说的自然文学，并不是望阅者诸君要来听从我的，我是望阅者诸君各自相信你的。昨年我有《国文概论》一段说道：

"充满宇宙的东西，都是文学上的材料；一人之力，岂能尽其材而取之？故必各从其环境去采取，各贡采取所得以同享受，这才是文学上的互助。所以互助之意，是由各方面而言，不是单言一面。我希望中国数万万人，有数万万起不同之文学。使其无情不达，无理不顺，则文学之进化将不可量。中国文学所以进化迟钝之故，正由个人无个人之文学，而只有千篇一律之偶像文学。"

此所谓个人之文学，即自然文学之意。自然文学的界说，就是：我不强迫人，人不强迫我。所以：

他肯从新文学的，这即是一种自然，别人不当强迫。

他肯从旧文学的，也便是一种自然，别人不当强迫。

他肯从新旧文学都调和的，仍旧是一种自然，别人不当强迫。

他肯从新旧文学都超然的，亦还是一种自然，别人不当强迫。

我再把今年所讲《唐诗比较文学》的导言，也抄下一段，作为收场。

"人类生活，是无穷的，所以的诗前程也是无穷。人类生活是参差的，所以诗的表示，也是参差。这参差的表示，在无穷的生活上走：向纵的层层演进，便成一个诗的时代；一面又向横的个个联结，便成一个诗的社会。任何诗人，无不受他的时代与社会的影响。要研究一家诗的真谛，也要考求他的时代与社会。至于各个时代与社会，虽或渺不相关，或远不相涉；但从诗世界之全体看来，都是诗世界中之一部分。所以诗的世界，不是一人造得出的，必赖古今诗人，为群众的运动得来。讲甚么郊寒岛瘦，说甚么元轻白俗，推甚么沈宋格调比肩，夸甚么李杜文章万丈；这无非各就各的生活，各为各的表示。所以学诗的人，要知道的：'我不必学人，人不必学我；人只学人，我只学我。'如此各去分工，以表示人的生活；再来互助，以开辟诗的世界；则诗的进化不穷了。"

还有一段，也把他写下来，请教请教：

"诗！不是一个学问，是一种生活的表示。依生活以表示成诗的人，叫诗人。借诗，以表示生活的事，叫诗料。诗人所归往，诗料所装点的地方，叫诗世界。……

"人的生活有两面：一面是理的生活，一面是情的生活；哲学是表示理的，诗是表示情的。所以诗与哲学，是发生于同时。两面关系，是密切而不可离。大凡哲学的表示，甚光明的地方；其诗的表示，亦必光明。诗的表示，甚光明的地方；其哲学的表示，亦必光明。若详细考求，可见诗与哲学有互相吸引、互相调和之妙。因为人类生活，若全属于理，万事为理所空；则生活没趣味。若全属于情，万事为情所缚，则生活不自由。必待彼此兼搭，以造成适当之生活。所以哲学之趋向，渐渐由精神界而趋于物质界。——原子论一变而为唯心论，再变而为唯物论，又变而为实验论。——诗的趋向，则渐渐由物质界而趋于精神界。——浪漫派一变而为古典派，再变而写实派，又变而为象征派。——若干年后，两者越接越近，定有中途相会，合成一体之日。到那时候：哲学借诗，愈明其生活之理；诗借哲学，愈达其生活之情。诗世界与哲学世界，至此也分不出。彼时的诗人，也都是大哲学家，其诗境界之宽，意思之正，神韵之妙，格调之高，景物之美，结构之精，殆为今日所不可思议。所以前代的诗人，都不足以崇拜。吾人当崇拜的，乃在此目尚未见，耳尚未闻，庄严妙丽，功德圆满的未来诗人！"

话说多了，暂作结局。至于新文化家说我是妨害文化与否，我却不管。如要加我以攻击，我却不怕身败名裂。打也陪你，骂也陪你。单人独马，呵呵哈哈！　　　　　　　　（诗人闲话一）

（选自《新群》1920年2月第1卷第4号）

谈诗人

吴芳吉

我于昨年七月，从四川出来，为第六次上海之游。混了一年，又把上海厌恶极了。今年七月，于是决定回到内地。当我起身之前，新人社的陈大荒君，要我作篇文章，以充《新人》月刊的篇幅。他为我宣布的题目：一、为文化运动的批评；二、为全国杂志的批评。是时我在普陀避暑，于途中见着此题，心里甚为不安：一、因为我是根本不相信文化运动的人，我觉得新闻纸上所叫嚣的"文化运动"四字，都是骗人的话。既已不相信他，所以对于第一个题不愿去做。二、全国杂志虽没有许多洽意的，但杂志的门类甚繁。我的知识晓得了这点，总晓不了那点；我既不是全知全能的神圣，当然不能尽去批评。我之看阅杂志，无论中外出的，我只看他所载的"近诗"The Current Poetry 除了诗外，纵有天大的事，也不爱看，所见既不周到。对于第二个题目，也自不敢去做。但陈君的厚意，不好推卸，只得守着我的本分，说一篇老实的话。我是终身学诗的人，只知谈诗。这便是此篇《谈诗人》之来历。

谈诗必先知的，就是谈诗的人所立论的东西。我是主张"个人无政府主义"Individual Anarchisms 的人，所以一面对于甚么文社学会 The Literary Sociaties 我是从不加入。因为文学的根本在个人，而不在团体。团体的弊病，足以拘来个人的天才，与堕落个人的人格。所以团体活动，对于别种事业为有效用，对于文学是用不着的。大凡中外诗人之成其为一个诗人，全靠他自己用功去做。就是教育，也不能将他养得成器的。教育之事，可以教人于文学中的着：性灵的开发，词章相修饰，或使音节更加和谐，或使神情别添滋味；但终不能教人成为一个诗人。因为诗人是不可教而得的。教育犹且如此，何况团体力量？我不但反对文学上的团体，且一面对于所谓学问道德，我也根本不相信他。我以为：人在大宇宙间，只有直捷了当的生活，绝无稀奇古怪的学问；只有天真烂漫的良心，绝无装腔作势的道德。但是现在迷信及胆怯的人极多，即如我在《新群》发表了一篇《诗的自然文学》过后，便有一个同乡，从南京高等师范来警告我，他因为是法国的甚么硕士；所以他说："这篇文章虽是骂的痛快，可惜不是学者的态度。"同时又有一个好友，从汉口来也告我说道："我以为你的工夫有长进了，谁知养气的工夫，还差得远。你以后可罢了吗！"他们的忠告我都感谢。只是他们的迷信与胆怯，实在不敢赞成。我以为"学者的态度"一语，可是害人不浅。我们立身，只有一副本来面目是永远保存的。除了本来面目，那有甚么态度？态度两字，惟军阀政客，可以用来欺世，而于我们，却用不着。现在许多的人，因为对于一种道理不肯去澈底的研究；或则他的人格没有高尚的表示；而自己又怕为人识破；所以发出来的议论，总是半吞半吐，半推半就的样子；这种样子，便是所谓"学者态度"之来源。故"学者态度"四字，可算滑稽至极！乡愿至极！学者态度苟不打破，则宇宙真理，必成了骗人的虚话。他说我不是学者态度，其实装扮起来，倒是很容易的。其次"养气工夫"的话，也不妥当。

凡是教人养气以迁就社会的人，必是承认世界之罪恶与黑暗是当然的。以为在罪恶与黑暗之社会中，是没有吾人生路，要寻生路，只有自己刻苦去服从他。这由于主观错误之故。若从客观看来，世界上面只有美善，只有光明，其罪恶与黑暗，都不过一时间的。纵要养气，也该效法那孟子舆之浩气、文信国之正气，以与美善光明，同其一体。断不可效理学末流之暮气、死气，以与罪恶黑暗并存。我是承认天国就在眼前的。我们已经是天国中人，用不着养气与否。所以我总是有话必说，有说必尽，不计较其得失如何。这个人无政府的主义，也就是我于文学立论之根基。

谈诗要分作两面：一面是谈诗，一面是谈诗人；因为诗的工夫，原是两样兼具的：

1. 是诗的修养
1. 是诗人的修养

说到谈诗在国内刊行的，虽没有几多专书，但一年以来关于此事的文章散见于杂志新闻上的；总算有了几篇。只有"谈诗人"的，几乎没人过问。我看新诗进步之迟钝，之空泛如此，正由于大家眼光，注重在诗的问题；而没有注重诗人的问题之故。充满宇宙虽是诗的材料，但没有好的诗人；也寻不见好材料来。譬如诗人是一个母亲，做出的诗便是他的儿女。没有好母亲，自然教不出好儿女。所以要解决新诗问题，先要解决新诗人的问题。我于中国诗史最抱恨的，是几千年来，除了唐代李长吉一人外，再找不出第二个自少自老，无怨无尤，能够自知其有诗才，以自勉为一个"职业诗人"The Professional Poet 的。若以中国所有的诗人，将他身世列成一表，可见他们做诗的冲动不外四个原因：1. 是做官而不得志的，则藉诗以泄其愤。2. 是求名而不如愿的，则藉诗以逞其才。3. 是厌世而不遽摆脱的，则藉诗以托其情。4. 是放心而不能自适的，则藉诗以偿其欲。所以如善作抒情诗的陶渊明，善作叙事诗的白乐天，善作讽刺诗的屈灵均，善作农牧诗的陆放翁等，他们都不是想发挥他的诗才；不过藉诗以遣烦闷。所以此种诗人，可算是间接来的，不是直接来的。后世又骇于文章千古事的神话，虽有诗才，亦不敢以诗人自居。于是"职业"的诗人，就永远寻不出了。

中国今日，事事苦无人才。在诗界中；尤觉没得人才。因为诗的人才，原比其他的人才更难得些。

1. 其他的人才，可以因袭成功；诗的人才，必要能够创作；

2. 其他的人才，可以希望速成；诗的人才，必要慢慢修养；

3. 其他的人才，可以假借别的帮助；诗的人才，只有靠着自家；

4. 其他的人才，可以由一定的方法养成；诗的人才，只有由各人的禀赋。

所以"在英国的剑桥 Cambridge 牛津 Oxford 两个大学，每年教得出四千的良好学生；然而教不出几个良好诗人"。中国的留学生，在外国得有博士学士的，也不知有若干，而在外国学得为诗人的，也没有几个。足见诗的人才之难！

但诗的人才，不难于人才之稀少；而难于人才之放弃。英文的谚语虽有"诗人是天生的，不是人做的" Poet is born, not made，一言；却是不甚妥当。诗人固是天生的，其实谁又不是天生的呢？ Every man is born as poet is born 造成诗人的原素在"想像"。Imagination 凡能"想像"的人，都有当诗人的本事，所以人人都可以为诗人；而究竟人人不能都为诗人者；这其间却有个最大的原故。就是诗人虽贵想像，但想像赖于智识；无智识的想像，绝不中用。蒋生 S. Johnson 在他所著《诗人传》上说："无智识的想象，是无用的。" Imagination is useless without Knowledge 正是这个意思。……蒋生他提出这"智识"两字，无非是他的下文所说：人与自然结合惟靠研究与观察可以得来；这智识之意，就是在研究与观察中所得的实在东西。并非世人所谓玄之又玄的学问。……我看智识得来也是容易的事，只要肯去研究观察，也就俯拾便是。不过研究观察，必需一点时间。时间为物，倒是人人所不易得。所以根本问题，不仅在于诗人的想像，与智识，而正在诗人的时间。

用个比譬来说："诗人之做诗，犹如女子之生儿。"儿在娘的腹中，至少八九个月，乃得成熟降生。若是不到八九个月便就生下，这样便叫流产。流产的儿，是不能长大的。诗人做诗，也是一样。起初要有"诗兴"。The Poetical Inspiring 诗人之有诗兴，犹如女子之有爱情的结婚。其次要有"诗料"。The Poetical Materials 诗人之有诗料，犹如女子之已有身。再其次要有"诗的酝酿"。The Poetical Embryo 诗人之为诗的酝酿，犹如孕妇之重胎教。再其次为诗的"贡献"。The Poetical Completion 诗人之到诗的贡献，就如母氏之分娩了。英文中还有一句谚语说道：Poet is a man who is half a woman。这句意思是："凡属诗人，一半要有男儿性，一半要有女儿性。"以我经验，实在不差。不但诗人之德，要温柔敦厚，是取法乎女儿来的；就是诗之有律，Meter 有韵，Rhyme 等等，都是女儿性的表现。……因为有律，则均齐；有韵，则和谐；这均齐，和谐，都是女性中的特色。不过我所说的律，韵，是天然的韵律罢了。……

所以无论长篇小品的诗，要是严格而论，都不容易做出。世人每有天机活泼，情景凑巧之时，信口说来，便成绝调的。此种的诗，看来似不经意，实则那样的天机情景，不知费了多少苦心乃来到的。若更细密观察，可见他的词兴、诗料、诗的酝酿、诗的贡献，都藏有一段的历史在内。所以这种的诗：1. 不可以常有的。2. 必是内容极简单的。3. 必是感情过度之际，而后发出的。若是感情返于平淡，便不能继续下去。乃自白话文学喧传以后，许多没尝过"诗味"Poetical Taste 的人，都滥于做起诗来。又误解诗是写出，不是做出的话；于是开口也是诗，闭口也是诗，吃饭睡觉都有的是诗，诗的品格，可是堕落极了！须知文学的意义，不是想把文学愈弄愈坏，乃是想把文学愈弄愈好。不是望人人都作坏的文章，乃是望人人能作好的文章。犹如社会主义，其所以打破贫富阶级，不是望社会中人人受穷，乃是望社会中人人享福。今新诗堕落的最大原因，就是流产的太多，而成熟的太少；也就是今日诗人缺乏时间之故。

既谈到此，还要补说几句诗人与社会的关系。原来诗人是大同世界的爱儿，而非昏乱世界的难民。像今日之世界，实在不合生出诗人，使他受穷受苦，为人类最可怜的一个。不过在诗人的主观看来，世界虽是昏乱；他的心中却是光明澄澈，了无一物。所以凡是诗人，都有他的透底的人生观，与宇宙观。甚么是透底的人生观与宇宙观？1. 凡是诗人都是以"四海为家"的人 The Cosmopolitan。2. 凡是诗人都是以"万物皆神"的人。The Pantheist……最近同乡诗友郭沫若君以其《三叶集》相示,其集中已先我说及;但我与他的意思稍不同的:他以诗人的"我",列于神以外;吾则以诗人的"我",本是神之一体,所以诗人也是个神。A half human being 他主张赞美"自然",Nature the Great 我则以"自己"也是"自然"的一部分;除了赞美"自然",还许赞美"自己"。……诗人既都以四海为家,所以他也是家庭的一个;既都以万物皆神,所以他也是神类的一个;于是诗人之视世界,觉得都似家庭之可爱,都似神类之可敬;世界虽是昏乱,实在不足介意。且暂时之昏乱,也不能有损于永久之世界。如十二年前之英诗人汤生 Francis Thompson 有《在不稀奇的地方》In no strange Land 一诗颇能道出一种"诗人之假定"The Supposition of a poet 其诗有几句说道:

O World invisible, we view thee;

O World intangible, we touch thee;

O World inknowable, we know thee;

Inapprehensible, we clutch thee!

……我最反对译诗,但恐披阅此篇的人,不尽学习英文;只得把他译出:

啊!世界啊!

尔之不可仰兮,吾今得以量兮;

尔之不可近兮,吾今得以亲兮;

尔之不可识兮,吾今得以知兮;

尔之不可解兮,吾今得以怀兮;

世界啊!啊!世界啊!

由此可见诗人的假定,足以把千万年的时间缩于一点。有许多幸福为千万年后始到达的,但在他的眼前也就可以实现出来。所以照诗人的眼光看来,那般浮云富贵、走狗功名、兽性的战争、傀儡的法度,都是

不值他一看。他所看出来的,只有光明澄澈的景象,而在在足以自慰的。因此诗人的性就生出以下四种:

1. 诗人的性是单独的。(单独不是厌世。)
2. 诗人的性是超脱的。(所以宇宙也不能约束他。)
3. 诗人的性是寂寞的。(也有爱热闹的,但其自视仍是寂寞。)
4. 诗人的性是和平的。(他是用和平的进化,不是用争夺的进化。)

可是现在社会不许诗人有存在余地:诗人性要单独,社会偏是纷繁;诗人性是超脱,社会偏是虚矫;诗人性要寂寞,社会偏要烦嚣;诗人性是和平,社会偏要奔竞;以一身的力量,怎当得起社会势力 Social Force 的强迫?居今日而欲成为诗人,真是难之又难。非具以下条件殆归绝望:

1. 没有极丰富的境遇不能够;
2. 没有极清闲的时间不能够;
3. 没有极满足的修养不能够;
4. 没有极坚定的决心不能够。

除上项条件之外,如亨氏 Lafcadis Hearn 所演讲之《生活与文学》Life and Literature 书中,他首先提出的还要有"创作的能力"。The Creative Power 他说:"若是你没有创作的能力,而勉强从事于诗;其结果不过终究为一个'摸拟家'An Imitator 罢了。"但此话究不真确。我以为文学界中,只有创作家,绝无摸拟家。因摸拟的文学,绝对不能成立;而摸拟的举动,已与文学原理要在"个人活动"The Individual Activity 之义相反。至于创作能力之有没有,就视其境遇,时间,修养,决心四项之有没有。如果四项都有,并且甚好,自然会有创作的能力出来。

就此四项看去,后面两项如果自己能够明白,能够勉励,倒也不费一钱;都可做到。只是前面两项最难得说:

1. 有许多好时间,往往为不好的境遇所误。

2. 有许多好境遇，往往为不好的时间所误。

因此以埋没挫折了的诗人，也不知其好多！又有许多具有诗才的人，反因境遇丰富，时间清闲，为其诗才之累，实为最痛心事。所以比较起来；倒是出身穷苦的诗人，占大多数。其理由：

1. 所以要境遇丰富之故，不过使诗人的一身勿为生活所钳制，而得抖擞精神以与自然相接。但于穷苦之中，也不能直捷了当与自然相接的，虽是穷苦，也不妨害。

2. 惟其贫苦，于是外界的应酬少，而时间的享受多。所以穷苦于诗，到是有益。穷苦的状态是保守，不是退缩；所以穷苦于诗，决其无害。

故时间乃为诗人之资本，而穷苦就是资本之来源。诗人之与世无竞，不是感受了厌世思想的堕落；乃是欢迎与自然接近的表示。既要常与自然接近，则在其接近自然的道路中间，如有妨碍此路进行的东西，便不能不一概抛下。妨碍此路的东西是甚？就是名利、富贵、奢华、权势种种。须知我们所以要做诗，与夫勉为诗人的冲动，由于我们富有诗才；应该尽我们的义务去培植他、去发挥他、去牺牲他，以免其冷落废弃，为人类之巨大损失。而我们做诗与夫勉为诗人之责任，则在为人类生活之批评。……英人安诺尔 M·Arnold 著《批评论》Essays in Criticism 即以文学为生活之批评。Literature as the Criticism of Life 中国的古训如《尚书》"诗言志"，如孔子说："诗可以兴，可以观，可以群，可以怨，可以事君，事父"的话，都是以诗为生活的批评之意。其下文"多识于鸟兽鸟木"的诗，则不但为人类生活的批评，并且进而为自然界生活的批评。不过舜与孔子未读过英文 Criticism（批评）一字罢了。……所以诗人之对于生活（无论诗人自己的，与别人的），只可尽其批评之责，而不可藉诗以谋衣食，求知遇，出风头，讨便宜的。我们可以按着生活去做诗，而不可以拿诗来谋生活。诗人衣食上的生活当要自能独立，此为诗人的立足地点。因为要有独立的生活，乃有独立的人格；要有独立的人格，然后配得为一诗人。不过解决生活问题有两层的例外：

1. 因外界的压迫，实在不能谋生的，如刀兵饥荒之类；这不能怪他。

2. 因内界的阻碍，实在不能谋生的，如老弱病残之类；这不能怪他。

今我又藉无政府主义来说明白：无政府主义的根本意思，是不承认智识阶级，与劳动阶级之分判。因为人人都应当求智识的，人人都应当去劳动的。（昨夜有个美国回来的诗友，与我不睡的论西洋诗。末后他问我的志向。我说：我是毫无志向。只俟蜀乱平后，仍要回去继续我的耕田生活，与教书生活。他说：既是耕田，如何有暇教书？我说：我是教的不要钱的书。他问甚么是不要钱的教书？我说："教书是人类的义务，所以不当要钱。"他问如何去教？我说：上午在家中耕田，下午便去上街去教。田中的五谷，是我享得天的权利；街上的教书，是我报答人的义务。——做诗也是报答人类的义务——他问谁伴你去？我说：我爱的妻儿伴我去。他说：你真是疯话呀！你不懂"分工"的道理，The Division of Labour 我恐你田也耕得不好，书也教得不成了！……其实智识与劳动若不调和，将来之大乱可是难于臆测。世界一切的罪恶，都由于有智识的不肯去劳动；长劳动的又没有智识；因此不平，而罪恶生出。所以我主张诗人也要自谋生活，若是不求自谋生活，只是吃人的饭，穿人的衣，这种人既失了生活上的资格，当然不配为生活上的批评。这种人做出来的诗，只算无责任的诗，而雕虫小技之所以由起。）所以将来的诗人，与往古诗人之观念其不相同处：

1. 要知道社会之生活，必要自谋生活。

2. 做诗不是为生活，是专为他的天才。

惟其自谋生活，然后他的人格不致堕落。惟其专为天才，然后他的诗品不得堕落。

波斯古代的诗话所谓："诗人无坏种"，No bad man can be a poet 行将见于今日了。

说到真正的诗人，行将见于今日，但谁为将来之最大诗人呢？这个疑问，却是难说。不是不能回答，是不能十分快意。我想下列几种的人，都缺乏当诗人的能力：

1. 现年已在三十五岁以上的。（因为离赤子之心愈远，天性爱情都薄屑了。）

2. 境遇虽好，而无时间的。（因为塞了与自然相接的路。）

3. 不能安于淡泊生活的。（因为把诗人性抹杀了。）

4. 生活而非独立的。（因为是诗人的人格所关。）

5. 非出身草野，而又非平民模样的。（因为有时代的错误。）

6. 染了"政客化，资本化，势利化，风头化"的。（因为这种人俗不可耐。）

7. 加入各种学会的。（因为与文学原理之贵个人活动相反。）

8. 没有透底之人生观及宇宙观的。（因为哲学与诗，是并行的。）

9. 胆怯，而不能牺牲一切的。（因为爱情与信仰，同牺牲是一体的。）

10. 不研究英文诗的。（因为英国文学，独以诗擅长。）

前段不曾说过境遇与时间之关系吗？今欲答此疑问，不妨再申言之，以为前段结论。就是：诗人第一要事。

要在不好的境遇中，去寻求好的时间。

用着好的时间，去安慰不好的境遇。

然后在这境遇里面，随那时间前去，以接近于自然。

因为诗人的创作是自然赐给他的，

不与自然相接，得不了他的赐给；便生不出诗人的创作。

时间是接近自然惟一的导线。

所以必要有了时间，才得接近于自然；能接近于自然，才能生出创作。

时间恐慌，殆为今日诗人共同感受之痛苦。其影响于诗的成绩，实在不小。最明显的，因为时间恐慌，把诗的认识都弄得不清楚了。即如许多的人，所主张的新诗，以为新诗就是由宋词，元曲，或汉唐乐府，脱胎来的。只要能够使用几句词曲，乐府的套话，便可叫做新诗。实则错误极矣。第一，若谓新诗是由词曲乐府之脱胎，何不主张词曲乐府之复辟，较为直捷了当。还拿几套词曲乐府的唾余来干甚么？第二要知新诗的发生是受了西洋诗的影响，……百分之中，有九十分是英国诗的影响。……若于西洋的诗，不加专门的诵读，的揣摩，的讨论，的比较，恐怕中国之新诗，没有成立的希望。现在报纸上所登出的新诗，其实从何新起，不但不新，并且旧得不了。又如因为要做白话，连修词也不讲究。对于文学的美，Literary Beauty 简直没有几人过问。于是在形式上，The Poetical Forms 看不出一种外美。External Beauty 在精神上，The Poetical Spirit 看不出一种内美。Internal Beauty，所以令人不耐咀嚼。美虽有庄严，神秘，宏壮，激烈，纯洁，安静，慈悲，种种之不同，而诗之必要有美，然后得以成立；总是不能非议的。今日的新诗，只知写实，不知写美，实为进步上之大缺点。至于前者之所以不新，后者之所以不美，正由于时间恐慌，才生出这种现象。因为新与美二者，都藏在自然中的。除了自然 Nature the Great 便没有新的成在。便没有美的成在。但是诗人没有时间，也见不着自然中之新与美。以后要得新诗人有满足之涵养，就在诗人自家有救济其时间恐慌之法。其法如何，视个人的生活境遇，不能说定。此篇所欲告于同志的：

1. 诗人既不是人力的教育产得出来，故欲勉为诗人，当在大自然界的学校去肄业。不可向人力教育的学校去讨烦恼。若自量能够独立修养之时，便可与现世牢狱式的学校脱离。

2. 近两年来，出洋之风大盛。但与诗人没有关系。诗人出洋去游历犹可，出洋去进学校则毫无意思。而在出洋之先，必要熟习其前代诗人 The Ancient Poets 及其并世诗人 The Contemporary Poets 之诗。先与他有精神的联络，然后能得其实际上的帮助。但诗人出身微寒的多，尽可不必妄想出去。只要能够搜集西洋的诗来读习，就在家中也是一样。至于趋迎富商，投考官费出去；我觉得是龌龊极了，更非诗人所宜。

3. 安乐的家庭，对于诗人，及诗的修养，有密切关系。中外诗人的家庭，十有九个，都是极安乐的。安乐不必要富，而要有爱；有爱，自然富了。同志诸君，如果你的家庭已得安乐，请即努力去赞美他；如果你的家庭未得安乐，请即努力去改良他；这是你诗的源泉，莫忽视了！昔希腊人以"德尔菲"Delphi地方，为世界之中心。以我经验，我们的家庭，便是一个"德尔菲"。便是一个世界之中心。所以与其学诗于学校，不如学诗于家庭。不但父母妻子都是你的良师，就是鸡鸭牛羊也是你的好友。

4. 衣食虽要自谋，但诗乃诗人的终身大事。既是决心为诗，就要终身做去；不可因衣食艰难而中途变志。说到此处，且插一句我之身世的话。我自十二岁时，友人某君命我专事于诗，恰又十二年了。此十二年中，所受之饥寒穷苦，虽不知几多次，但无论如何窘迫，没有把诗抛荒一日。近六年来，除了以精力之半养活家人五口之外；其余的事便一切放下不顾，以牺牲于诗。我此次之离开上海，尚不是厌恶上海之烦嚣，是厌恶我在上海的生活，与自然相接之时间太少，因之影响于诗，使受无穷的损失。所以不能不急于离开。我常想宁肯饿死，而得些诗；不肯饱死，而无一诗。我十年以来，新诗旧诗，却是作了不少；但是没有一首，我看得起。我每于作诗之先，预想作了以后必有可观，迄其作成；则又失悔懊丧，不能洽意。作了一首，便就讨厌一首。于是作诗越多而越无心满意足之日。我觉得世界上事，没有能够动我心的，只怕到老死时，还没有一篇好诗以报答爱我的朋友，倒是一件恨事。所以从今以后，更当振作精神，预备为诗的牺牲了！

5. 诗人贵在个人的活动，自不可以常情介论。所谓新思潮、新文化，在诗人看来，都是刹那间事。诗人的天职，只在贡献些诗。诗之如何立意，如何造词，全由诗人自主。非别人所能干预。所以一个诗人，就应该有一个诗人的文学。纵使举世的人崇尚时新，而我独好高古，不妨就作高古的诗；只要高古的诗好，自然可以成立。纵使举世的人都用白话，而我偏用文言，不妨就作文言的诗；只要文言的真好，自然也可成立。因为美的种类虽多，而美的程度则一。无论如何去做，总要能到美的程度为止。果真能到美的程度，则又无论如何做来，也都是美。譬如有了一段诗料，非用白话不能说出的，应该就用白话；非用文言不能说出的，也应该就用文言；甚至非用英文不能做出的，应该就做英文。总之，所谓白话，文言，律诗，自由诗，Free Verses 等，不过是传达情意之一种方法；并不是诗的程度。美的程度，只为一处。至于方法，则不必拘于一格。今新诗旧诗之故意相互排斥，都是所见不广。须知强人从我之事，是永远做不到的。纵使得到，而千篇一律，好似印版，又有甚么生趣？不但做诗如此，就是诗人的天性，也宜各自发展，各自舒适。今人对于甘守淡泊，或逊迹山林之事，攻击甚力。这都是片面的见解。不知人各异性，随其所好，只要不辜负其一己之天才，以贡献于人类；则无论其为厌世，为乐天，都是一样。我也是附和"返于自然" Return to Nature 的人。我是绝对的厌恶现今的社会。要是骂我为凉血动物，我却毫不介意。同志诸君如果有意为诗，请即率性孤行，不必顾忌。试一味马皋莱 Macaulay "诗人多疯狂" Every poet has to be more or less craze 之言，岂不令人爽然么！

6. 诗人之得来，不比博士学位之得来；是有一定形式的。诗人之修养，既非短促时间所能做到。故不可望其速成。老实说来别人都有成就之日，惟有诗人是永无成就的。我前一段说，大自然界是诗人的学校，诗人也便是大自然界的学生。自然是无穷的，诗人之修业也是无穷的。所以诗人只有修业，没有毕业。学诗的人，苟不见到此处，则速成之心一生，其人格之堕落也就从此起了。

我所欲告于同志的，大要如此。至于谁是今后之真正诗人，我们由时间关系之原理想来，可以下一断语："要找诗人，请向时间上找。谁的时间最多，谁的成绩最大。"赵瓯北的诗说道："国家不幸诗人幸，话到沧桑句便工。"我们生逢今世；看过许多变故，经过许多炎凉；诗的材料，实在丰富得很。快点拿些丰富的时间，去装载他罢！

（选自《新人》1920年8月第1卷第4号）

吾人眼中之新旧文学观

吴芳吉

新旧之言，本属假定而相对的名词。严格而论，世安有毕新毕旧之事理耶？夫文学之发生由于历史，无历史则无文学。历史之事皆属过去，过去则旧，文学既必根据于历史，自不可不有旧之成分明矣。文学之变迁又必由于时势。无时势则无文学，时势之事皆属现在，现在即新，文学既必影响乎时势，自不可不有新之成分明矣。文学既不可离乎新旧，是新旧两者断不致有所争执。纵有争执，只可就文学之道理而言，不可就新旧间门户立论。诚如是者，虽偶有所争，必晏然以解。倘以新旧之见横梗胸中，执其一隅，便谓万能，以此议论，必失平正通达之途；以此著作，必无高尚优美之品。

文学既不幸而有新旧之争也，则其离乎文学之本体，失乎文学之真谛亦已远矣。如是而言文学，犹戴黑色眼镜者之观察物相，俱成黑色而已。吾人之于新旧，向来无所偏袒，亦始终不肯投入两者之漩涡。吾人以为言乎是处，则新旧皆有一半之至理；言乎不是，则新旧皆有一半之差失。天下事理本来正反相成，得失并生，是非为一，利弊同在，惟虚心之人乃能见其两面而不固执，惟固执之人则仅死守一隅绝不虚心。苟不虚心，自然门户派别之争以起。于是只觉自己之长，专寻别人之短。中道既失，惟堕歧途。歧之又歧，有理已说不清。而其结果，则两者之弊实同一辙。兹就浅而习之例言之。

新派骂旧派之第一件事，即以旧派中人对于文学之观念，失之笼统而不明瞭，以为只知文以载道，而不知文学之以感情为灵魂也。然新派之惟尚感情，不计道理，只图我能尽情说出，而不顾说了之后所生罪恶。数年以来，所谓新文学者之作品，其所书写感情者，不是起人烦闷，便是激人暴戾，不是诱人自杀，便是勉人发狂。求其能示人以节制之情者几何？求其能养人以忠厚之情者几何？夫文学之情，固不在其能尽量发挥，而在乎与人以中正可由之道。此而不顾，则其文学观念之笼统为如何？

复次，新派骂旧派之趋重摹仿，徒为古人奴隶，而自外于现世，不知有创造也。彼旧派之主张一味摹仿古人之格式者，固属不是，但如新派之专于迎合今人好奇之心理者，又何尝有当？旧派看过去太重，甘自牺牲以为陈腐之人。新派看现在太重，不惜丧失骨气以为投机之事。宁又有异？以言创作，旧派固被骂倒，谓为无创作之可能矣。新派当然优于创作而不屑摹仿矣。试又细读数年来所谓创作之品，吾人只觉其自乙摹甲，自丙摹乙，自丁摹丙，又自甲摹丁，自乙摹丙，往复循环，无有异境。其与旧派不同者，彼乃专摹古人，此则互摹而已。专摹古人，犹有数千年来许多模范，一时或不能尽。彼此互摹，其技不转易穷乎？

复次，新派骂旧派之弄古典、用僻字，为普通所不能用，而列之为死文学也。实则新派所造之新古典已不胜数。倘在数十年后，有人欲通晓民国十年间所作文章，其事必已大难。遥想后人之骂今人，亦如今人之骂古人。新派所造之字，务必处处合于西洋文字的意义，生吞活剥，削足适履，其奉行之者不过学界及报馆中极少数人。苟以识字者之全体言之，其相差之数，殆不止一之与万。其不能通用可知，犹得谓之为活文学乎？若曰此固文字，非文学也。文学之好坏，不在其文字上之形迹，乃在其内中包涵之精神思想。旧派文学之精神思想为专制的，为贵族的，早被宣布死刑不足言矣。新派文学之精神思想当不专制而自由矣，然观其所提倡者，乃在教父母之不应专制，而让其子女专制；教丈夫之不应专制，而让其妇人专制；教师长之不应专制，而让其学生专制；教主人之不应专制，而让其佣工专制。总而言之，昔日以少数专制多数，今日以多数专制少数。彼等固承认凡多数皆好，凡少数皆坏，正如彼等所谓凡新皆好，凡旧皆坏。物极必反，固无足怪，惟怪等是专制，而反骂人为专制，于理得谓通耶？又新派文学之精神思想，既不再蹈贵族而为平民的矣。平民之中，应无神圣，今则凡所假藉以号召于人者，皆以神圣称之。平民之中，应无天才，今则以为文学惟天才可能，非一般人所致。而有罪之天才，愈于无罪之常人。甚且天才之耳目口鼻亦与常人不同。此等气焰，亦合于平民者乎？新派又骂旧派之迷恋骸骨也。旧派固迷恋古代骸骨，新派独不迷恋西洋骸骨乎？等骸骨耳，何苦争乎新旧！若乎新派之文学所以诱启人者，不闻告人以和顺之道，而只愿其刻薄偏私；不闻告人以礼让之风，而只愿其轻易合离；不闻告人以勤俭之方，而只愿其暴勤怠业；不闻告人以行素之德，而只愿其贪心妄想。充其极至，在在能使人类同归于尽，与旧派文学之暗示君主威权，臣妾福分，而引人入于绝地者同。是亦可以谓为活文学耶？

复次，新派之骂旧派为谬种、为妖孽、为逆潮、为顽固也。前两者之名词，姑无问其为稍有文化者所宜出否，亦不问其辨理与论文为二事否，吾人且亦假定新派之言是矣。然新派中人亦曷否自思，敢以何种依据，可证明惟己为正宗而非谬种乎？可证明惟己为神圣，而非妖孽乎？可证明惟己为受天命，而非逆潮乎？可证明惟己为甚明达，而非顽固乎？旧派中人每借古人以自尊大，人方笑其狭量。今新派中人之顾盼自雄，俯视异己不如蝼蚁之微，亦何示人以不广耶？夫言论自由、出版自由、载之约法，定为人权，新派中人乃欲对于异己掠夺一尽，此其绝灭理性又为何如？或以为旧派之骂新派为洪水猛兽，故新派不能不以此报之。由是说法，岂不以孰能骂旧派人者则孰为胜耶？丑派而胜，胜亦不武。于以见两派之失，要为一也。

以上特就大处言之。其小处如新派每骂旧派崇尚"之乎者也"之繁文，往往忘其实质。然新派徒以"啊呀呢吗"等字累赘插入，便以为新诗文者，其拖沓固同。又如新派每骂旧派文章之不合论理，不讲文法。然新派文章以作诗之法作小说，以作散文之法作诗，颠倒错乱，其不合文法论理亦且多多。凡兹所言，非故为旧派作辩士。旧派之短，已为天下共见。亦非故与新派为仇人，新派之心，初亦甚善。吾为是言，乃以证明新旧之不可各执一面，而在互关其通。盖能观其通者，则新旧各得其宜。不能观其通者，则新旧同出一弊。弊端既生，则新旧皆无益矣。

然则救济之道奈何？曰：救济之道须从根本入手。所谓根本入手者，不在设一审判之吏以分别新旧之孰是孰非也。倘以分别新旧之孰是孰非为救济之道，将如治乱丝者愈治愈乱，终莫得其要领。盖是非本属对待，是固无穷，非亦无穷，吾人不当着眼于是非之现象，而当探讨酿出此是非之源头。此源头为何？即本文开宗所言文学之本体与文学之真谛是也。能认得文学之本体与真谛，乃只文学自文学，而新旧自新旧。真正之文学乃存立于新旧之外，以新旧之见论文学者，非妄即讹也。故就以上所举新旧之流弊而言，倘有问吾人者，吾人当为解答如下。

问：文学究以载道理好，抑以重感情好？

答：文学本属天理人情中事。而天理人情，又为一体。离开人情，没有天理。不是天理，必失人情。凡属至情之文，皆有至理存焉；凡属至理之文，皆有至情存焉。惟既号曰"文"，必加以文学之艺术，与夫文学之道德。故虽有道理而无艺术，非文学之范围也；虽有感情而无道德，非文学之正路也。文学不可无理，但寓理而不枯；文学不可无情，但言情不过。

问：泥古、趋时、摹仿、创造，四者当作何解？

答：凡文学之能成立于天地间者，必有数千百年之经过，其经过之中途，皆其先民之心血脑力堆累而成。后人之从事文学者，自必循此孔道以进，进而至于此道之尽处，吾又为之补筑延长，再以遗之后人。如是步步相续，是为文学进化之途程。故不依循古人之道，则吾必致迷途；不为后人延长新道，则吾先自裹足。前者理所应尔，后者亦义之当然。夫何"泥古""趋时"之讥？小儿之哑哑学语，犹"摹仿"也。学语既熟，可自由与家人谈天，犹创造也。两者之分，无是非新旧的问题，乃时机与能力的问题。能力已足，时机即到，虽禁其不自创造而不可得。能力未丰，时机未熟，虽令其不必摹仿而亦未能。

问：文学之死活，是不是在乎文言白话？

答：文学与文字之性质有分别。而文学之中，则无文言白话之别。既为文学，则所选用文字，一必要明净，二必要畅达，三必要正确，四必要适当，五必要经济，六必要普通，欲定文学形式上之死活，必要合此标准。倘于此有欠缺，纵使一时之人，因浅见不知分别而迷信之，终必站脚不住；倘于此皆有合，且更进焉，虽一时之人因感情作用而吐齐之，终必大白于后。今之白话，是否欠缺此六种美质，是另一问题，不必说定。此处所欲说者，则在文学中之用字，只有此诸美质，并无所谓文言白话。能具有此诸美质者，谓之文言也可，谓之白话也可，或一无所谓，但曰文学作品亦可。盖文言白话本由妄生分别而起。既知二者之美为一，夫何妄见之足云乎？再自文学之精神言之，倘其含有至情至理，虽历百千万年不磨，而不以文言累也。如其无是，则转瞬自归淘汰，虽白话不能为救也。

问：新旧之互骂虽不是，但不互相批评，从何见得真理？

答：批评本由文学而生，文学并不由批评而起。必有具体的旧文学，乃有旧文学之具体批评。亦必有具体的新文学，乃有新文学具体的批评。今新旧文学非残缺尚待整理，即幼稚未足成立，虽有批评，无非一枝一叶，不关宏旨。惟其一枝一叶，不关宏旨，而争执谩骂益无已时。此种谩骂式之批评，现已行之数年，愈批评而文学之义愈紊，愈批评而文学之德愈失。且亦无人肯自承其非者，可见互相批评在今日之无益有害。其尤可厌者，既言中国文学，当就中国文学之习惯、之沿革、之理论、之方法立言，乃有合处。今人一言文学，辄乞灵于外国。文学原理，固中外皆然，而习惯方法，本随地有异。今关于此类之证明，亦无在不以国外为例，岂非牛头马颈，牵强附会之甚耶！为今之计，无论新旧何派，皆不必急于批评，而各以全副精神为各派的贡献。吾人但求有所贡献，便已无负于己。至所贡献之为是为非、为优为劣、为有无价值，皆不必计较，而任后人辨之。批评本有两种，同时代的批评，每以臭味的关系、出处的关系、亲怨的关系、程度的关系，往往混入感情作用，而平正的眼光为所遮被。故同时代的批评，原不可靠。惟异时代的批评，因此关系，皆已消灭，其所批评，多较确当。自经异代批评之后，彼此是非，乃得定妥。文学本身，譬如原告，吾人譬如被告，后世之人乃裁判官也。是以无论何派，皆在被告之列。理由虽可自辩，功罪未可前知。彼尊己以骂人者，一家之私言也。

或曰：如所言者，新旧两失之矣。吾人今后，其依违新旧之间以调和之乎？应曰：不然之恶者以调和之耶？是以恶济恶，为恶益大，自非病狂，何苦如是！将谓取新旧之善者以调和之耶？夫善，一也，新之所善，亦即旧之所善。新旧之善，皆非新旧所得而私。惟此一善，安用其调和耶？或曰：调和既不可以，如所言者，殆欲举新旧两者而抹杀之，以示人惟吾独尊而已。诚如是，岂非自食其言，甘蹈新旧夸大之覆辙耶？应曰：不然。抹杀之弊，又与调和等耳。人有一善则立，物有一善可用。新旧果有善者，固非吾人之力所得而抹杀。且新旧之善，指文学之善，文学之善，正为吾人所当取法之善。苟欲抹杀，何异自绝？人而自绝，犹得独尊乎哉！

或曰：如所言者，是欲超然于新旧之外，不管是非，希图自了，充其极至，势必各自为是，散漫无归，是不啻嫌新旧两方争势为太少，而欲扩充为万方多难之局也？应曰：不然。彼超然之弊，又与调和等耳。吾人之于文学，正欲勘破世俗之所谓是非，而求其真正之是非。欲化除各种之是非，而归根于纯一之是非。故吾人对于文学，当为事事之负责。吾人视新旧之罪恶，皆为吾人之罪恶，而思所以补救之。吾人视新旧之美善，亦犹吾人之美善，而思所以发扬之。吾人不忍以党派之争，而遮被文学之真，但能使中国文学不因党派之争，而随与堕落者，吾人固甘愿牺牲所抱意见以从之。故与超然者之不肯负责异也。

曰：新旧分立既不可矣，调和抹杀超然之事，又不取焉，则所主张果何谓也？曰：吾曩者不云乎，文学不幸而有新旧之争也，则离乎文学之本体，失乎文学之真谛远矣。吾人以为今日文学之有门户党派者，由于从事文学者之未能见得文学之本体，与未能解得文学之真谛耳。今欲化除门户党派之见，建设中华民国伟大之文学也，请从回到文学之本体，认识文学之真谛为始。

（选自《吴芳吉诗文选》三秦出版社 2009 年版）

再论"诗的自然文学"并解释"春宫的文化运动"

吴芳吉

记者足下：今再答《民国日报》的通讯一书，仍拟恳求贵报转达，不知可容许否？如蒙登上，更为感荷。

再覆力子：你答我的信，昨天下午已经看见了。你既以我所说的"春宫的文化运动"一语，为你们的正题，我这封信，就专来讲明何谓"春宫的文化运动"，及我对于文化运动的管见。

"春宫"意义有好有坏。譬如《楚辞》上，那古今第一首抒情诗的《离骚》，他说："溘吾游此春宫兮，折琼枝以为佩。"这个"春宫"是屈原拿来比喻齐国，主张联齐抗秦的意思，这便是属于好的一面。譬如走到那四马路上，只听见那"卖淫画"的春宫春宫叫个不休，这个"春宫"，是拿来代表一些兽欲事情的，这便是属于坏的一面。

凡属辞义，都有引伸的习惯。譬如《高唐赋》上之"云雨"二字，是宋玉拿来形容四川是个天府之国；所以讽楚王迁都四川，以避秦兵之意。而后人引伸出来，就成了男女交媾之事。"春宫"是代表兽欲事情的，则凡属一切卑鄙龌龊的举动，与兽欲一样的，也可以"春宫"两字，引伸起来叫他。

文化运动，我们是赞成的。但有一些人：外面打起文化运动的招牌，而其实在与文化运动的道理相反。我不是说文化运动的招牌不该打起。我是深怪那打起文化运动招牌的人，首先就是言行不合的人；那以觉悟二字要超度众生的人，首先就是孽海底下不得翻身的人。这般人，公然藉着文化运动来做投机事业，岂不是一种滑稽？岂不是一种骗术？与那四马路上，偷卖春宫一流的人，没有分别；所以引申来说，便算是"春宫的文化运动。"

我们都是办过杂志新闻的人，就在杂志新闻界中；譬如有个记者，他一面讲尊重人道，而一面又要坐包车；一面讲男女平等，而一面又要讨小老婆；一面主张民治，而一面又要依附伟人；一面昌言护法，而一面又做安福部所收买的报馆主笔；去年攻击卖国代表，今年却赞成兴王揖唐议和；假如这种人来讲文化运动，恐怕你邵力子先生也要说他是一个卑鄙龌龊的文化运动，也要说他是一个"春宫的文化运动"呀！

耶稣说："恶苗结不出善果。"文化运动，也是一样。要是文化运动得有很好的成功，首要文化运动的人，有很好的人格。否则根本一坏，其影响所及，无有不坏。到了坏的地步，就无论提出何种形式上的办法，都是为坏人所传染，为坏人所利用。那时候；一个社会的人，只好都在文化运动旗帜之下：外面打起招牌，内面以坏就坏。其祸水之蔓延，恐怕比魏晋清谈之流毒，还要利害！因为清谈是消极的，其害不过在于一己。此则属于积极的，他拿着奋斗的精神，与人赌坏，谁人抵挡得住？坏既至此，你若要与他反对，首先便把文化运动四字，把你压死。不但不敢反对，我想就是批评他们，纠正他们，也会受个"大逆不道"的罪案。你试闭眼想想，这种恶苗结出的果子，是个甚么光景！

你看到此处，你必定向我疑问：文化运动声中的好人坏人，好事坏事，你究竟能历举么？这个疑问，在事实上却是答不出的。因为好坏的程度，各有深浅。谁好到甚么地步，谁又坏到甚么地步，不能用测量的器械，下一个精密的计算。即如宋之"元祐"，与"非元祐"的党人；明之"东林"，与"非东林"的党人；虽能在史传上，得其好坏的大概。但其好坏为几度几分，谁也不能估量。还有一层：文化运动声中之罪恶，非今日所宣布。假如此风一开，必至互相陷害，互相谗毁，而颠倒是非，淆乱黑白之事，不知许多。如此，恐怕人心世道，未能被得文化之福，而已先受文化运动之祸。是非黑白，反为弄不清楚。我为此言，不是叫文化运动为藏垢纳污之行；我的意思，是与其用些气力去宣布他们的罪状，就不如用些气力去唤他们的良心。记得我昨年做有一首《一个新文化运动家》的长诗，描写其藉着文化招牌，去吊膀子、骗金钱的丑态，已经完稿。次日，复展诗读一过，便转念道：1. 军阀的罪恶，岂不更大的很？军阀之祸甚急，而学阀之祸甚缓，此刻不必发表。2. 纵然发表，对于他们绝不能使其改造。因为宣布人的罪状，不是救罪人的根本问题。想到此处，立刻将稿焚去。同时，还有一诗，纪"安庆蚕桑女校"事的；也把他烧了。

即就文学而言，"写实主义"的诗文，专来描写社会黑暗；使人看了以后，只觉世界之上，尽是禽兽盗贼，尽都令人作三日呕的；将来确是不能成立。因为文学的义谛，要在正面，能够描出宇宙与人生之真美；而不在反面，述人之黑幕。就是现今以社会主义入诗的作法，将来也不足取。因为限定一种形质上的主义，已就落下乘了。此所以陶潜、李白，为中国第一流诗人，而杜甫、陆游，终究逊一等哪。

再打回本题说一句。我总是希望文化运动的人，都能勉力向善。我既不忍宣布文化运动之罪状——其理在前已说明了——又不忍文化运动之堕落；所以我有"春宫文化运动"一语之讽刺。这也是自古的诗教："言之者无罪，闻之者足以戒"的意思。你若真是一个文化运动的人，你就应该更要努力，更要反省。你既不肯去努力、反省，而只是向我无理取闹，没有一点学理上的讨论；这是文化运动家的态度么？

我本不想再来答你。但是我不答你，你必以为我怕你了。要是答你，你又必用着那圆滑的腔调说道："你这些话，我何尝不知呢？"既是知道，我也不再说了。我相信世界上之罪恶，都是出于偶然，而非出于当然。要讲文化运动，首先要将自家的脚跟立得稳当。要把脚跟立得稳当，我就奉劝大家，要能够实行"悔过自新"的工夫。但是这种工夫，不是做一篇文章；表示自己忏悔，就可了事。托尔斯泰，与卢梭之忏悔，可以偶一为之。我们若是也做几篇文章，去仿效他，就不免有些故意作伪之嫌。所以硬要实心实地去做，才有益处。假如有人若此，我看真正的文化运动，马上就做得到的啊！

（选自《新人》1920年8月第1卷第5号）

李璜

法兰西诗之格律及其解放

李璜

诗的功用，最要是引动人的情感。这引动人的情感的能力，在诗里面，全靠字句的聪明与音韵的入神。两者均不可偏废；一偏废诗的功用便减少了。但是这字句的聪明与音韵的入神都与诗的格律没有多大关系，——有时或全无关系——所以俚歌俗唱自成天籁。中国最古的诗如诗经，法兰西最早行世的诗如史歌，（Chansons de geste）都是不限于格律或全无格律的。可见先有诗然后有格律，格律是为诗而创设，诗不是因格律而发生。照诗的历史看来，是从自由渐渐走入格律的范围，近世纪又渐渐从范围里解放出来。现在我们便专来谭法兰西诗的这种历史。

法兰西中世纪可考的诗里面要算是罗浪歌（Chanson de Rolland）和特里斯丹轶事（roman de Tristan）有名：罗浪歌叙查里大王的战绩，特里斯丹轶事述特里斯丹和叶热尔特二人的情史，都有歌颂的意味。（épopée）那时是十一十二世纪的时代，并无一定的格律。罗浪歌或十言或十二言参差不等，并且句尾押韵，以求类似的响声，并不问写法的同异，有时连响声也不顾到。十三四世纪短歌（fabliau）便盛行一时：是一种叙事诗歌，不过有时含讥刺意，内中如狐狸故事（roman de renard）便是有名的。这种体裁多八言，押音两行一换，但也不拘一体，也还是不问写法。一直到十五世纪，抒情诗（poèmelyrique）发生，谱入弦索，法兰西诗在这时候才大发达起来。文学史上说这个时代内边织女低唱，外面吟人高歌，几乎全法兰西是一样的。因为他发达的原故，诗人便多起来，体裁也复杂；于是便生出反响，自由吟咏的诗便在此时发生一定的格律。

定格律的第一个是马来尔卜。（Malherbe 1555—1628）他定格律的意思是诗比较散文的见长处，不仅是美丽与趣味，并且该当加上一种由困难得来的力量。因此他便把诗的自由取消了。做文学史的人都说他性情骄傲，皮气不好，看见当时做诗的人太多了，他狠反对。

所以独倡高调：

第一禁两母音之重复，hiatus 如 il y a, il a été 之类。

第二禁止一句的辞气长伸入第二句的中间。（enjambement）（阔步的意思）——这一条当时便被拉凤得仑（La Fontaine）等人反对下去了——

第三停顿（Couple）要有一定，用字要将就这一定的停顿，（pause fixe）尤以长句限制为严，如十二言之亚列桑丹（Alexemdrin）句子，正规矩的停法是：3+3+3+3，或4+4+4，或6+6，附规矩是：3+4+5 或 3+5+4 或 4+5+3 等，不能在一个字中间停，所以用字非将就停顿不可。

第四禁止押用类似而写法不同之音，如 ant 与 ent，grand 与 prend 等。

第五禁押容易之韵，如 temps 与 printempus，sejour 与 jour，montagne 与 campagne，admettre 与 promettre 此等同源之字。

马来尔卜的格律不是一时便风行的。当时引起反对他的狠不少，如像威约，（Théophile de Viau 1590—1626）他有首诗说："马来尔卜做得很好，但他是为自己做的。我相信各人有各人的写法，所以我虽爱马来尔卜的诗名，我不爱他的诗律。"来尼（Mathurin Reguier 1575—1613）同时也说："限于世俗之论者，只能生活于闷苦之中。我则随自然以为荣枯者。"这两位都是当时有名的诗人，都予马来尔卜以相当的讥评。

但是照来尼的话看来，马来尔卜所定的格律的力量在当时已经不小，所以才会成为一般世俗之论。

定格律第二个有关系的人要算卜阿罗。（Bolleau 1636—1711）卜阿罗的时代是理性主义（rationisme）勃兴的时代，所以他论诗歌也主理性的学说。（doctrine de la raison）他这个学说是一面赞成马来尔卜的旧主张，一面发表他个人的新意见：他崇信笛卡尔特真理本明瞭的学说，因此主张惟真惟美，把真和美当成一件东西。他说："除真以外无美，惟真为独可爱。"（Rien n'est beau que le vrai; le vraiseulest aimable）又说：一定要爱理性，愿你的做作时常常是借重理性，借重他的光明和他的价值。（Aimez done la raison, que toujoursvosécritsempruntent d'elleseule et leurlustreet'leur prix）这些主张都全在他诗的艺术 art poetique 当中。马来尔卜既定诗律，他便来定诗的格调，他说："不能太把诗的写作交付性情，当随时用理性来作引导，当细心遵守诗学和语文的规则。……诗的内容当随格调：山歌小唱（idylle）宜幽美，宜学'特阿克里特和卫尔尼尔'。"（Theocrite et Virgile）哀吟挽歌（elegie）宜真挚而郁懑。戏中短调（ode artistique）以善于杂乱而愈增其美。十四行短诗（sonnet）只要布置不错，远胜于长篇巨作。至于讥刺之作，要不过于失真。这就是卜阿罗对于短诗所定的章法。长诗如悲剧（tragedie）当按规律与史事，如颂歌 épopée 当善择歌颂之英雄和善于装点古来的神怪，如喜剧（Comedie）当以自然与真实为二要素。这就是卜阿罗对于长诗所定的章法。他都用诗写出，称为诗训四唱。（quatre chants de preceptes）末一唱他还训诫诗人对于批评别人的著作要坦白，要真挚，能公平无私，才能气壮言宜。

法兰西的诗经这两位古典主义的诗人定下了格律，大家虽觉得碍足碍手，情思不易施展，但一时流行都不觉得便照规矩做去：这也因为马来尔卜和卜阿罗两人有点诗的天才，颇能在格律中间活动，所以引起人的仿效。并且随后便是理性主义极盛的时代，当然这种义法的遵守，大家都习惯了。于是写的时候既有格律的拘束,想的时候又有理性的制裁,十八世纪之初诗的功用便无从发展。卜阿罗同时几个有名戏曲家如莫理叶尔(Molière 1622—1673)、拉西仑(Racine 1939—1699)以及寓言诗家拉凤得仑(La Fontaine 1621—1695)都不愿为格律所拘:拉西仑的(Cl oeur d' Esther et d'atali)完全是自由诗,拉凤得仑几乎每首都要出现。一直到十八世纪后期卢梭出来,用他热烈的情感,自然的天性,来发为文章,笔力奔放,热情四溢,理性派的义法当然关他不住,从此发生罗漫派的文学,大诗家才一时继起。如拉马尔丁,(Lamartine 1790—1869)他天性和平,虽未显明去脱出格律,但他做亚勒桑丹十二言诗时,多走那3＋4＋5,或4＋3＋5或5,＋3＋4等宽道路。如嚣俄,(Hugo 1802—1885)另有他的诗学的主张。他相信诗人有两个职务:一是作万有的回声,(ètre un ècho)一是作众生的指导。(ètre un mage)他既用才能去尽这两个职务,便没有心思去问格律,高兴照规矩写时,便狠合古典派的格律,高兴随便写时,不但出规,并且特创了许多样式:如前三行是十二言,后一行忽然只有二言等变态,只要能写出他的情感便是了。因此罗漫派诗便有一言一韵的如:Fort Belle Elle Dort……或竟不拘句的长短,不过都还押韵,好似中国的诗到了唐时发生长短句的词曲一样。

到了一八六〇年左右,巴纳斯派(Parnasse)的诗家因罗漫派的反感,特别注重写实,相当写生的诗笔,(Poèsie descriptive)要在诗里去寻图画。(qui cherchent la peinture dans la poèsie)他们反对罗漫派,甚至说:"罗漫派的诗人有如娼家,卖苦卖笑,惹人怜爱,不是诗人应有的态度,诗人应以写生的技能,描写自然的美,提高一般社会的情感。"因此巴纳斯派的诗人便自命美的牧师,(Culte de bean)极力赞颂希腊的美术。他们用笔不但重字句的聪明,并且对于音调的响亮也要与所写的事实相关切;使人听见音调便会怡然神往,所以他们的文坛首领来公特得里尔(Leconte de Lisle 1820—1894)第一个长处就是恰切(précision)

用字调音务求恰切于事情，算是巴纳斯派诗人唯一用功的地方。但他们纯重实际，不重格律。他们每有新作，都要拿在手里来公特得里尔家中夜会的时候，当众朗诵，取那恰切的批评。他们既不为情感所支配，所以看事用思都狠深细：描写平民社会，织微不漏，称为平民诗人的弗朗束哥白，（Franeois Coppèe 1842—1908）善写心理，思及玄微，称为哲学诗人的雪立卜吕敦，（Sully Prudhomme 1839—1908）都是巴纳斯派里的人物。

我们知道巴纳斯派全盛时代便发生了象征派。（symbolisme）象征派的发起人波得乃尔（Bodelaire 1821—1867）和威尔乃仑（Verlaine 1844—1896）起初都以巴纳斯派知名于世。后因他两人的性情都狠奇僻，不能为一派范围所据，才另创出象征派来，也就是因为他们两人的奇僻性情，法兰西诗的格律才大大解放。所以我们谈格律解放之先，略谈他们俩的性情。

波得乃尔面色苍白，眼眶甚深，貌恭而缓，随时显出留心的样子。少年时便想事事出奇，语语惊人：众人爱自然的美，他偏喜人工的美。众人以风和日暖为乐，他以暴风雷雨为快，众人好女子取其眉目身材。他好女子并不问眉目身材，随便一个肥丑妇人，只要大红大绿着一身，胭脂墨粉涂一脸，波得乃尔便称为极美。因此时人都说他有些做作，真正嗜好，未必如此。一天他在饭馆，同桌许多人，大家正在静悄悄的吃着，他忽然叹息道："我叫怜的母亲呀！你竟被我刺杀了！"举座大惊。如此类奇特行事，不胜枚举。有人说波得乃尔有神经病，但是看他的诗都有至理。不过所歌咏的特别与众不同：风雨之夜，死人之尸，苍蝇之声，肥丑之妇都常见于他的诗里。他有本名著叫"罪恶之花"（Les Fleurs de mal）内中言他的心中的匪烦自私和死的思想，令人读之不快。因此都称他叫危险诗人。（poète malsain）波得乃尔起初既然在巴纳斯派里，当然他也以美的牧师自命，如像美之艺术一书中间美之颂歌（hymne de beanté）等，都很称巴纳斯派之作，不过他嗜好既殊，想像渐异，便不能一味当宣传经典的牧师，狠有自创宗教的意思。第一他有意完全解放格律，开始做自由诗。第二他倡言色声香味相通之说：

Les parfums, les couleurs et les sons se répondent,

I? est des parfumes frais comme des chairs d'. enfants

Douxcomme le hautbois, verts comme les prairies

(Correspondancec)

便开象征派的先河了。不过诗的格律的明白解放，还要第二个象征派发起人威尔乃仑。

波得乃尔性情奇僻是天生的，威尔乃仑性情奇僻是有所激而然。他是一个军官的儿子，十八岁卒业中学，因为家贫，便在巴黎市长厅里服务至七年之久。巴黎市长厅里美术图画雕刻收藏狠丰富，——现在每天午后两点钟还许人参观，三个大厅：一名美术厅，一名文学厅，一名科学厅。——波得乃尔便狠受美的陶养，便动手举来公特得里尔做写生的诗。一八六六年发刊他的第一本著作，(Foêmessaturnilus) 来公特得里尔甚称许之。因此与巴纳斯派名家时相往还，共论文艺。威尔乃仑本是个性情中人，所以虽同写生诗人来往，他的著作还是别具性灵。又因为他家境困迫，致使他少年的著作多半悲凉。夕阳西下的时候，塞因河边一人踱来踱去，梦想将来一种美满家庭，意中人究在何处？这是威尔乃仑家之梦（Mon rêvefamilier）诗中的意思。一八七十年威尔乃仑无意中忽与文学家查里西非里（Charles de Sivry）之妹相识，不几时便订婚，不几时便入赘，昔日美满家庭的梦一旦得遂，威尔乃仑大满意，一变悲凉音调，作诗称颂美满可爱的人生。在他好歌（la bonne chanson）里称道他的妻是他的明星，引他向光明的路。但是这光明的路走不多远便生了阻碍，不久便同他岳家冲突起来，以至离异，引起威尔乃仑后半生无限的苦恼；法兰西诗的解放也幸运得这一个苦恼。离异的原因：一是因为威尔乃仑好酒和醉狂，二是因为他对妻的爱情有些粗暴，三是因为女婿居岳家应当有的闲隙。不过引火之物还是有个少年诗人叫做南波的。

（A. Rurbaud）南波是个穷少年，那时才十七岁，威尔乃仑喜欢他聪明，常常留他在岳家吃饭。因为南波举动粗率，岳家的人都引为笑话。威尔乃仑见这情况，想起自家也是寒士，不免恼极成怒，一天与岳母大闹起来，不告辞便同他朋友南波浪游去了。由法渡英，由英赴比，卖文为或活，转眼便是两年。倦游思旧，试去信探他妻岳的口气，但是消息沉沉，没有回信。再游几时，威尔乃仑便不耐烦。他的朋友南波久也不愿这种生活。一天南波竟向威尔乃仑要求自由，威尔乃仑不受他这句话，并因酒醉，打了他朋友两手枪。虽然没有致命，但是威尔乃仑两年监禁是判定了。在监里，自己追悔从前，自以为这是应当受的罪，但总是望他妻的恕免的消息，所以他的狱中生活都还过得平静。一天，狱吏走起来问威尔乃仑说："朋友，勇敢些呀！"这句话是宣布死刑前应有的话——威尔乃仑狠是惊疑。狱吏给他一张纸，上面是他妻与他离婚的判辞，历数他的薄情，并且说现有新欢。威尔乃仑看了，比宣布死刑还难受，倒在床上，手足乱动，一会叫狱吏请做好事的牧司来。——死犯临刑前做祷告的牧司——牧司来了，他便跪在牧司面前，牧司站着一面的在念，他也一面的在念：牧司祈祷的话终久是圣经，威尔乃仑便祈祷出一首空前绝妙，自成天籁，不拘格律的诗出来。（这首诗叫做上帝告我（Dieu m'a dit）共九章，每章四首，太长，这里万不能载出来。并且拙笔也实在译他不出，请阅者去参看威尔乃仑的 sagesse 诗集。）

威尔乃仑既在这极伤心的时候，一气呵成这首不拘格律的长诗，随后看来，反较他别的著作大然，能够动人，因此益信波得乃尔的主张，决意解放诗的格律：

（一）取消阴阳韵脚之配合。——这是古典派诗人龙沙尔（Rousard）所主张的；e 字落脚为阴韵，其余为阳韵，一诗之中必阴阳韵相配合，威尔乃仑反对此种限制，以为全无理由。主张一诗之中阴阳韵可以随意用，全阴全阳均可。

（二）取消同音异写之限制。——古典派讲究同音异写的字便不能用如 chose 与 roses 尾音一样，但 roses 末尾多一 s，便不能押韵。威尔乃仑反对之，以韵脚本为音调起见，如音已恰当，又在写法上苛求，未免故意为难。其他语尾如 er 与 et，oie 与 loi，ɛoif 与 coiffe，古典派均禁制，而威尔乃仑解放之。

（三）可以作单音长言的句子。——古典派的诗多用双数句子，如八言，十言，尤以十二言为普通：6+6，4+4+4，3+3+3+3 的亚勒桑丹句子算是卜亚罗最主张的。十三字以上，在古典派便在禁止之例。威尔乃仑反对之，他的诗有用单韵至十七言长的。并且不拘停法，（couple）三言上也可以停，八言上也可以停，总随于自然的音节。

（四）取消母音相遇 hiatus 之禁例。——马来尔卜的 hiatus 如 il y a，tu as 这些字都是两母相遇，从来不能在诗里用的。威尔乃仑说："il y a 与 iliade 不是同音吗！何以前一个不能用，后一个就可以用呢？tu as 与 tuas 也是同音字又有甚么分别呢？"所以他极端反对这个禁例，他的诗里有 aube á aube，jour á jour，année á année 这些句子。

（五）算字以音不以字母。——古典派算音并算写法，如 penser 与 pensée 前一字算两音，后一字须算三音。其实普通念法，并无区别。又如 je te le donne，写法虽是五音，照威尔乃仑意思，只能算四音。因念起来时，te le 实成一音。（此等处即是印象派较古典派讲究音节的地方）

威尔乃仑这种格律的解放，比较完全做自由诗（vers libre）和有韵文（prose rythmée）的作者，已算是缓进的改革家。但是如果没有威尔乃仑这样的讲究自然音节，以子之矛，攻子之盾，古典派的音韵格律是不容易推翻的。与威尔乃仑同时主张自然音节，推敲入微的有马拉尔麦，（Mallarmée）尔莱季尔，（René Ghil）南波（Runbaud）等。马拉尔麦每有新作，必定要同当时有名的音乐家德比喜士 Debucis 互相研究音节，日日往还。经音乐的一番经验，更绝音韵不在乎格律。同时南波并本波得乃尔的感官相通说发一种音节印象的议论，时人都以为奇怪不经。他说：听诗之声不但可以神往，并若目观，每字之音印象可以成色。南波便由此印象加以物理的研究，谓五母音实可与五色相同，如 A 音可以想象白色，E 音想象黑色等。当时都称他们叫音乐印象派。（improvionistesmusicaux）自由诗和有韵文便渐渐由音乐印象派研究立说，才发达起来。

法国自由诗的起源，有些说是受了乌那圭诗人拉夫克（Jules Laforgue）和合众国诗人惠特曼的影响。有些说是法国从来就有自由诗，如像拉凤得仑的寓言诗里面多有不依格律的，又如拉西仑和莫理叶尔的戏曲也多自由体。（见前）这两种说法，都有不满意自由诗的意思：前一说藉受了外国诗人影响这个原故，来说明自由诗不是法国人本来有的，于是便主张不应该有，算是绝端的保存国粹说。后一说有意识消这些新诗人，撮拾前人余唾，在那里打新招牌卖旧货。这后一说在当时因为了解自由诗的真意义的人还少，很足以动人的听，势力很大，所以居斯打夫克仑（Gustave Kahn）在自由诗的来源书上就不能不同他们辨白一下。他说：

"一派的人常说：'自由诗在法国诗里，不算一件新发现的东西，并且惊诧何以去撮拾很旧的诗，如那风得命和莫理叶尔已经做得不爱的，来眩吓一班人。'他们宣布这两位大文学家来做我们的主人翁，这是非常荣幸的。不过可惜他们没有把事实的各方面看得清楚。前人的好诗如像莫理叶尔和那风得仑能够善为剪裁，力求通俗，在长言的亚勒桑月句了以外生色。若是愿意，可以称为短诗中最好的，我们绝不反对。不过 Cid 剧中人物的口气，绝不是今日山人的口气；十七世的佳作，绝不是今日新诗的模范。"

亨利尔业（Henri Regnier）也说："各人有各人的情感，所以各人有各人的音调。自由诗的音调在情感之中，纯然根据天籁，故不能随人造的格律。"潘威尔（Banville）也说："现在的人耳朵渐渐细致了，只是格律的音韵听起觉得没有趣味。自由诗的自然音韵，在先有格律习惯的古典派耳朵里听来，觉得生硬，其实在平民耳朵里又何尝是这样。"

因此潘威尔讥诮守旧调的诗人如像醉汉站足不住，总要寻个靠处。

自由诗经过三十年的奋斗，中间如像亨利尔业，（尚存在）有天才，能够以平民的情感为情感，做出诗歌，藉报纸的力量，渐渐传布在普通社会里。守旧调的诗人才没有甚么话说了。——但是现在法国旧调的诗还有大部分的势力——自由诗派（verslibrisme）才完全建设起来。不过中间渐渐又有分两支派的趋势：就是一些自由诗人狠喜欢做象征体，以声形色，以色形声，思想很是细致。一些自由诗人狠愿意做平民诗，（verspopulaire）赞成威尔乃仑的主张，纯用通俗语，好与平民的情感相通。但是这两支派却立于相成的地位：因为不拘一格，不限一家，音乐的成分（élémentmusicai）与聪明的成分（élémentintellenctuel）两者并重，这个大原则是大家承认了的。

临了，把随着自由诗发生的这一种有韵文（prose rythmée）也略说一说：这种要算是保禄佛尔 Paul Fort 提倡出来的。他做自由诗不但不依格律，并且不分行路，一直写起下去，所以便叫做有韵文。不过他这有韵文讲究音响，比较做自由诗的还要十分细密：因为他是一个研究音乐的人，他对于这哑音的 e 字，轻重高低，在字句中间，据他说来，真耐人研究。如：

Ce monde au coeur de feu. O terre mouvementée 在这句里，terre 的头一个 e 字的音，便该照代数式加一个加号。

（十）Mouvementée 的头个 e 字的音，便该照代数式加一个减号。（一）因为 terre 的头个 e 字音重于常 e 而有加，mouvementée 的头个 e 字轻于常 e 而有减。诸如此类，分得很细。保禄佛尔说：音调的一高一低，天然与我们情感相应，我们在这高低音调中表示出我们许多的意思，所以不能不讲究；愈讲究得细，愈表示得深。譬如日常一句 il a quitté la ville，在这句里，quitté 的 té 字和 ville 的 vi 字自然要高些，因为我们要特别表示这是过时的意思。假如这句话是问话，il a queitté la ville？便全体都高起来，因为是要表示疑问的态度，自然而然便高起来了。

保禄佛尔独倡有韵文，赞成他的狠少，在现在或者要数保禄克罗德尔（Paul Claudel）是他的同志。

这篇文字是参考下列几本书：

Vn Bever et Paul Leautaud——Poètes d'anjourd'hui

J. H. Retinger——Du romantisme á nosjours

Verlaine——Oeuv es Complètes

Gustave Kahn——Theories du vers libre

（1920，11，8 巴黎少年中国学会星期谈话会稿）

（选自《少年中国》1921 年 6 月第 2 卷第 12 期）

《孤吟》

我们底使命

《孤吟》

书生事业真堪笑！
忍冻孤吟笔退尖。

——何绍基句

这是何子贞的诗句。照他这样说、孤吟实是一件无聊的事业！但我们现在公然孤吟起来了、我们是为了甚么来？读者须要知道：

第一、我们是不承认作诗是无聊的事。而现在的诗之无聊与否，也是从一九一九年起、就超过以前的现象的了。所以子贞只管笑作诗是书生事业；真堪笑事业。而我们现在作诗的用心，及现代文学功用的趋势、已是与这批评无关的了！——这就是我们敢于孤吟的原因。

第二、我们觉得近代人的烦闷——尤其是青年——实有借文字陶镕的必要；而诗更是最适用的工具、所以我们才刊这小小的刊物、借来发挥青年的时代的烦闷！

第三、从一九一九年文学革命起、到近年已推进到革命文学时代了。我们刊行这张刊物，一方也是预备披露这些人类被压阶级的呼吁。

以上就是我们自负的使命了！可是我们力量何等薄弱、希望有心人来与我们同唱呵！

呵！朋友！
你青春之花开了么？
你动脉之血燃了么？
虽然失路者的呼声是十分底薄弱；
但人间终仅是人间、
来！来与我们同唱哟！

(选自《孤吟》1923年5月第1期)

张拾遗

《蕙的风》的我见

张拾遗

《蕙的风》是去年在上海出版的青年作家汪静之君的诗集、我想凡是注意新诗的人、或者都是看过了。他这部诗、是一部从一九二九年改创白话诗起、直到如今方才第一次收获的情诗。

我自去年见了这集子后、一方面固然是很高兴、觉得在中国数千年视情欲如祸水的情形下面、竟也有了一部青年自作的真挚的情诗、这真是难能可贵的新诗界新现象了。然而一方面又想到凡是看过这本《蕙的风》的人、大概勿论"赞成""反对"、多少必有一点高论的、若就我个人的推想、大概恶批评要算多数罢？

以上就是去年的意思。今年果然就听见朋友说这本集子受了恶批评、现在且把当时谈话景况记在下面：

A君　《蕙的风》已挨骂了、你知道么？

我　"甚么报骂的呢？"

A君　"晨报副刊罢？"

我　"怎样骂的呢？"

A君　"原文我记不起了、大意是说这集子秽亵。"

我（停了半晌才又问）"甚么叫秽亵"？

A君　"我也不懂、你觉得这两个字如何？"

我　　"太笼统了！用来批评诗集、尤觉不当。"

我口里一面谈着、心里又咀嚼"秽亵"两个字、觉得评者的眼光识解、对于这部诗集、大有隔膜的毛病。

我们要明白、凡是有创作精神的〇〇〇〇〇〇的、罗丹的雕刻早年也曾被人疑是假的。所以批评一件创作品、我们因袭的识见、真是极不中用的。最要是我们当把作者的环境、心理及作这作品的旨趣、都混在他的作品里读。并且读的时候、勿论作品是秽亵、是甚么、只要读的态度庄正、得着了作者的热情、就秽亵的也不秽亵了！

读者方面、只要有了这种态度、就读肉感极盛的金瓶梅也无妨的、Libido 的西厢也是无妨的、郭沫若序西厢说："文学是反抗精神的象征、是生命穷促时叫出来的一种革命。"这话一点不错、当我们能力、还不够把秽亵中的社会问题解决时候、就勿论如何、都该有点胡适说的"容忍的态度"才是。

若论到诗、三百篇可算是最古了？只要我们是不认三百篇都是与君主贤人有关、那么、风里面实有不少的秽亵的诗、就如标有梅一篇（还不算是郑卫之风）如译成《蕙的风》一样文字、可不是比《蕙的风》更秽亵么？就以郑风而论、毛西河在他的白鹭洲主客说诗上曾辨明了郑声淫、是孔子指郑的音乐、不是指诗谣。——记得前没两天、偶然看见一张北大日刊附送的《歌谣》〇〇〇〇〇〇

哎哟！我的妈呀！

我今年全十八啦、

人家都用轿子抬啦、

我还没用马车拉呀！

当时有位朋友、笑这首谣淫亵、我也笑问道：足下视此、比《标有梅》如何？我那朋友禁不住也失笑了。

孔子说："无恒产者无恒心。"这是一句极通的话。就广义上说、

心里的贫穷、也可当作无恒产解。文艺批评家尤应知道这点、因为文艺天才者的心理、古今都是些心理贫穷而又几乎变态的心理、所以决不当用批评常人心理的话来批评、批评了就是隔膜。

以上算把秽亵二字说一点了、现在我们且试看汪静之为甚么做这本诗？据他自序说、第一层他要："……我极真诚的把'自我'溶化在我的诗里；"第二层；他因为："……我若不写出来、我就闷的发慌。"至于发慌的原因、就因为他是才年方二十的青年失恋者。

好了我几乎做成批评的批评了、现在且把我对《蕙的风》批评、写在下面、然而也分两层。

一好处（完全同情于宗白华君）

二坏处

○○○○○○

《蕙的风》里面的诗、常有粗率的毛病、如四十七页那首我就不赞成、原诗引在下面：

祷告

我每夜临睡时、

跪向挂在帐上的《白莲图》说：

白莲姊妹呵！

当我梦中和我底爱人欢会时、

请你吐些清香薰着我俩罢！

这诗我个人就觉不但粗率、而且勉强、我固不赞成秽亵的迂评、但粗率之于诗也是我不赞成的、此外"冒犯了人们指摘"那首、以描写论、也觉有粗率与单调的毛病。

乙　芜杂

静之做《蕙的风》的目的、原是为"不得不"做的、"闷的慌"做的然而除却"不得不"与"闷的慌"而外、偏又录了许多首不相干的诗、形式上反成芜杂的现象、所以我希望以后再版时、把这些不相干的取下来、第一、使这部诗成一部纯粹的情诗、第二、读者容易读完全册、第三、使读者感情更单纯、深刻、明了——本子薄了、不甚要紧的！

希望静之将来再版时、采取我的意见！

这篇是我以前的初稿、中间未满我意的地方尚多、本不愿遽然付印。今因时间关系、不及另作矣！

○○○○○○

(选自《孤吟》1923年5月第1期)

从"儿童诗歌号"得到的教训

张拾遗

我友鉴莹君、把征集的儿童诗歌给我看、使我读后得了不少的教训、故特意做出这篇短文、把得到的教训、贡给留心儿童教育及儿童文学的○○○○○○。现在且从这张诗歌号的儿童诗歌的形式来说、

1. 音韵

这张诗歌号内、儿童诗歌的音韵、可分为三组：

一组——属于儿歌的

乌鸦（涂友能作）棉（杨裕麟作）乌鸦（廖传经作）春天到（张钟粟作）萤火虫（杨止赏作）小鸡（唐汉）

二组——属于国文教科书的

小和尚（章尔苍作）想二哥（前人）小鸟（林杰）乌鸦（王载作）我的好朋友（陈善新作）菊（张钟粟作）杨柳（张钟粟作）紫罗兰（张钟粟作）小雀儿（杨正赏作）

三组——儿歌教课混合的

菊花（章尔成作）月亮（章尔楫作）我的好朋友（向同）（唐作铭嘉）乌鸦（王祖佑作）雪（张钟粟作）明月（杨正赏作）牡丹（唐

汉作）

以上三组、二组是仿国文教科书的、分殴的押韵、三组是半像儿歌的用韵、半像教科书的用韵的、再看一二两组的用韵是绝不相同的、三组是混合的、于是我们要说、养成"儿童韵的观念、一为一步。三为二步、二为三步、"

全"诗歌号"共廿八首、若把一二加起来、。就只有十三首了、由此知道：

"儿童韵的涵悟、皆根据儿歌及教科书。"

由上两个结论、我们得了第一个教训、就是："国文教科书的编制、须注重音韵、求能与儿歌的韵的涵悟力相衔接。"

2. 描写

一组描写是短简的、写在纸上的情绪、是集中在一瞬的感想上、没有推度的悬延的情绪、这一期的特长、是极端韵律的、可唱的、从实际说："以韵律的文句、表一瞬的目前的幻感、正是幼稚者特殊放射的诗的力"

一二两组的描写、大致相近、是以韵及推度事物情绪见长的、二组的诗、更是绵延的情绪、优美的韵写的产物——由此得着第二个教训是：

"国文教科书的程度、既是高于儿歌、则于音韵外、尤当注意有推度进展的情绪、优美绵延的描写的文句、始合于读过儿歌的儿童的内感力"

3. 修词

一组内王载的乌鸦、有这样一句："你的色毛儿是黑的、"我于读此句、疑心"色毛"二字是"毛色"之误、及多读几遍、才觉毛色这两个笨重的字、实不及"色毛"二字的含一种"幼稚的幻感的美"。因此、得第二个教训是："儿童的词、自有一种美、切不可拿成人修词的理论去规范。

4. 练章

儿童诗是出于天真的、所以没多伪造一句、因此篇幅都是恰好的、譬如：

菊花（诗题）

秋天到了、

菊花开了、

红呀、黄呀、

真好看呀！

这首真是一字也不能改的。不但这首、每首如此、于是我们得第三个教训是："儿童诗歌的一章一句一字、自有一种天然的裁制、言○文成、不差累黍。"

以上是形式的话、现在再说内容：

儿童的创作、从这张诗歌号看起来、差不多篇篇都是幻感的优美的天真的、没有用以研究的议论、现在我们且试把诗中的题物集合起来、考察儿童世界的生物的多寡。

以上是说形式方面的话。至于内容方面、我让读者自由去涵咏、我就不多说了。

（选自《孤吟》1923年6月第3期增刊"儿童诗歌号"）

毛诗序给我们的恶影响

张拾遗

诗经是我国最古的一部文学书、其中中国风的诗、情绪、音节、一篇篇都是饱和着民间文学朴质、真切的特性的读物。

就造句来看、也极明白流走、作意本是望文可通。但照诗序看来却不能这样读。一篇篇都是"有超乎象外"的涵义的、而且这些涵义、要是不经诗序指出、我们在所有的古〇〇〇〇〇〇。因此、假如我们有时觉得诗序解的太生强、太无聊、太板滞、那还是应该至少要当作"九天玄女的天书"那样虔敬而又不思议地读。

这种读法、说起虽觉可怜、实际上却真是中国式读书法、并不是我幼稚的脑筋所能妄造的。

这种读法、说雅一点、大概便是"不求甚解"、然而假如有人要想寻着"求甚解"的解、那也不中用的、不愁你得不到"非圣无法"或"离经叛道"、种种使你"降心相从"的骂声。

这样、诗序的生命、便生活在这"降心相从""不求甚解"的态度中这么多年。

以上的话、算是我个人对诗序的几句感言。或者有人觉得愤愤、以为是过激的话、那末、我且实际把这些"长命百岁"的诗序给我们的恶影响来说说：

1. 使我们不明晰诗的观念。

2. 养成文人作伪的恶习。

3. 使社会多一种不道德的空气。

且在下面、一一的略为说明：

1. 使我们不明晰诗的观念。

"文学拿来做什么的?"这个问题、固然中国文人自来没有发生些甚么意见、但设如退一步问："诗拿来做甚么的?"那么、诗经卷头、岂不是有段论诗话语："……诗者、志之所之也。在心为志、发言为诗。情动于中、故形于言、言之不足、故嗟叹之！嗟叹之不足、故永歌之！永歌之不足、故不知手之舞之、足之蹈之也！……"这样的一个界说吗?

照这样界说看来、仿佛说：诗是发挥个人情感底自动底作品。但界说只管是界说、如实际拿去考察诗经、不由得任是何人——只要不是白痴——也禁不住要大吃一惊、原来一篇篇依诗序意见、不是讽刺、便是赞颂、几乎全部都是"他人作嫁"的文章。偌大一部诗经、竟没有一片不与卷头的界说相矛盾。

这样前言不符后语的矛盾现象、难道还不够使人"只得虔敬不已"地把来当"不思议"的天书读吗？

最妙是：这样大的显著的矛盾、中国文人竟"安之若素"、不曾发生丝毫唯一的主张、他们只用"东方式"的读书法来读、就是"两说均可成立"。所以自古迄今、中国文人脑中对诗的观念、我可以分解为：

"……诗者、志所之也、在心为志、发言为诗……"（自动的）和"……诗所以寓讽颂之旨也"（他动的）。

这样泾渭莫辨的诗观念、一直应用到如今、这便是诗序给我们的第一恶影响。

2. 养成文人作伪的恶习。

我们教子弟读书、先生岂不是不要他说诳话吗？然而他假如是个诗人、提笔作旧起诗来、却又可不论、这话是有不少的证据的、我且姑引一个：

"全唐诗话记朱庆余及第、作诗曰：

洞房昨夜停红烛、待晓堂前拜舅姑、妆罢低声问夫婿、画眉深浅入时无？"

这首诗、要不经他本人说明是及第诗、旁人梦想得到吗？这便是诗序给我们的第二恶影响。

3. 使社会多一种不道德的空气。

讥刺人与"以不肖心待人、都是一种不道德的恶习、然而这恶习、文人是有的、请看：

"本事诗记贾岛下第、作刺执政诗曰：

'破却千家作一池、不栽桃李种蔷薇。蔷薇花落秋风后、荆棘满庭君始知。'由是人皆恶其侮慢。

全唐诗话记李泌赋诗讥杨国忠曰："青青东门柳、岁晏复憔悴。"国忠诉于明皇、上曰："赋柳为讥卿、则赋李为讥朕、可乎？""

请看上面这两个例、诗人怎样讥刺人、社会怎样猜忌诗人？这便是诗序给我们的第三个恶影响。

诗序给我们这样的影响、我们如今将怎样根本救济呢？

(选自《孤吟》1923年7月第5期)

UJ

孤吟以前的作风的轮廓

UJ

从星期日到现在的孤吟、蜀人中新诗界的作风、以我个人所见、仔细回率起来、大概可以分为纵系的三个时代；这三个时代就是：

1. 星期日末与直觉全期时代

2. 半月与平民之声十期时代

3. 草堂、孤吟时代

以上这个分期、很把我费些斟酌、最初我本拟将自星期日以来的刊物都搜齐、遍读此上诸诗、再定作风的区分、无如搜求不易、加以潮生潮落、时生时灭的刊物、不知多少、个人所见、决难遍求、因此我这遍读的佳梦、竟势有所不能。——近来又觉、此数年中、刊物虽多、但有色彩表现、可以考察作风的沿革者、实际仍不过这几种报、所以我想之又想、终于便定下了这样底三个时期、现在且让我来一一的说明：

1. 第一期（抒情诗）

第一期中间、若严格分起来、又可分星期日为上期、直觉为下期。现在且从上期来说：

星期日是自来就被人称为文艺气氛浓厚的刊物、但实际研究起来、星期日文艺的可观、不在十几期以前、而在十几期以后。十几期以后的作风、才渐渐的露了抒情诗的圭角、可惜不久便告终正寝、竟不克睹其大器晚成之盛、好在星期日死了未久、一班作抒情诗的诗人、就组成了一个星期日模样底直觉。

可是他们不比星期日、他们中坚份子、如刘先亮、董嚼辛、陈竹影诸人、都有作抒情诗的天才、中间尤以董嚼辛之诗、可以代表这诗的精神。话到此地、我本想引些嚼辛诗来作证明、可惜我手中一份直觉都没、竟使我不能引诸人之诗、只好就我记忆中、追录一首下来、写在下面：

慰落花

我清晨起来、斜倚在小阑杆上、
那雾雾的细雨、已洒了我满衣、
好似我的啼痕儿？
但我犹然不忍去、
我只呆呆地望着她。
你看她：香魂欲断、娇软无语；
碎成片片的芳心、也掷在这皱着眉头底池子里；
你曾经对我说：
"风姨是最慈祥的、
她为我施了多少雨露：
使我娇小的身躯、生长在这在
和美的春天里。
这是我永久感激的事！"
我也曾经劝告你、
但那时我不能知你、
然而我又不知能演出这悲剧。
护花的铃儿已坏、葬花的人儿未来、
你既死了、谁又知你遗恨千载？
但是：

也无须媚语乞怜、再向东风拜。

你应该知道这是万恶的世界、

　　况是恶浊卑污人心坏。

我劝你放纵心怀、暂把愁颜开；

且自宽自解；

一些儿也不用伤怀。

燕儿虽无声、花落已沾尘。

这一夜无聊的雨、却惹起我许多孤寂的心情。

何堪再听你廿四番风信、好梦如尘。

你只须记取那"随风飘荡、摇落无定"

和你那最苦的呻吟声。

　　上面这首诗、固然不算就是直觉社的好诗、虽是以现在的眼光看来、诚然不免有许多不满意的地方、但这诗实有直觉派人共同的音韵、情愫、色彩的、所以也可勉强举出。就事实说：这诗和喊娘喊老子（有人讥讽幼稚时代的新诗样说）的作风、相距并不很远；而公然有这样自由发挥的长篇抒情诗作出、也真是难能而很可贵的事、这种作风、就是第一个时代的异彩。

　　2. 第二期（革命诗）

　　第二期的诗也可以分为初末两期、初期属于半月、是平民思想的诗。半月全二十四册中的诗、抒情诗占十之三、革命占十之二、平民思想诗占十之五、所以半月的诗、也可以用平民思想的口语来代表、例如：

　　人间的呼声（诗题）

一、艺妓

烈响的琴弦、

遮着了她的半面。

手不住地弹；

口不住地唤；

手不住地摩娑；

眼不住地流盼；

更伴着：

醉人的歌声、

狂人的嘶喊；

才奏成这样底淫声一片。

甚么是她的自由？

甚么是她的爱恋？

她只有这流不完底泪和汗！

生活的酒；

灌醉了她的青春、

生活的药；

迷乱了她的女性。

——这正是众人的盼望、

她反抗不了社会的万能！

泪呵！

汗呵！

你的代价是甚么？

你的死灰燃了么？

——烈响底琴弦呵、

你弹的甚么声音呵？

——笔录半月中人间呼声

第一段

　　这就是可以代表半月中的平民思想的诗。由此直下、到了平民之声旬刊时代、于是平民思想的作风、也由酝酿而进一步为革命的诗歌、于是第二期革命诗歌的作风、就也完全成立了。这时的诗、如平民之声中的：

　　先驱者

——为悼黄庞二君作

是这样的；

被罚的弱者便是这样的！

羞呵！

不思议的羞呵！

不可忍的羞呵！

弱者便是这样底呵！

让我们追悼他俩最后底微笑罢？

让我们继续他俩最后底微笑罢？

而且我们、而且我们"人"；

自由底诅咒罢？

自由底狂歌罢？

自由底破坏罢？

自由底创造罢？

青年吓、

流你们潮样底血吓！

一滴、两滴地流吓！

能够灌溉的一滴、

便需要你自己的血吓！

先驱者呵！

时间活跃地先驱者呵！

空间活跃地先驱者呵！

人间活跃地先驱者呵！

兄弟们的血钟鸣了、

兄弟们的战旗举了、

我们终于胜利罢？

胜利属于我们罢？

先驱者呵！

你暂时底安息罢！

3. 第三期（抒情诗）

以上两诗、就是第二期革命诗歌的作风、现在且说最近期、最近期是以草堂、孤吟为一派的作风、他们的作风、都是属于抒情的。草堂中诗如：

　　　咀咒

被爱情忘情底二十五年呵！

我今后的心、

更怎样安放呢？

默默地想着、

更脉脉地想着；

无奈何！

我且自由地咀咒说：

"青春之花呵、

萎了罢？"

这首诗、就是现在作风的一般。至于孤吟、现在才出一期、虽然作风与草堂相同；但却不便急于引出。此外小露、若只就他的二期诗歌号看、虽手腕推敲上不及草堂与孤吟。但其中少数最成熟的诗、也还和草堂、孤吟的作风相符。可是既未成熟、也便不宜引出。因此目前的作风、只能很寂寞底引出这首来。

拿第一期的抒情诗、和现在的抒情诗比较、就可以立刻看出几处相反地方、例如：

1. 现在抒情诗是男性美的。

2. 现在诗是超词曲音韵与结构的。

3. 思想是比较解放的。

4. 诗的字句、篇幅是比较简练的。

这四项便正是现在诗的特色、至于循此而下、将来的作风、是个什么状态、这个问题、却不是本篇范围以内的话、本篇就此完结。再者为避标榜及毁损嫌疑起见、篇中所引诸诗、故不指明作者；希读者见宥！

我这篇文章、自觉极不精详、引直觉派诗、不及董嚼辛、尤其抱歉！譬如作画、这篇只好算是初下手钩起的轮廓。希望不久、更有一篇比较精详的文章可读、我就欢喜无量了！

(选自《孤吟》1923年5月第2期)

K. T.

从"儿童诗歌号"得到我们出儿童诗歌号的旨趣

K. T.

中国历来对待儿童、在生理上、和在心理上、没有一种正当的见解。因此也就没有一种正当的教育。我们明白"教育原理"的教师和父世们、该承认罢？

至于谈上"儿童文学"四字、一般人又不免怀疑。因为他们要问儿童有什么文学？并且对于儿歌、童话、里面的话、认为有荒唐乖谬的思想、恐怕儿童看了、不特无益、反有害于儿童！甚至说儿童懂得什么？倒不如拿"圣经贤传"、循循善诱的教导儿童、岂不大有裨益？唉、儿童们的不幸呵！他们的烂漫天真、活泼天性、竟这样被大人剥夺、摧残至此、好不令人心痛呵！

但是、我们既知道了、我们就应该竭力纠正这谬误的见解；一刻不能容缓的。

儿童决不是未成熟未长成的大人……儿童与大人……他们各自占有着别个的独自的世界，这个世界里自然有或一程度的相互〇〇〇〇〇〇之不可能、确也存在。……

儿童与大人间、也存着不绝的谜。这是一个日本诗人——又是法学士、柳泽健君论文集里面、论儿童学的最精当的几句话。（见周作人先

生译《儿童世界》、载《诗》杂志一卷一号）

那末、我们要晓得教育儿童、实在不能有成人的见解；所谓他虽与大人有点不同；但他仍是完全个人、有他自己的内外两面生活；就是精神方面、和物质方面、生活应有独立的意义与价值、最好一句话说；完全生活祇是一个生长呵！

但是儿童生活上有文学的需要、为甚什么？因为儿童生活、是独立的、然而也是转变生长的。儿童时代的文学趣味；正以其文章单纯、明瞭、匀整、思想真实、普通。真是儿童所见的世界、决不是大人所见的世界、最可爱的、是儿童们的智慧和灵性、大人万万不能占有的！

然而"儿童文学"、不过是一个概括的名辞、分类说来、为诗歌、寓言、童话、故事、戏曲等、名目是很多的。注意儿童文学教育的、当然一步一步去提倡、我们这张增刊、正是从诗歌着手、所登载小朋友们○○○○○○赞美一句、"纯粹的声"呵！

（选自《孤吟》1923年6月第3期增刊"儿童诗歌号"）

说哲理诗

K. T.

"说理不要用诗形"这句话是伽莱尔说的、是成仿吾君在创造周报第一号上所作《诗之防御战》一文中、引证反对做哲理诗的话。

我对于这样主张、很表赞同！大凡诗歌是抒情的、有动于中必发于外、完全以感情为生命、与感情相终始、决不得受理智的折冲甚明。

拿浅鲜的定义说来、文学与哲学的划分、就在一为感情的、一为理智的。若两两的性质和色采不一、混用而夹杂、哲学也不算精当的哲学、文学也更不成其为纯粹的文学。像这样做去、还叫什么东西呢。

所以伽莱尔接着上面的话又说："那些铿锵的假诗是一些打木板的

嘈响"（是接着上文"说理不要用诗形"说的）、即言拿诗歌来发表哲理、毕竟流于不自然。既说不上浓厚的感情而且呆板乏味了。

但是常披览名人诗中、亦往往有拿哲理的地方、然而决不陷于前者的弊病。这是什么原故？可以说：是真有天才的诗歌、是一种"天籁"之音！从文字中间自然寻出感情与理智互调和的精点。因为真有天才的优美抒情诗歌、真情流露、能够征服一切困难。断非"把概念与概念联络起来"、或"把一些高尚的抽象的文字集拢来"、就名之为哲理诗。若像这种哲理做出来、那伽莱尔若果知道、必定对他们说：

"——打木板的嘈响"呵！

做新诗的朋友们！且听罢。

做新诗而以好谈哲理为目的底朋友们！更特别注意罢！

俞平伯君说："诗是人生表现出来的一部分、并非另有一物拿他来表现人生的。"（见诗的进化的还原论）

康白情君说："诗是主情的文学。没有情绪不能作诗、有而不丰也不能作好。勿论紧张或弛缓、兴奋或沉抑、而我们的感情上只有快不快。由是句论我们情绪为欢乐为悲哀、都可以引起我们底美底感兴、而催我们作诗。"（见新诗底我见）

○○○○○○于主观的。因主情、故不重形式。因是想象、故不病凌虚。因偏于主观、故不期于及他的效果。——诗也是在他主要范围以内发展、绝不会变成记录的说理的、虽然也混合些理解、和主见、但他仍旧偏重在主情想象主观方面。（见诗的将来）

综合上面三个人说底话看起来、可见诗底自动的表现、完全是感情的、绝不容哲理来参加呵！

——一九二三年七月二五日

（选自《孤吟》1923 年 8 月第 6 期）

既　勤

我对于读诗的一个意见

既　勤

我们未说读"诗"之先、必须要知道以下的两个事件：

A．"诗"是为什么做的、

B．"诗"与时代、环境、底密切关系；

要了然以上的两件问题、然后才可以说读"诗"；因为是：凡人做诗的原因、是为表现他自己的"不满足"的情绪、或是足以使他感触的环境而作的、所以读白居易的《琵琶行》、就要知道他是悲伤"非人道主义"而作的、读元稹的《连昌宫词》、就要知道他是感触历史的变迁而作的。

我们既要知道作诗的原因、更要知道作诗的时候、是在——文学上——甚么时代、这时代中的文学、在文学史上占甚么地位和意义。再去看作者描写诗的手腕的艺术、能不能表现出他的意旨、这样才可○○○○○○我们知道了读"诗"的方法、和批评"诗"的条件、以后读诗、才不至于隔膜、及下隔膜的批评。

所以"诗"的好不好、不是可以在诗本身外、另具某一种眼光去读的、从前的学者、常常用一付笼统的脑筋眼光、去笼统的批评诗人的作品、不是甚么"鄙俚"、便是"讳亵"……等等、所以从前的批评家——多数——批评诗人的好处、只有"对仗工整"、"音韵明响"、其他几乎没的第三样的说法、他们所以只有这样的批评的原因、就是他们不知道注意：

"诗"是为什么做的。

"诗"与时代、环境底密切关系。

现在我们已经是经过文学革命的时期了。对于从前一切笼统的论调或读法、应当极力的革除、从事客观方面、才不致于再把"诗"殆负了。所以我希望现代的青年、用切实的方法去读"诗"罢！

（选自《孤吟》1923年6月第4期）

G，L，

新诗与新诗话

G，L，

新诗初胡适之尝试的时候，因旧诗入人太深的原故，起了许多——对于新诗怀疑的人的反对论调，如甚么："音韵全无""字句不练"……等等；幸亏新诗陆续创作，虽然还是浅薄，然而不是"单说而无物"；所以也才渐熄反对者的口吻。细查旧诗入人甚深于原因，诗话之力也是不少！我们试看各家诗话，狠可看出个人对于"诗"的零碎的意见，而读诗话的人，也就因此得引起作诗的兴趣，以及读诗的兴趣。因而旧诗在我国的势力，甚为浓厚了。

我们既是要新谋诗的发展，那吗，我们也须要注意诗话上的努力！试看新诗萌芽在我国，已经六年了。而人众尚未能彻底的了解的原因，便是没有得着诗话的辅助，现在要救此病，只有希望国内的诗家，把你们自己对于新诗的见解，努力于新诗话的执笔，使新诗在中国的努力，渐渐发展起来、

（选自《孤吟》1923年6月第3期）

思　绮

谈旧诗（一则）

思　绮

赤脚长须之厄运

韩退之诗云：

一奴长须不里头、

一婢赤脚老无齿、

此盖记庐同之一奴一婢耳！

苏东坡作绝句诗云：

更烦赤脚长须老、

来趁西风十幅蒲、

东坡似指赤脚长须为一人，岂其不祥审耶？

——瓮牖闲评、卷五、

我说这并不是不详审，实是旧诗诗句多寡有限制的原故、——若是作成现在的白话诗、改成两句就行了、——第二、旧诗全是要讲联偶的、这两句恰成一偶、所以更是技穷无法表明"这是两人"，结果便弄成："赤脚长须，俨若一人"的成绩。

逢着这样"规律森严"的旧诗格，和"黔驴技穷"的旧诗句、没有甚么解说的、只好说是"赤脚医生，生不逢辰！"罢了、

（选自《孤吟》1923年6月第3期）

周作人

读草堂

周作人

中国的新文学、我相信现在已经过了辩论时代、正在创造时代了。理论上无论说的怎样圆满、在事实上如不能证明、便没有成立的希望。四五年前的新旧文学上曾经起了一个很大的争斗、结果是旧文学的势力渐渐衰颓下去了。但是这并非《新青年》上的嘲骂、或是"五四运动"的威吓、能够使他站不住的。其实只因新文学不但有理论、还拿得出事实来、即使还是幼稚浅薄、却有占义所决做不到的长处、所以占了优势。古文体的小说戏曲、已经老老实实的死了、口语的无韵诗因为年青一点、还在那里受人家的冷眼、不过这只是早晚的问题、诗宗的衣钵终是归他的了。古代的旧诗里诚然有许多比他更好的作品、但是现代更没有人能做、而且也已经"做尽"了。我们的责任、便在依了这条新的道路、努力的做下去、使各种的新兴文艺、由幼稚而近于成熟、由浅薄而变为深厚、比和那些缠夹不清的人们去评理要好得多多、而且也更为有效。

年来出版界虽然不很热闹、切实而有活气的同人杂志常有发刊。这是很可喜欢的现象。近年来见到成都出版的草堂、更使我对于新文学前途增加一层希望。向来从事于文学运动的人、虽然各地方的人都有、但是大抵住在上海或北京、各种文艺的定期刊也在两处发行。这原是自然的事情。艺术中心当然在于都会、然而地方的文艺活动却是更为必要：其理由不但是因为中国地域广大、须有分散而又联络的机关、才能灵活的运转、实在是为地方色彩的文学也有很大的价值、为造成伟大的国民文学的原素、所以极为重要。我们想象的中国文学、是有人类共同的性情而又完具民族与地方性的国民生活的表现、不是住在空中没有灵魂的阴影的写照。我又相信人地的关系很是密切、对于四川的文艺的未来更有无限的向往。我们不必举古今的事实来作证例、便是直觉的也能觉到有那三峡以上的奇伟的景物的地方、当然有奇伟的文学会发生出来。草堂的第一期或者还不能当得这个称号、但是既然萌长起来了、发达也就不远、只等候草堂的同人的努力了。

一九二三年一月六日、在北京

（选自《草堂》1923 年 5 月第 3 期）

郭沫若

通 讯

郭沫若

草堂社诸乡友：

奉读草堂月刊第一期、甚欢慰。吾蜀山水秀冠中夏、所产文人在文学史上亦恒占优越的位置。工部名诗多成于入蜀以后、系感受蜀山蜀水底影响、伯和先生的揣疑是正确的。

真的！近代文学的精神无论何国都系胎胚于自然主义。自然主义近虽衰夷、然而印象派中、象征派中、立体派中、未来派中、乃至最近德意志的表现派中、都有自然主义的精神流贯着、这是不可磨灭的事实。自然主义的精神在缜密的静观与峻严的分析。吾蜀既有绝好的山河可为背境、近十年来吾蜀人所受苦难恐亦足以冠冕中夏。诸先生常与乡土亲近、且目击乡人痛苦、望更为宏深的制作以号召于邦人。

久居海外、时念故乡、读诸先生诗文已足疗杀十年来的乡思、然而爱之愈深则不免求之求愈侈、仆对于诸先生故敢有上述之奢望、望勿见怪而时赐教勉。

沫若

一月十九日

（选自《草堂》1923 年 5 月第 3 期）

程世清

通　讯

程世清

伯和先生及草堂社诸位朋友们：

当我住在这荒凉满目的六朝故都里、终日所见的是濯濯的钟山、寂寂的台城、枯枝萧索的北极阁、衰草迷离的鸡鸣寺。心境里除了还可以谈心的许多朋友、狠有希望的许多青年、以及扶持着我爱、围着火炉蜜蜜情话而外。精神上的生活、是何等杳茫而且空虚呀！

我离开我七年相处的成都、已经三年了。镇日家怀想着暮春三月的草堂寺、清秋九月的武侯祠、初夏和中秋的望江楼、还有二月的青羊宫、二仙庵。濯锦江边的草色疏林、百花潭里的涟漪、昭觉寺的茂林翁郁、北郊的旷远、南外的壮丽、重重的回忆、都一一的兜上心头来了！

我今年走遍了杭州、苏州、无锡、南京、许多名胜。知道历史上的名乡、只不过如此、比较起来、蜀中真不愧是三都之一、虽然莫有太湖西子之胜、但是三峡连云、江流的奇诡、全国中有何地可出其右呢？得受你们寄与我的草堂第一期。怀想叶先生这种创作的精神、和朋友们的勇进。意气之盛、远过从前、真使我生无限的感愧、同时也得无限的欣慰。叶先生、你可以想见我是何等快乐呵！

郭沫若与康白情与吴芳吉都是四川青年文学中的健者。他们在时代上、不能不占有一个领域了。如果草堂能够继续五十期、一百期、尤其可以将四川青年文学的精神、暴露于宇内、使一般创作者都可聚此旗帜之下与海内作者周旋、我很希望先生们努力继续下去、使能一期期的更为丰富、那真好了呵！

程世清南京、一九二三、二、七

（选自《草堂》1923年11月第4期）

若 仙

新诗怎样做法？

若 仙

"诗"是文学当中很重要的一件事，自来中国也是推重他的，中国古诗在世界文艺史上还是要占一个重要位置，古诗中凡是好的诗，多半都是创作，也不见得句句引用典故，才算好诗，到了现在，怎样莫有人会做好的旧诗呢？因为旧时除古风而外，定要墨守格调、韵脚、平仄、对仗、用典，这样限制，就是有做诗天才的人也难做好，何况许多做旧诗的人，对于作诗意义、"诗"应具的事项及诗的长处何在，都不甚了了，只图和平仄、押韵脚，又无创作的能力，只是把他读过的古诗，拿来颠之倒之，只要合了平仄、押了韵脚，他就算做成了一首诗，这样怎么会好呢？"诗"本来是表现一时代人生的感想，文的能事，大约限于叙述、批评、辨论；"诗"的特长在叙述直觉的观感，抒写热烈的情感，文章的构造贵详密，只要对于"命题"有关系的事项，无论如何琐碎庞杂的道理都可取来做材料；"诗"的叙述取材宜偏于感想，事实的范围最小，所含的观感要多；若做抒情诗必要在情感热烈的时候，把心中所有的悲哀欢乐和盘写出，那就是绝好的诗了！如不足以动人的寻常事故，就写出叙述诗来也没意味，如毫无情感的时候要做抒情诗，既不是真情，哪里能成好诗。我以为做新诗，必定要遇着所见的情感事物足以激动我们的感想时,才能做成好的叙事诗;必定要自己的内心发生了强烈的情时,方能做成好的抒情诗;除了这两样情形,便没有好诗料;但是这样诗料,个个人都是具有的,不过寻常人都把它轻轻放走,不曾捉住罢了!上面所说的是诗的材料,有的人虽然把材料捉得住,但是他缺乏艺术的技能,所以还是做不出好诗来;天地间的事,不要说做诗,就是物质上的小艺术,也要练习技能;铁匠○○尺、缝工剪布、都要练习;拿起笔随便写两句白话,就要他成功一首好的新诗,突地间恐怕莫大这样便宜的艺术,莫有这样聪明的超人;如果要问作的诗好不好呢?先问自己下了多少工夫,再问抈仵材料没有;我想人人都有做诗人的希望,都有做出好诗的可能性:就是看你捉不捉得住"诗料",肯不肯练习技能;如果说只要用白话做诗,一定会比旧诗好;那恰与说出了洋学问一定会好同一谬见了!我也是与许多人一样爱做诗,做得好不好我也不敢说,不过做诗的路我已知道了!我若想把我的诗做好,我只有望我自己努力下工夫,别人怎样批评,我是不问的。

(选自《半月》1921年3月第16号)

汉 译

蜀 民

译茵梦湖中的诗的一首

蜀 民

　　史托耳门的茵梦湖、表现○○的、含蓄的哀情。国内有两三种译本、俱不免讹误之处；至于行间字里、搜他作者的深心、提出他文学上特殊的风俗、把他象征的暗示一一传写出来、那更是不容易说。去年避暑鹅岭、同敬瞻君谈到此书、戏把莱茵哈提假托他人做的一首诗译了下来。不敢说是正从前译家的失真、却自信这一段女性的悲哀、我是很忠实的直述下来的。

　　我的妈妈她想到、她要我与别人好；
　　我从前消受他的那些、估着我把他忘了；
　　这些事我从前何曾想到。
　　我哀诉我的妈妈、这件事你未免做差；
　　从前本是光明事、而今变做互罪恶罢。
　　你叫我心里有甚么法！
　　枉自我一切豪兴并欣欢、只剩得愁心一片；
　　唉！若不是这事从中变……
　　唉！我便同他向荒林野道、乞讨也心甘！

（选自《孤吟》1923 年 5 月第 1 期）

徐荪陔

白昼将去了　The day is gone

Jone Keats 原作　徐荪陔译

白昼将去了、
　　整日的美丽也将去了！
悦耳底声、
甜蜜底唇、
娇嫩底手、
柔腻底胸；
微暖底鼻息、
轻捷底耳语、
嫩弱底微音、
清澈底眼波、
娴雅底态度、
和细长底腰！
消灭了花儿和葩的完全底媚态、
消灭了我眼中看出的美丽底景象、
消灭了我臂边触着的软和底物件；
婉声、艳色、明洁、乐园……都将消灭了！

被黄昏不合时的消灭了！

现在是黄昏的纪念——或是静夜、

一切爱物都被藏在帷幕内、

这浓厚而黑暗底织品、

　是藏匿着欢乐；

然而、如我镇日的读罢了恋歌！

伊愿意让我去睡眠，

所以我废食而祈祷。

（选自《孤吟》1923年5月第2期）

疲劳底呻吟！Sing Heigh-ho！

Cyarles Kingsley 原著　徐荪陔译

树上栖着的小鸟；

　　疲劳底呻吟啊！

树上栖着的小鸟、

求宠它的爱人、如我对你似的；

　　疲劳底呻吟、疲劳啊！

　及笄的处女必须要出阁、

枝上开着的鲜花；

　　疲劳底呻吟啊！

枝上开着的鲜花；

它的花瓣互相接吻。

——我愿意同你表示如何：

疲劳底呻吟、疲劳啊！

　及笄的处女必须要出阁。

鲑鱼漫游着从海到江中；

疲劳底呻吟啊！

鲑鱼漫游着从海到江中；

寻觅了一个良伴、引导入她的屋；

  疲劳底呻吟、疲劳啊！

  及笄的处女必须要出阁。

天下的一个新郎地球上一个新娘：

  疲劳底呻吟啊！

他俩眷恋时从日出到日暮：

世界到了末日、然而他俩的爱情仍存留着。

  疲劳底呻吟、疲劳啊！

  及笄的处女必须要出阁。

(选自《孤吟》1923年6月第4期)

K. T.

祖胜父之歌

法国 Rayaellol 歌，K. T. 译

[附注] 法国拉华高以一八九二年、因为谋革命事件、上断头台、他的教义、是一切被压迫阶级的信件冲动而发展的革命。他的过去历史如何、无人知道、但他死得非常勇敢、他临终时、口里唱的歌；是"祖胜父之歌"全篇，这篇歌沉痛得很、有感动人的能力、特译出以供读者玩味。

——原文见罗素著到自由之路内、第六三至六九页、原文字多排误、译者仅按全文字面直译兼意译之；不当的地方、恐难免的，读者谅之！

1

生逢九十二岁了、
　天呀！
我的名是祖胜父、
　生逢九十二岁了、
天呀！
　我的名是祖胜父、
残忍是细微的、
　天呀！
是谁给与他的恨、
　亲爱的天呀！

我愿谈话得自由、
　　天呀！
我愿谈话得自由、
2
小人、窃手、懦弱者、
　　天呀！
你对我说是不是介意的人民、
　　当时我努力着双目、
天呀！
　　直到夜晚里我还在做活、
亲爱的天呀！
　　到要睡时仅仰卧在草上、
天呀！
　　到要睡时仅仰卧在草上。
3
允许我们荣幸、
　　天呀！
为褒赏一切——
　　当其时的人们；
天呀！
　　他们都来申说他们的意志；
亲爱的天呀！
　　我们愿破坏虚荣的欲望、
天呀！
　　我们愿破坏虚荣的欲望、
4
为该爱荣幸、

天呀!
你顾及一般的人、
　并垂怜将老的牧师、
天呀!
　且忏悔罢、
亲爱的天呀!
　重罚以笞杖、
天呀!
　重罚以笞杖、

5

当他们话说到穷极了、
　天呀!
直问他们的需要——
　一个热忱的方法之上、
天呀!
　为被凌辱者复仇。
亲爱的天呀!
　流露在他们的脸上、
天呀!
　流露在他们的脸上、

6

要是你想幸福、
　天呀!
绞杀你的主人翁、
杀一些良善的牧师、
天呀!
　在天下的教堂里、

亲爱的天呀！
　　在死地里的好神……
天呀！
　　在死地里的好神……
7
小百姓是无记性的、
　　天呀！
你也能举出——
　　不是仁慈的、
天呀！
主人、村民、司铎、
亲爱的天呀！
　　他们应该狐疑、
天呀！
　　他们应该狐疑、
　　　　一九二三、五、二十七、

　　　　　　　　　（选自《孤吟》1923 年 6 月第 3 期）

LLT

收葡萄的三天

法国 Alphonse Dontet 著，LLT 译

我遇见伊在收葡萄的一天、
轻裙微微散现出美丽的纤足；
黄襟未饰髻儿未绊
女仙的风姿天神的眼、
挽着个甜蜜的伴儿、
我遇见伊在阿葳陇 Auignon 田间
正是收葡萄的一天。

我遇见伊在收葡萄的一天、
忧闷的旷野暴阳的空间；
伊单独行走带着一点惊慌的步趋、
伊的眼儿露出一种奇异的火焰、
我看见你、我记忆我还在寒颤、
洁白可爱的安琪儿呵、
正是收葡萄的一天

几乎整日的叫我还想着伊、

棺材铺着绒毛,
黑呢沿了一副一副的须儿。
阿葳陇地修女都围绕着哭——
葡萄树到生满了葡萄,
爱之神将伊收了。
　　二、七、一九二：一——

（选自《孤吟》1923年7月第5期）

隐　鱼

爱情的泪

Alfred de Musset 著，隐鱼译

你看这绿茵的斜坡，
绿着鲜明的花朵，
这萧条的沙路，
我曾同她手儿把着肩儿的踱，
细说我俩爱情的经过。

你看这岑寂的山谷，
摇翠的松柯：
他们都是我寂寞的朋友呵！
他们迎风唱的调子
曾妩媚着往时痴爱的我。

我想起她、心头酸颓，
别擦了她；
她又一番说不出的滋味；
把他留在眼皮上；

他是爱情的纪念碑。

这山林是我以往幸福的明证；
我不是到这里来空悲徒叹，扰这回声。
树林依旧是昂然挺立，乐她的美景：我的心依旧是高兴。

你看！月光穿过树荫。
黑夜的美人！
你的眼睛怎抖抖不定？
但是你快步前进，
大发光明。

雨淋得泾亮亮的地，
月光到处，白天的香气
氤氲的冲上空际：
我旧时的爱情
从我那潇洒的心地
发出来是一样纯洁，一样清细

我生平的愁绪怎会消磨了！
摧残我老的痛苦怎会远离了！
只是一见这旧交的山谷。
我就转成孩童了！

眼泪！你是安慰我的女神！
只说恁大的疮口谁能忍？
那料疮痕……？

郎德！（意大利的诗圣）

你怎说："惨日忆旧欢是最大的苦。"？

什么愁事教你说出这失望的狂语？

不！不！这话不是从你良心发的。

我如今身临其地，

敢断言："幸福的回忆胜过幸福几倍蓰。"

（选自《半月》1921 年 3 月第 16 号）

沈若仙

孤 儿

法国嚣俄原著　沈若仙译

雌呢?

她是死了。

雄呢?

他的骨骼被那凶猛的猫儿吞了、

他们正在这柔软的巢里战栗、

有谁回来爱惜? 无人回来爱惜。

可怜的小鸟!

(《半月》新年增刊)

秋　潭

法国诗人鲍笛奈尔的诗

秋潭译

文学上自然主义盛极了、便引出世纪末的创调、因世纪末的苦恼悲愤、穷极无聊、然后才有新理想主义之代兴。自然物质界亦有重大影响。史迹之蝉递如此、固有其因果关系以促成各时代之时代精神。

法国诗人鲍笛奈尔（Baudelaire 一八二一——一八六七、）便是创世纪末论调中代表人物之一。性僻异、酷好诗歌、家中虽富有资财、还在青年时代已挥霍罄尽。厥后遂遨游放荡、以终其身。今特从他的诗集《恶中之花》中选译几首、以供阅者对于他们的体认。惜乎译笔不佳、不能传出真正之鲍笛奈尔。

一个尸体

我的灵魂、你记着你所看见的物件。
一个夏天的清晨、
在小路的弯儿、有一具刑伤的尸首、
横卧在细石堆上。

展开两支火热的毒气熏腾的光腿、

如像一个淫妇。
做出那懒缓而邪僻的样子、
肚皮中却充满了臭秽。

太阳的光照在这腐朽物上、
如像煎得恰恰成熟。
并且以百倍的归还大自然、
这好像是他以前的结合物。

青天注视这傲岸的尸骸、
如同朵正开的花。
在这草地上如许大的恶臭、
你都相信是因而昏迷。

苍蝇发营营之声在这腐烂的肚腹、
那中间更鑽出许多黑簇簇的细生物、
这些蛹蛆蠕动、好像很浓厚的液体、
沿着这活动的破布。

尽都来俩往往如像波浪、
冲动着发爆裂的声响。
人说这个尸体被大气所鼓胀、
并且加倍的生旺。

这里组成了一种奇异音乐、
如像流水与风息。
或像扬簸者用一种合拍的举动、

使那些种子在簸箕中滚来滚去。

这种形样久已消灭、也仅可以想像、
如像深长构思的绘画。
底稿遗失了、
画家就他、只有凭着记忆。

在崖石后面、有一不平静的母狗，
恶狠狠把我们望着。
其意是等待时机以便走近这肢体、
啖吞拖撕下的魂肉。

你是很像这一付骷髅、
很像这可怕的传染的毒物。
你是我眼中的星光、性情的太阳、
更是我的天使、我的热望。

是的、你确算恩宠的女王。
但当你过了最后的圣典、
走到肥沃的花草底下、
也在枯骨丛中去发霉。

所以呀、我的美人、你向蛆蚋说、
他们是将爬着吃你的、
说我保守着你的形像与香馥、
用我可分析解剖的爱情。

生动的火把

他们在我前面走、这些眼睛充满了的光、
他们是一个聪慧天使所最爱的；
他们向前走、我这些神圣的弟兄、
在我眼中摇荡着他们灿烂的火。

从网罗中从罪辜中救我。
他们引导我的足步向美的路上走；
他们是我的仆役、我是他们的奴隶；
我全心服从这生动的火把。

慈祥的眼睛、你出发奇异的光明、
如同青天白日也在燃烧的烛灯；
太阳红了、但也不能扑灭他那类似的火焰。

他们称赞这个死、你却讴颂这"复生"，
你旋去旋唱我的灵魂复生、
如像日光都不能压灭的明星！

坏钟

冷静艰辛的冬夜、
挨近熊熊颤动的火、
远远听那钟声悠扬
在雾露中间、引起愁闷无限。

深喜钟楼这强有力的声音、
他虽是老了、犹然敏捷与康健。

常常高唱他宗教的呼声、

如像一个老兵防守他们的营盘！

我呀、我的灵魂是坏了、

当他烦闷的时候、他也在寒夜里高讴他的诗歌、

故常可听得他微弱声音、

好像战场上死人丛中遗弃的伤兵、

发他呻吟的哀鸣、

并且他经过了极大的奋力、不久也死了、不动了。

(选自《草堂》1923年5月第3期)

S. M.

可怜的灵魂

德国维伯尔作　S. M. 译

一只小鸟飞经丛莽、
正夕阳深沉在西方反射的时候：
"你可爱的太阳呀、请你快快说与我听
到天国的路还有多远呀？"

我已旅行了这么多的日子、
使我不能再前进了。
我的勇气已销沉、我的翅膀已疲倦。

错误同纷乱我已经尝饱了。

凉风吹过林树；
那春梦回忆起多么好呀！
愿神佑你、你林树同田野呀、
我将飞到别一个世界去了，
太阳已经完成他的行○。

白昼已经熄灭、黑夜来了
谁人给我一个安慰同好伴护呀？
到天国、好远呀、好远呀！

(选自《孤吟》1923年8月第6期)

后　记

　　将四川地区新诗发展早期的创作情况汇编成册，将能有效地揭示我们新诗发展的许多奥妙：新诗出现在传统诗歌写作方式占统治地位的创作—阅读氛围当中，究竟意味着什么？可能会发生哪些情况？新的写作群体和读者群体将怎样出现，又怎样发展壮大？为什么新诗可以在这样一个较为偏远的区域发展起来？其中有哪些文献可以让我们揣想那个年代的"故事"？

　　当然，由于史料的湮没，编辑工作并不顺利，许多重要的副刊如《星期日》《半月》都难以搜集完整，《孤吟》也有许多文字残缺，我们的工作还只是取得了初步的成效，后续还有不少的事情有待进一步完善。我们的编选思路如下：

　　1. 这里的文献史料主要是为了展示人们较少注意到的部分，所以一些众所周知的文献如郭沫若的诗作诗论就不再重复收录了。

　　2. 为了更准确地呈现新诗诞生之初四川的诗人普遍表现出来的群体性特点，我们对大量诗人按照作品发表期刊作了"群体归并"，但是这种归并主要还是为了史料编排的方便，并不意味着他们从属于某一严格的"诗歌流派"。例如佩竿（巴金）在《草堂》和《孤吟》上都发表过"小诗"，我们也分别将之编排在"《草堂》诗群"和"《孤吟》诗群"之中，这主要是为了再现巴金当时在诗坛的交往情况与诗歌群体的作者构成。出于同样的考虑，其中一些重要的诗人不时在两种或两种以上的报刊发表诗作，我们也分别归入不同的"诗群"。

3. 对于一些更具个体性、其影响也明显超出某一报刊群体的诗家，我们将其作品单独编排。

4. 鉴于当时不少创作有一题多首的情形，为了便于标记，我们将同一诗题视作一首，这样，在每位诗人名下记录的"首数"严格说来就是"题数"，一题之内包含的"首数"不再一一统计。

5. 每一篇（首）作品之后我们均标注出处，绝大多数出处均为初刊或初版之处，少数无法查找的以目前流行版本为依据。对作品，我们力图呈现版本原貌，对其中的错别字、异体字等均未作改动。

6. 民国初年，相当多四川新诗尝试者都未能在后来的诗歌史上留名，这是新诗草创期的基本现实，但也因此给我们的诗人辨析造成了相当的困难，原拟提供的诗人简介尚未完成，更有相当的诗人诗作未能搜集完成，这是应该向广大读者深深致歉的！但愿我们的后续工作能够早日结束，以弥补这一遗憾。

本书所有诗人诗作的入选均由我在阅读各种历史文献后确定，录入工作由王奕朋、汤艺君两位承担，她们还完成了作品的校订工作。作为负责人，我要向她们表达由衷的谢意！在搜集、整理文献史料的过程中，刘福春教授、王嘉陵先生、李俊杰先生、齐午月女士、付玉贞女士都提供了大量切实的帮助，在此也一并感谢！

李　怡

2010月7月26日于成都长滩书屋